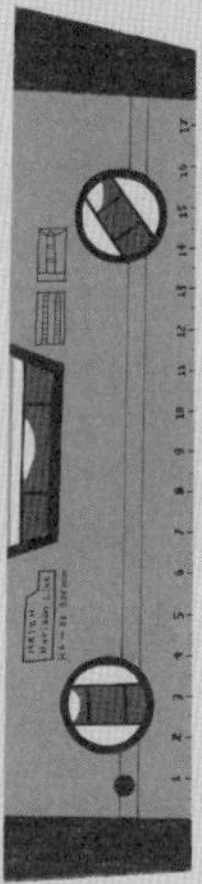

HAMMER HEAD

彼女が大工になった理由《わけ》

ニナ・マクローリン［著］
宮崎真紀［訳］

X-Knowledge

THE MAKING OF A CARPENTER

BY NINA MACLAUGHLIN

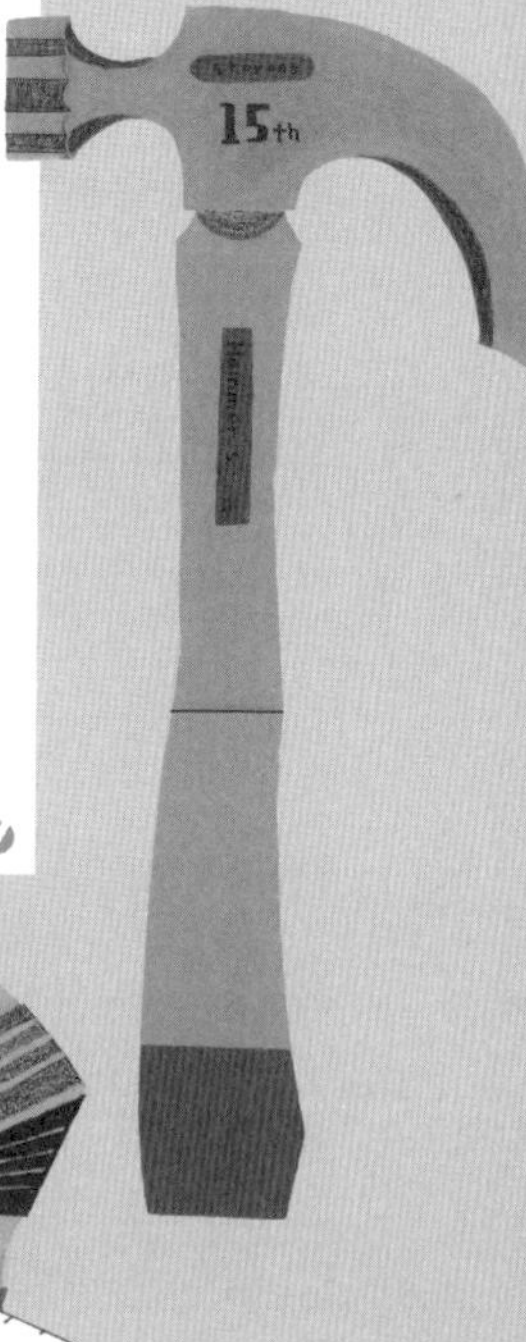

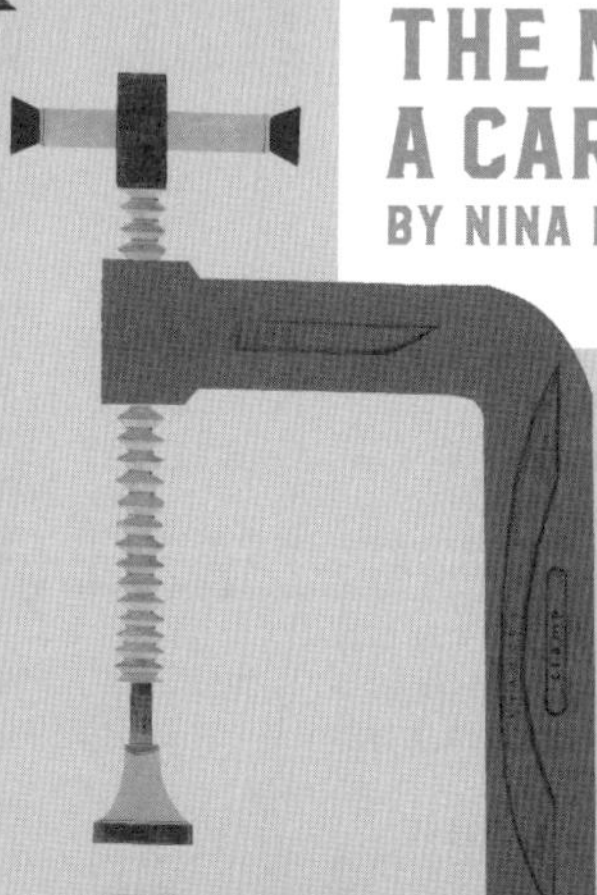

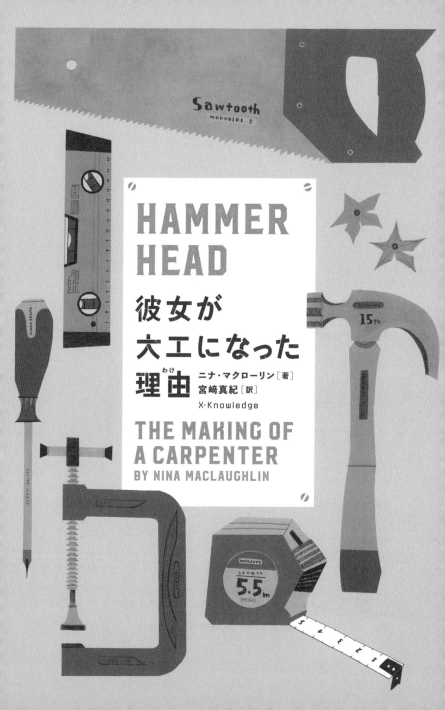

TRANSLATION CONTRIBUTOR
HARUKI MAKIO

ILLUSTRATION
HISANA SAWADA

BOOK DESIGN
ALBIREO

TO MARY

メアリーへ

プロローグ

自分らしい人生って何か、どうしたらわかるんだろう？　親友にそう訊かれ、その疑問がことあるごとに頭の中でこだまする。自分の人生をどんな形にしたいのか、そして運よくそれがわかったとして、どうやって実現すればいいのか？　オウィディウスの『変身物語』では、神が人々の変身をつかさどり、くり返し「物に形を与えては剥ぎ取る」。人はフクロウに、クマに、馬に、イモリに、石に、鳥に、樹木に姿を変える。でも、私たちをしかるべき道に導き、変身の魔法をかけてくれる神々がいなかったら、それまでの自分ではないものにどうやったらなれるのか？

私はかつてジャーナリストだった。でも、いまは大工として働いている。私の変身の経過は、キッチンの改装さながら、最初にがつんと一気に壊され、完成に近づくにつれ変化がゆるやかになってきている。大学時代は英語学と古典を学び、古代史や文学理論の抽象化に取り組んでいた。そのあとジャーナリストとして仕事をし、手に触れられないもの（インターネット、思考、言葉を使って物語ること）ばかり相手にしつづけた。私の周囲の物質世界——床、キャビネット、テーブル、テラス、本棚——はすべて、いつでも叩いたり蹴ったりできる現実ではあったけれど、私がそう気づいたのはもっとあとのことで、そこにあるのが当然すぎて意識すらせず、まぶしく光るパソコンの陰になっていた。机で画面とにらめっこを続けて十年近くが経ち、実体があるものを相手にしたい、手でさわれるものができあがる仕事がしたい、と無性に思うようになった。机は座るより作るほうが面白い、そんな気がしてきたのだ。

『変身物語』では、神が人間を変身させる理由は、罰するため、あるいは救うため、そのどちらかだった。私がジャーナリストから大工に転身したのは、罰でも救済でもない。予想外の方向転換をしてしまった結果であり、その変身を私はありがたく受け入れた。思いがけず私の師匠となった、私のボスで大工のメアリーの指南のおかげで、物質世界に進む道が開かれた。私は何かが別のものに変わる過程を何度も何度も目撃した。種が木になり、木が板になり、板が本棚になった。ふつうはそういう変化にあまり気づかないだろうし、自分でやってみたくてもなかなか難しいだろう。弓のこを手に取る習慣がある人はそうはいないものだ。でもオウィディウスが書いているように、「私たちは生来変身するようにできており、物はいつもそれではない別の何かになろうとしている」のである。この本は、単純に、それではない別の何かになることについての物語である。そう、あまたの物語がそうであるように、変身の物語なのだ。

CONTENTS

CHAPTER 1

TAPE MEASURE

巻き尺

ここからあちらまでの
距離について

TAPE MEASURE

チャールズ川にかかるハーバード橋（マサチューセッツ・アベニュー橋）のケンブリッジ側の起点となる、メモリアル・ドライブの歩道から川向こうを眺めると、視界が届くのは距離にして半マイル（約八〇〇メートル）に少し欠けるほどだ。南の方角には、ストロー・ドライブの奥に、ボストンの高層ビル群が屹立しているのが見える。川にもう少し近いもっと低層の部分では、煉瓦造りの建物が目立つ。ガラスと鋼鉄がそびえているのはその背後だ。西に目を向け、上流のほうに流れを逆にたどると、石油会社〈Citgo〉の電飾がケンモア・スクエアを上方から照らし、もし野球シーズン中でレッドソックスのホームゲームがおこなわれていれば、照明塔のおかげでフェンウェイ・パークは真昼のように明るい。川は曲がりくねりながらやがて市街地を出て、二三都市を通過する。川岸の歩道や遊歩道はそのうちマツやカエデに取って代わられる。浅瀬には細長い脚で立つオオアオサギの姿が見え、岩や倒木の上ではアメリカハコガメが日光浴をして甲羅を温めている。川は、ホプキントンという町にあるエコー湖から、八〇マイル（約一二九キロ）にわたってマサチューセッツ州東部をゆるやかに進む。ハーバード橋の東、街にもっと近いあたりでは、いくつものヨットがぷかぷかと浮いたり沈んだりしている。練習中の八人乗りのボートが橋の下をくぐっていく。八本のオールがオール受けにぶつかるたびにガンと音が響く。一マイル（約一・六キロ）ほど下流にあるロングフェロー橋を地下鉄レッドライン線が渡っていく。その向こうに見えるのはザキム橋で、鳥の翼の骨組みのように見える白いケーブルで吊られている。川はやがて港に注ぎ込み、真水と海水がまじり合う。そしてチャールズ川は大西洋に呑み込まれ、海に姿を変える。

私は七年間、このハーバード橋を徒歩で渡ってきた。左肩に日光を浴びながら朝に一度、夕陽がときに空を染める夕方に一度。それは、ケンブリッジの私のアパートメントから、ボストンにある勤め先の新聞社までの三マイル（約五キロ）の道のりの一部だった。帰宅途中、天気や季節によって異なるが、それが締め切りを無事に終えた日なら、上流の空にはまだ夕暮れのピンク色の帯が幾筋も広がり、そうでなければ、街はすでに暗く肌寒くなっていて、灯りが主役となる。道の先で、街灯、車のヘッドライトやテールランプが熾き火のようにちらちらと瞬く。行く手に見えるケンブリッジは、ボストンに比べると地面にしゃがみ込んでいるような町だが、その光が川を輝かせている。ときには月が、ときには星がちらほらと、映り込んでいる。橋の上は風が強い。観光客にカメラを渡されて、川と摩天楼を背景に写真を撮ってほしいと頼まれたものだった。自転車専用道路をいやがって歩道を走るジョガーやサイクリストをよけながら歩く。橋を渡るときはたいていひとりで、ときどき酔っぱらっていたり、泣きながら歩いたことも何度かあったし、一度、たいして好きでもない誰かにキスされたこともあった。橋を歩いて渡ることで、私の脳みそも移動した――朝は机と騒音、キーボードをカタカタと打つ音、マウスのクリック、インタビュー、記事のアイデアに向かって、夕方は机から離れて、静かなわが家へ、バーへ、しゃべったり考えたり頭をフル回転させたりクリックしたりしなくてもすむ場所へ。ああ、この橋が、端から端まで全部好きだ。それはチャールズ川にかかる橋の中では最長で、二一六四・八フィート、つまり六五九メートル、そして三六四・四スムートである。

オリバー・スムートは、一九五八年、マサチューセッツ工科大学の〈ラムダ・カイ・アルファ〉友愛会《フラタニティ》会員の中でいちばん背が低かった。その年のある晩遅く、彼はフラタニティの仲間たちによって、橋のボストン側の端からケンブリッジ側の端まで何度も倒されては起こされ、倒されては起こされた。そうして彼の身長を「スムート」というひとつの単位として、橋の長さは三六四・四スムート、プラスマイナス耳ひとつ分という記録が正式に発表されたのである。その伝説の計測以来、〈ラムダ・カイ・アルファ〉の学生たちは年に二度、橋の歩道に書き込まれた一〇スムートごとの目盛りを塗り直している（例外として、六九年に六九スムートの目盛りが追記され、その下に〝天国〟という文字も付け加えられた）。一九八〇年代に橋が改築されたとき、歩道の舗石は、標準的な六フィート（約一・八メートル）ではなく、一スムート（約一・七メートル）の長さで作られた。学生生活を終えたあともオリバー・スムートの距離計測への貢献は長く続き、橋のたもとにはスムート五〇周年を記念するプレートが取り付けられているし、スムート自身、米国国家規格協会と国際標準化機構、両方の会長を務めた。

私は、冬は寒風で顔を真っ赤にし、夏はシャツの背中を汗でびしょびしょにして、橋を足早に渡り、大学卒業後に職を得た新聞社の自分の机に通った。最初の仕事はリストアップ作業で、つまりは、街で開催されるあらゆるコンサート、ダンス公演、展覧会、コメディ・ショー、ポエトリースラム、映画の上演時間などを、毎週毎週、膨大なデータベースにインプットするのである。安手のエルサルバドル料理レストランについて記事を書き、マジシャンのデビッド・カッパーフィールドにインタビューし、ポルノアート集団を紹介し、ドキュメンタリー映画のレビューを書き、処女性を議論する会議を取材し、本や著者やボストンの文学界について論じた。やがてウェブサイトの編集長に昇進し、すべての記事が適切なタイミングで適切な場所に収まっているかどうかチェックすることになった。それはすなわち、無数のクリックを意味していた。

長いこと、私は自分の仕事を愛していた。物事のリズムが、緩急が、締め切り間際の人々（男性が大部分）のエネルギーが好きだった。怒涛のタイピング、あらゆる意見やくだらない冗談、情報を持っているライターの話を電話で聞くこと、集中し、記事を送り、ほっと肩の力を抜く。編集部にはスリルがみなぎっていた。私には、そこに所属していることが誇りだった。そんな場所に毎日行くことができ、あれこれがなりたてる頭のいい狂人たちに囲まれている自分は、本当に幸運だと思えた。彼らはみな、歴史を作り、街を構成する要素のひとつとなり、ボストンでも最強のアート批評をし、調査を重ねては文章を書き、発表するという正攻法でジャーナリズム世界におおいに貢献する、そういう記事を生み出そうと日夜努力していた。

私と机を並べていた奇人変人たちは、とんでもない頭脳集団だった。シャツをだらしなく出したチェーンスモーカーながら、悪党ならではの魅力にあふれる切れ味鋭いウィットの持ち主で、記者になるまえは引っ越し屋をしていた男。世界をよりよくするジャーナリズム、不正を暴くジャーナリズムを実践し、机に座ると、標的に狙いを定めて銃をぶっ放すべく何かに取り憑かれたように仕事をするが、バーに連れ出したが最後、グレイトフル・デッドの追っかけだったときのことを延々としゃべりつづける女記者。編集長は第一級の文句たれであり、新聞の創刊にも一役買った心の広い皮肉屋で、いまも新聞の力と必要性を信じている。芸術担当の記者は百科事典並みの知識を誇り、求める基準も誰も手が届かないくらい高いが、ときどき癇癪《かんしゃく》を起こしてあたりかまわず罵りまくり、自分のオフィスの床に本を投げつける。特集記事の女性記者は、ボストンの南にあるブロックトンの貧困家庭の出身で、週に一度ボストンでも指折りの変わり者たちについて記事を書き、それは私に言わせれば世界一クールな仕事だった。見上げるくらい背が高いと思い込んでいたのだが、最近になって会ったらほとんど同じ背丈だとわかって、私はいたくショックを受け、もしかして背が縮む病気にでもかかったのかなと一瞬思ったほどだった。それだけ彼ら、彼女たちの存在は大きかったのだ。

自分の幸運が信じられないくらいだった。だから、「お仕事は何を?」と訊かれるたびに、堂々と胸を張って答えたものだ。これこそ天職だと思っていた。でもいつしかそう思えなくなったのだ。

まず〝読者〟についてではなく、〝ユーザー〟について話すようになった。紙媒体がガス欠を起こしつつあること、そして広告収入を維持するために〝若者向け〟だとか〝情報関連性〟だとかをウェブ版の運営に導入するようになったことに原因があった。だがそうしてやっと経営が成り立っていた。いまの世の中、よくある話だ。

クリックするたびに気持ちが萎えていった。どんな仕事にも中だるみはある。スタッズ・ターケルが著書『仕事!』の中で言っているように、「身体だけでなく精神にもダメージを与える暴力」である。同じ作業のくり返しや、泳ぎにでも行ったほうがましだと思える暇な時間。誇りに思える大好きな仕事であっても、それは避けられないし、天職と悟った仕事でさえ当然のことだ。でも、そういう無意味な時間が積み重なっていくと、それが心を蝕み、脳みその隙間に忍び込んできて大声で叫びはじめ、とても無視できなくなるのだ。

気が滅入る時間が増えれば、重い疑問が湧いてくる――広い意味で時間と死にまつわる疑問が。

　目覚めているあいだはたいていパソコンの画面の前でクリックしているようになって何年かすると、自分が椅子の上にのったただの肉のかたまりになってしまったことに気づいた。肉体がデスクの前にあるという物理的な事実があるだけで、心はクラッカーのように乾燥していた。その症状は日に日に悪化した。以前は着心地がよく、親しみも持てたし、着ているとみんなに褒められたのに、だんだんきつくなり、襟が縮み、肩も窮屈になってしまったTシャツみたいだ。脳みその皺がしだいに伸びて、ゆっくりと頭が鈍り、怠惰になっていく感じ。仕事に喜びや意味を見出すのがどんどん難しくなり、私が好きだった人たちもほかの仕事や場所に移っていった。

　パソコンの画面には人を圧倒するパワーがあり、誰もがそうだと思うが、私もインターネットのさまざまな映像の断片やらニュースやら音やらにすっかり魅了されていた。電話で話すよりEメールを好んだ。オンラインでしか知らない友人が何人もいて、そういうつながりに感謝している。でも、こんなに消耗するのにほとんど何も身につかない場所というのもほかにない。その点でインターネットというのは唯一無二だ。私は誘惑の言葉や誘いの手管を疑い、でもそれをなかなか無視できない自分の非力さに用心した。それは『不思議の国のアリス』のウサギの穴のようなもので、ひとつクリックすれば必ず転がり込んでしまい、目の前に不思議の国が広がっていることに気づくのだ。

脳みそがどんどんだめになっていった。一週間に五日の就労日のうち三日は二日酔いだった。力ない湿った手の中のマウス、ずきずき痛む擦りきれた脳みそ。ここを脱け出さなくちゃと、何ヵ月も考えていた。でも、なじみ深いルーティンや健康保険がなかなか手放せず、それ以上に、会社に忠義心があった。だからそのまま辞めずにスクロールとクリックをひたすら続けていた。第一、次に何をすればいい？　私に何ができる？　有効期限がとうに過ぎた状況に人を縛りつける、惰性と不安と怠惰という三つ首の犬が、もう何ヵ月も私に向かって唸りつづけていた。ちょうど、死者の国の門番たる三つ首の犬ケルベロスが、人の魂を中には入れても、外にはけっして出してはくれないように。

転換点は、オンライン・リストという形でやってきた。『マキシム』誌の〝セクシーな女性たち〟リストを皮肉る意味で、私たちのサイトで〝セクシーじゃない男トップ一〇〇〟を公表した。リストアップされた人物は、肉体的に欠点があるというより性格や行動に難があり、一般に評判の悪い人々だ。スキャンダルまみれの政治家、女性蔑視のアスリート、人種差別主義の批評家など、悪名高きありとあらゆる有名人の名前が並んでいる。初回は大人気となり、アクセスが集中してサイトが落ちてしまったほどだったので、二回目以降も開催しないわけにいかなくなった。あれこれ考えたすえ初めて実施したときは、ばかばかしい楽しさがあった。いばれるような企画ではないけれど、そんなことは問題ではなかった。でも、三年目のリスト公開が近づいてきたとき、私はちっともやる気が湧かなかった。いや、それどころではない。リストアップされた名前の番号と、その人物の宣伝文句の番号を照合しながら、絶望感さえ覚えたのだ。ばかばかしいではすまないことだった。脳みそが叫んでいた。こんなふうに無意味に毎日を過ごしていたら、おまえは死ぬぞ。

その〝セクシーじゃない男たち〟の日々、私がパソコンの前で背中を丸めながら考えていたのは、ここを出ていこう、ただそれだけだった。画面の中以外の何か、インターネットという残響室から出たところにある何かを心から求めていた。もう少し現実と関わり合いたい。でもそれはどういう意味？　私たちにとってバーチャル世界は、パンケーキを作ったり、ゴミ捨て場まで車を運転したり、グラスを引っくり返してワインをこぼしたりするのと同じくらいリアルだ。でも机の前にいると、自分をつなぎとめる錨から、地に足をつけさせてくれるものから、満足感から、遠く離れているように感じた。何となく、自分の手に意識を集中させたかった。でも、こういう形のない衝動は疑問だし、幻想だ。オリンピックのスピードスケート選手にはなってみたいけれど、なれるはずがない。

私は二〇代のほとんどを、新聞社で働いてきた。三〇歳が近づいてきたいま、ウェブ版の仕事に幻滅していたことだけが理由ではなかった。変化を求め、いままでとは生活をがらりと変えたいという思いが脳みそで渦巻いていた。何ヵ月もそういう状態が続き、私はほとほとうんざりして、ジャンプする勇気をなんとかかき集めようとしていた。

　太陽が燦々《さんさん》と降り注ぐ穏やかな九月のある朝、出勤途中の私はハーバード橋を渡った。足元に見える、橋の長さを刻むスムートの目盛りは塗料が剥げ、ぼやけていた。川に目をやり、その日上司に告げようと思っていた台詞をリハーサルした。川のボストン側の岸に到着したとき、もう決意は固まっていたけれど、かなりの不安と霞をつかむようなかすかな希望もそこにはあった。新聞社に着くと、仕事を辞めた。

　終わりを迎えたのは仕事だけではなかった。アパートメントを出て、ボーイフレンドと別れ、少しのあいだ街から離れた。大型ハンマーでガツン、こなごなになって、はい、おしまい。

　予定は真っ白、毎日が空っぽだった。もう二度と仕事なんて見つからないかもとか、最悪の決断をしてしまったとか、乗り換えの電車を見つけられずに脱線しちゃったんだとか、いくつもの不安は後悔に姿を変えた。時間は一方通行で、やってしまったことはもう取り返しがつかないのだといまさらながら思い知った。

　軽い努力やゆるいルーティンワークが弱い解毒剤となった。涙に暮れていた早春のある朝、毎日のお約束で、情報掲示板サイト《クレイグスリスト》の求人欄を眺め、〝ライター／編集者〟と〝アート／メディア／デザイン〟それぞれの部門には、相変わらず二、三の同じ募集しかないのを確認すると、〝その他〟の部門をクリックしてみた。そして、犬の散歩係、代理母（最高で四万ドル：けっこう魅力的）、カテーテル利用者（意見を寄せてくださった方に二五ドル：前者より魅力に欠ける）などの募集要項の合間にその一文を見つけたとき、心臓がどきっとして、言葉が胸に深く刻み込まれたのだ。

「大工見習い：とくに女性の方、応募をお待ちしています」

このシンプルな投稿が光り輝いて見えた。まさに私がずっと求めていたものだ、そんな予感がした。キーボードの上で指が震えた。私こそこの仕事にぴったりの人材だと、必ず相手を納得させてみせるという覚悟で自己アピールを書きはじめる。

経験について説明しようとしたが、何もないことに気づいた。自分にどれだけこの仕事に応募する資格があるか、頭を絞る。でも考えてみれば、プラスドライバーとマイナスドライバーの違いさえわからない。自分のだめさ加減を認めるべき？　いいえ、認めない。私の職歴は、文章をまとめあげる仕事が主体で、金槌や釘や板にはほとんどさわったことがないが、好奇心旺盛で熱意があり、手を使って仕事がしたいとずっと願っていた、とその匿名の投稿者に説明し、さらに「経験不足は、好奇心と熱意で必ず補ってみせます」と訴えた。

送信アイコンを押したとき、当初の興奮とプラス思考は、どっと押し寄せてきた落胆とマイナス思考でかき消されてしまった。まるで冗談よね、と自分を叱る。虫がいいにもほどがある。好奇心と熱意で大工の仕事を手に入れようだなんて。文章をまとめあげる？　馬鹿みたいな言い回しだ。あのEメールを読んで大笑いしたあと――やあ完璧だよ、安全な階段を作るには、やっぱり好奇心がなきゃ――私のメールをぽいと捨て、大工の何たるかをもっと身をもって知っている応募者を探しつづける求人担当者のことを想像する。せっかくのチャンスに自分が誤ったアプローチ方法をとってしまったことを後悔し、失敗を丸ごと頭から消し去ろうとした。

その日の朝のうちに、オンラインの文学サイトのフィクション作品編集者（無償）と、アダルトグッズの紹介文（一品につき二〇ドル、週に七品）の仕事に応募した。アダルトグッズサイトからはすぐに返事が来て、提示したリストの中から一品を選んで、サンプルを書いてみてほしいと言ってきた。紹介記事は一段落に収め、キーワードの意味が理解できているかどうかわかるようにしてほしいという。

私は商品リストをスクロールした。シリコン製膣トレーニングボール。SMプレー用乳首クリップ。〈ラックス・アドニス〉ブランドのGスポットおよびクリトリスバイブ。そのとき高校時代のラテン語教師の言葉が脳裏によみがえってきた。「まわりを見回せば、あらゆる場所で古典が言及されているものだ」たとえば、《買主危険負担《カウェアト・エンプトル》》もそうだ。だから古典学の学位をせいぜい利用することにした。「ミュラーの木の幹から生まれた絶世の美男子アドニスの美しさに、愛の女神ビーナスその人さえ抗えなかった」――こんなふうに紹介文を始める。美しきアドニスが近親相姦のすえに生まれた子であり、母は姉でもあり、父は祖父でもあるという裏話には触れなかった。ただ、〝挿入〟には言及し、イノシシの牙が股間に埋まってアドニスは死に至り、アドニスを愛していたビーナスは彼を深紅の花に変身させる。「それは、ザクロが熟れて、柔らかな外皮の下に甘い種を隠すようになったときの色と同じだった」とオウィディウスは『変身物語』の中で書いている。種と柔らかな外皮、股間に刺さる牙、愛の女神を誘惑する美男子。アドニスが変身させられた花の花びらはすぐにはらはらと落ちてしまうが、Gスポットおよびクリトリスバイブが咲かせる大輪の花はいつまでも長持ち。

私はこの文章を送り、パソコンの電源を落として、雨の中、散歩に出かけた。

大工見習いの仕事に応募し、応募したことそのものを頭から消去して四日が経ったとき、《クレイグスリスト》経由で見覚えのないアドレスからメールが来た。差出人はメアリーという女性で、大工見習い募集告知を出した直後の一八時間で三〇〇人以上の応募があり（彼女いわく、「そういう時代なんです」）、その中から四〇人を選んで連絡している、と書いてあった。これは脈があるということだ。一次審査に通ったのだ。私はつかのま喜びを噛みしめたものの、考えてみれば四〇人だってかなりの人数だし、しかも自分には擬似応募資格として熱意やら労働意欲やらしかないのだと気づいた。私はメールを読み進めた。

彼女は自分自身について、仕事について、募集する人に何を求めているか、率直に説明していた。「私は四三歳のレズビアンの既婚者で、一〇歳の娘がいます」よその工務店でしばらく働いたのち、独立して数年が経つという。「自分は、大工としてはジャーニーマンレベル、タイル職人としてはもう少しレベルが上だと思います」ジャーニーマンは文字どおりなら〝旅の人〟だけど、ここでの意味はわからない。でも響きが気に入った。着古したワークパンツ姿で顔に笑みを浮かべて、大工道具を肩に背負い、鼻歌をうたいながら町から町へと渡り歩いて家を建てたり直したりする、さすらいの大工が頭に浮かんだ。

話はどんどんいい方向に向かっていった。次にメアリーは、応募者に求める資質について説明しはじめた。「最も大切なのは常識の持ち主かどうかです。その次が、重量級のがらくたを持って運べるかどうか。これは必須です！」左腕をつかみ、腕を曲げると筋肉が盛り上がるのを確かめた。重量級のがらくた運びならきっとできる。私は、あちこちのアパートメントからソファーやテーブルを運び出し、何箱分もの本を持って階段をのぼりおりする様子を想像した。「道具類や建材、その他何でも」何を運ぶことになるのか、メアリーは説明した。そして、常識ということでいえば、私は工事現場でも堅実な判断ができるはずだ。感情に左右されない徹底的な実務主義者というわけではないけれど、縦列駐車は得意だし、レシピを見ながら料理だってできるし、前日のうちに翌日着る服をちゃんと決められることだってある。必要な技術は仕事によって異なり、現場での作業は一日で終わることもあれば、数ヵ月かかることもあり、平均すると約二週間だという。次に、その仕事に必要な作業のリストが、大部分はあまりなじみのない言葉で書かれていた。「壁のパッチングと塗装」（もちろん塗装ならできると思うが、〝パッチング〟というのがどういう意味かわからない）、「床の板張りあるいはタイル貼り。幅木の取り付け」（これはできそう）、「より大がかりな仕事：キッチンや浴室の改装、下地工事」（なんだか難しそうで怖い）、「デモ、フレーミング、断熱材噴きつけ、防火仕切りの設置、ボーディング、マッディング、窓の取り付け、飾り枠仕上げ、キャビネットの設置、ポーチの改築。増築や屋根葺きを除くほとんどすべての作業」。言葉の意味が全然わからない。デモって？ 最初に頭に浮かんだのはイベントでのデモンストレーションだった。フレーミングは？ 絵画の額縁《フレーム》作り？ それができるようになったらなかなかクールだ。ボーディング？ 下宿屋《ボーディング・ハウス》と拷問の水責《ウォーターボーディング》めが頭に浮かんだが、どちらも関係ないだろう。それにマッディング。泥こねって？ どの言葉も神秘的で心をそそられる。

　おたがいのことや、なぜこの仕事がしたいのかについて、もう少し話し合いたいと彼女は提案していた。返事のメールの中で、私も彼女と同じように正直に率直に話そうとした。いま三〇歳です、と私は書いた。長年新聞社で働いてきました。大工仕事についてはこう書いた。「正直に言いますが、ほとんど経験はありません。それでも、力は強いほうです（物の運搬に関してはまったく問題ありません）」。この肩の上にのっている頭はかなり上等だと思うし、何より大工仕事にとても興味があると強調した。いい文章が書けると満足感を覚えるのは確かですが、もっと直接的で、身体的で、実際的で、手でさわれるものに、しばらく前から魅力を感じるようになりました。

「私が身につけたい、やっていきたいと思うのは、まさにこの仕事なんです。教える手間はおかけすると思いますが、覚えはいいほうですし、苦労は厭いません。すぐにでも始められます」

あなたの体内時計はどれくらい正確だろう？　声に出して秒数を数えたりせずに、一分を計ってみてほしいと言われたとき、どれくらい正解に近づけられる？　あるいは、定規なしに三と一六分の七インチを示してみてと言われて、はたしてできるだろうか？　四分の一インチずれた？　四分の三インチ？　あなたの距離感はどれくらい正確だろう？

人類の最も古い計測方法は、人体に基づいていた。一キュービットというのは肘の関節から中指の先端までの長さだった。半キュービットあるいは一スパンは、手のひらを広げたときの親指から小指の先までと等しかった。いま私たちが一インチと呼ぶ長さは、男性の親指の幅、あるいは人さし指の先から第一関節までを示した。一フィートは足の長さだ。古代エジプトでは、標準的なキュービットに一スパンを加えた聖キュービットを単位として使い、さまざまなモニュメントが建設された。古代ローマの度量衡では、歩幅二つ分が一ペース、すなわち五ローマフィートだった。一〇〇〇ペースが一マイルに相当した。また、イングランド王ヘンリー一世の親指と鼻を結ぶ直線が一ヤードとされた。二ヤードが一尋、あるいは両腕を広げた長さだった。一三世紀、イングランド王エドワード一世の時代に、王の腕の長い骨にちなんで名づけられた〝アイロンアルナ〟〔〝アルナ〟は「尺骨」の意味〕という単位が標準のヤード竿の長さと定められ、あらゆる尺度の基準となった。一フィートは一ヤードの三分の一、一インチは三六分の一とされた。ところが、エドワード一世の派手好きな息子エドワード二世は、一三二四年にまた規定を変えた。三度目にして、今度は乾燥させた大麦粒の大きさを一インチと定め、基準としたのである。だが自然は気まぐれで、指や足と同様に種子の大きさもあてにはならない（自分の骨の長さだとか大麦好きだとかを尺度の基準に取り入れてしまおうだなんて、当時の国王たちはどれだけ好き勝手をしていたのか）。

　西洋では腕やら歩幅やらが基準だったが、インドではまた異なり、とはいえそこでもやはり自然界の距離が基になっていた。一ヨジャナは牛車が一日で進める距離とされた。雄牛がどれだけ元気だったか、関節炎にかかっていなかったか、進む道がどろんこか否か、あるいは荷車の車輪にどれだけ油がさしてあったかにさえ左右されただろう。また、一クロサは牛の鳴き声が聞こえる距離をさした。これもまた風向きで結果が違ってきたはずだ。指一本の長さが大麦に、大麦がシラミに、シラミが虫の卵に、虫の卵が牛の毛や羊の毛やウサギの綿毛へとどんどん分割されていき、しまいには荷馬車が通ったあとの土埃の粒の大きさにまで細分化されて、もうそれが限界だった。とはいえ、確かに牛の鳴き声の届く範囲は特定できないけれど、距離はおのずと頭に浮かぶ。正確ではないが、想像はできる――やさしい目をした牛たちが丘のあちこちにたたずみ、物悲しい鳴き声が草原に響き渡る光景が。

ナポレオン統治下のフランスでメートル法が採用されると、大きな変化が起きた。人体骨格から別の尺度に目が向けられたのである。一メートルは、パリを通る赤道から北極までの直線距離の一〇〇〇万分の一と定められた。これは見かけによらず厄介だ。それだけの距離の一〇〇〇万分の一とは、視覚的にどんなものなのか？　海氷から熱帯雨林へ、その遠大な距離のごく一部が凝縮された小さな棒切れが頭に浮かぶ。棚の上の地球儀と、それを回す小さな手も思い浮かぶ。

その後また変更が加えられた。メートルはもはや地表を刻んだ小さな断片ではなくなり、一秒間の二億九九七九万二五八八分の一のあいだに真空の中を光が進む距離と定められた。もはや熱帯雨林を想像することも、一スパンを計測するために顔の前で指を広げることも、一キュービットを知るために腕を見ることも、遠くにいる牛の鳴き声に耳を澄ますことも、オリバー・スムートを橋の端から端まで倒すこともできない。光だとか真空だとか、そんな一瞬の時間のことを、私の頭はとても理解できない。牛車が一日に進む距離というのもどうかと思うが、私のちっぽけな脳みそでは、光速や秒の断片などまるで想像できないのだ。

一三世紀、〝ジャーニー（旅）〟という言葉は一日に移動できる距離を意味し、やがて一日にできる作業を表すようになった。フランス語の「一日」という意味の単語〝ジュール〟に由来する。〝ジャーニーマン（熟練工）〟は〝アプレンティス（見習い）〟と〝マスター（親方）〟の中間の技能資格で、一日仕事をする能力があることを意味する。移動した距離、完了した仕事、私に理解できるのはそういうことだ。

大工のメアリーから自己紹介と採用条件についてのメールをもらった二日後、新たにメールが来た。今回はさらに一二人に絞られた応募者に対し、半日一緒に過ごしたいのだが、その日にちを決めたいという内容だった。「実地試験だと考えてください」彼女は書いていた。「拘束した時間分の賃金をお支払いし、コーヒーも一杯おごります。そこで、長くはありませんが、面接をします」

私はにっこりして椅子を立った。興奮して頬が紅潮するのがわかったが、そこにはたちまち不安がはいり込んできた。何を着ていったらいい？　自分のハンマーを持っていくべき？　巻尺も？　そもそも巻尺なんて持ってたっけ？

アドニスのことなど頭から吹っ飛んでいた。

私の採用試験がおこなわれる四月のその朝は、雨模様で寒々とした天気だった。メアリーの家のある区画を歩きながら、大工用のツールベルトは必要だったかなと考えていた。

彼女はサマービルのウィンターヒルにある短い脇道に面した家に住んでいた。古い美容院、テイクアウト専用のタイ料理店、小切手換金所はそのうち姿を消し、由緒ある店を装った薄暗いバー、手作りバッグや地元産のハチミツを売る専門店に取ってかわられるだろう。通りの南の角は煉瓦造りの大きな教会が占領し、傘の下で肩をすぼめている喪服姿の男たちが人々の到着を待ち受けている。通りの反対側には小さなデリがあり、カウンターに座る人々は卵サンドイッチにかがみ込みながら『ボストン・ヘラルド』紙を読んでいる。女性客がカウンターの後ろにいる女店員を名前で呼び、ドアから出ていきながらコーヒーの持ち帰り用カップを軽く持ち上げて「さよなら」と挨拶した。あとは、ボストン、ケンブリッジ、サマービルのどこにでも見られる、安っぽい塗装の三階建てアパートがずらりと並んでいる。通りの逆の角には崩れかけたビクトリア朝風の屋敷があり、特徴的な小塔やら、張り出し窓やら、渦巻き模様の飾り枠《トリム》やらを備えたその姿は、まるで年老いた女王様のようだ。大工のメアリーの家は大きくて背も高く、レモンプディング色だが鎧戸はチョコレート色で、一見すると大家族向けに見えた。通りの向かいにある小学校のアスファルト舗装の校庭では大勢の生徒がわめきながら走りまわったり、バスケットボールのシュートをしたり、水たまりを飛び越えたりしていたが、始業ベルが鳴り響くといっせいに校内に走り込んだ。

大工は、校庭の向かい側の私道の奥で、両手をカーキ色のカーゴパンツのポケットに突っ込んで立っていた。肩幅の広い、筋肉質の大柄な女性を予想していたのに、私より二インチ（約五センチ）は背が低く、肩幅も狭くて小柄だった。ぼろぼろのセーターは肘に穴があいていた。握手の手を差し出し、にっこり微笑んだとき、垣間見えた歯はがたがただった。前歯のあいだに大きな隙間があいていて、右側の一本は汚れ、妙な角度に曲がっている。でも黒っぽい瞳の輝きはやさしい。軽い猫背で、急に大きくなった体にとまどい、それを隠そうとする十三歳の少年か、胸を張って乳房を強調する習慣のない女性を思わせる。白髪まじりのぼさぼさのショートヘアで、グレーと青の縞のニットキャップをかぶっており、どこか妖精みたいな雰囲気だ。「あんたがジャーナリストさんだね」という挨拶の言葉は、その顔から想像する声より甲高かった。「あたしはメアリー」握手を交わしながら言う。

「まったく、いい天気だよね」

がたがたうるさい錆だらけの戦車みたいな白いミニバンに乗り込むと、これからケンブリッジにある家の浴室の床のタイル貼りに行くのだと彼女は説明した。バンの後部座席は取り払われ、その日の作業に使う道具類が詰め込まれていた。バケツ型道具入れ、電動のこぎり、ドリル、スポンジ、水準器、こて類が後部荷室で乱雑に積み重なっている。灰色の砂に似た粉のはいった口の開いた袋が、後部ドア近くの隅に立てかけられており、こぼれだした粉が砂時計の砂さながら床に山を作っている。さまざまな長さのペールウッドの木材が散乱している様子は、まるでジェンガゲームだ。そして前部座席はまさにゴミ溜めだった。オレンジの皮、茶色くなったリンゴの芯、ずんぐりした巻尺、塩味をつけたナッツの瓶、水のボトル、タンポン、毛が固まってしまっている刷毛、万能ナイフ、レジ袋、大部分は空でくしゃくしゃに丸められたドラム印の手巻き煙草の袋。煙草の葉がカップホルダーやシートの隙間、ダッシュボードとフロントグラスの継ぎ目などにこぼれて挟まっている。

ハーバード・スクエアからそう遠くないところにある古い大邸宅に到着したとき、そこで作業をするのは私たちだけではないと知った。屋敷の正面に停まっている種馬みたいなピックアップトラックは、ガソリンタンクのキャップから男性ホルモンが滲み出ているかのようだ。私たちは、ほかの二台の作業用トラックと並べて私道に車を停めた。塗装工のトラックには屋根に梯子がくくりつけられ、後部荷台には、ペンキの垂れよけの布や塗料の缶が置かれている。配管工のトラックには油じみたツールボックスが積まれ、レンチ、白い管、金属製パイプの部品でいっぱいだ。またもや不安が体の奥で大きく翼を広げてぎしぎしときしみ、口の中がからからになった。自分の無能さをこの女性に目撃されるだけでもつらいのに、親方やら専門家やらプロやらの集団全員の前で醜態をさらすなんて。初めてハンドルを握るというのに、後部座席に一流カーレーサーの一団を乗せるようなものだ。

家の中にはいると、作業員たちが忙しなく歩きまわり、せっせと仕事を進めていた。ここはコニーという建築家とその夫が最近購入した家なんだ、とメアリーは言った。ふたりはいまから六日後にここに引っ越してくるのだという。男たちが道具を振るう室内や廊下に、切迫したエネルギーが充満しているのはそのせいなのだ。「間に合わせるのはどう考えても無理だよ」メアリーが私にささやいた。ハンマーの音がむきだしの壁や硬材の床、高い天井にこだまする。上階のどこかから電動のこぎりの金切り声が聞こえてくる。部屋から部屋へ移動する私たちに、男たちの声、公共放送ナショナル・パブリック・ラジオの音声、何かが床に落ちて木材と木材がぶつかった音、とにかくバンバンだとかブーンだとかという音がずっとつきまとってくる。それは聞き覚えのある音だ。他人の家から響いてくるのを数えきれないほど耳にしたことがある。聞けばすぐに工事だとわかる騒音だけれど、ほかの音が聞こえてくればたちまちまぎれてしまう一過性の音だ。沸騰したヤカンのピーッと響く音に似た、同じ界隈の先のほうから聞こえてくる電動のこぎりの甲高い音からは、回転する刃と飛び散るおがくずのイメージが思い浮かぶ。鋭い銃声のようなハンマーのバンッという音が二階のほうから歩道に降ってくると、誰かが腕を上げて振り下ろすところが一瞬頭に浮かぶ。でもすぐにまたバスの通過音や車の警笛、誰かが携帯電話でおしゃべりする声や、自分自身の忙しない脳みその中の雑音が戻ってくるのだ。ところが、屋内で聞くハンマーの音は違っていた。もっとうるさいし、人の意志が感じられる。そしてこうして近くで聞くと、自分も作業をするという現実が避けがたく迫ってくる。ここでは明確で具体的な何かが、確かにやり遂げられている。それが何かはわからないけれど、音に切実感があり、その日の合奏に自分も加わるのだと思うと、いままで以上に音が大きく、リアルに聞こえた。

玄関ホールから大階段が上へと続き、一度左に急角度で折れてから上がっていく。キッチンはとても広く、私のアパートメントが丸々納まってしまいそうなほどだ。夏の別荘のように明るくて、人を温かく迎え入れてくれるような雰囲気がある。備え付け家具や取り付け器具で足の踏み場もない。ダークウッドのしゃれた食器棚がふたつの壁に並んでいる。飼い葉桶サイズの流し台は、何人かの乳幼児をまとめて一度に沐浴させられるくらい大きい。オーブンもひとつふたつではなく、三台もある。あれだけの棚をどうやったら埋められるのだろう？　三台ものオーブンでいったい何を作るの？「あれはオーブンじゃない。ワインクーラーだよ」メアリーが言った。来客用のリビングには背の高い幅広のフランス窓があり、庭に続いている。やっと黄色くなりつつあるラッパズイセンの花は、まだ黄緑色の外皮にこもって眠っている。隅にあるレンギョウの茂みは、いつ黄色い花を一気に開花させてもおかしくない。正面の通りは通勤の車で交通量がかなり多いが、その静かな庭にいると、すぐ近くにそんな都会の大通りがあるとはとても思えない。

「なるほど、いい家だ」メアリーが言った。

私たちは道具を取りにバンに戻った。

「タイル切断機を持ってきて」私はバンの後部に散らばる道具類をひととおり眺めたが、どれを手に取っていいか、皆目わからなかった。「左側だよ」メアリーはそちらに顎をしゃくった。「タイルの粉まみれの、そのおんぼろの道具」

私はかがんでそれを持ち上げた。ずいぶん年季のはいった機械で、ろくろに乾いた泥がこびりついているように、それにも乾燥したタイル粉末がくっついて固まっていた。刃の下にはめ込んである浅いトレーがゆるんで手の中に落ちた。

「もう少し持てる?」

「もちろんです」力は強いほうだと自己紹介に書いたのは嘘ではないと証明したかった。

メアリーは、私が抱えている切断機の台の上にドリルバッグを置いた。ドリル本体や、さまざまな長さのドリルビット(ドリルの刃のことで、黒くて光沢のないものもあれば、ぴかぴかした銀色のものもある)がはいったオレンジ色のカンバス地のバッグだ。ドリルビットの横には、ステーキナイフほどの大きさの短いのこぎり刃もいくつかある。私の顔のすぐ下に置かれたそのバッグからたちのぼってくる匂いには、つんとくる血の匂いに似た金属臭に、埃臭さがまじっていた。その埃臭さはかすかに漂ってくるもので、屋根裏部屋とむきだしの木材の匂いだ。重さで腕の筋肉がぎゅっと収縮した。私はメアリーに続いた。彼女は、道具が詰まった大きなオレンジ色のバケツ型のバッグと、昔父の車を洗うのに使っていたようなでっぷりした黄色いスポンジを入れた小ぶりのバケツをもうひとつ、それにつやつやした金属製の幅広のヘラのようなものと、かなり大きな牛乳箱という体《てい》の段ボール箱を持っている。重量級のがらくたを持って運べるかどうか、これは必須です、というメアリーの言葉を思い出しながらまず二階に続く広い階段を、それから三階へ向かうもう少し狭くて急な階段をのぼった。重量級のがらくた運びという言葉が気に入った。まさにそのとおりという感じがする。

三階はオープンスペースで、明るい紫がかったグレーの絨毯が敷かれ、勾配天井だ。子供用の遊び場にするんだろうね、とメアリーが言った。運のいい子供たちだ。部屋の正面には屋根窓が並び、通りを見下ろしている。反対側の壁の窓からは、あの庭とご近所さんの美しい芝生を見渡せる。部屋の隅の階段の下り口の脇に、小型冷蔵庫とガス台、流しを備えた小さなキッチンがある。階下の大人たちから切離されたこんな隠れ家は、子供にとってはまさに夢の世界だろう。

L字型の浴室も勾配天井で、ドアの向かい側に大窓があり、浴槽、トイレ、洗面台が設置されている。むきだしの下地床（とメアリーは呼んだ）は淡い石色で、ネジ留めされている。そのせいか、部屋がズボンをはき忘れて半裸でいるような印象だった。私たちは浴室のすぐ外の床にビニールシートを敷き、戸口にタイル切断機を設置した。ドアの右側に、大きなタイルが詰まった箱を膝の高さまで積む。自分たちの作業スペースも確保した。下の階の騒音ははるか彼方から響いてくるかのようだった。

「あんたが切って、あたしが敷く」メアリーが言った。壁を塗り直している塗装工たちや、どこかでコードと格闘している電気工たちと、同じ階で肩を並べて作業するわけではないと知ってほっとしていた。でも、その気持ちは長くは続かなかったのだ。〝あんたが切って〟のひと言によって、見知らぬ町で、乗るべき列車の発車一分前に切符の自動販売機の前に立つのと似た不安に襲われた。彼女を見て、必死にテレパシーを送る。〝タイルなんて一度も切ったことがない。タイル切断機だって一度も使ったことがないの〟。私は肩をすくめ、〝やってやろうじゃない〟という捨て鉢な気分で「わかりました」と答えた。

浴室と向かい合うようにして戸口に立った。目の前に台にのったタイル切断機がある。メアリーは雨で濡れた窓の下でしゃがんで、トイレの背後の隅から洗面台のある反対側の壁まで巻尺を伸ばし、浴室の幅を計測している。彼女は中央にあたるところで床に鉛筆で印をつけた。こちらに少し身を寄せ、巻尺を戸口まで伸ばす。彼女が私の陰になってしまっていることに気づき、左に移動した。これは、虫眼鏡を使ったさまざまな作業に携わっていた父から、私とふたりの兄弟たちがいつも注意されていたことだ。父は、机の上の釣りの疑似餌や彫刻中のデコイのスケッチにかがみ込みながら鼻を鳴らし、まるで私たちが太陽そのものを遮っているかのように、「おまえたちの陰になってる」といらだたしげに言ったものだった。すると私たちは慌ててほかの場所に移動し、そこでまた遊びはじめた。自分の体で光が遮られて、仕事をしている人の手元が暗くならないようにするのが、いつしか習慣になっていたらしい。これで私が気の利く常識的な人間であり、光の重要さと移動のタイミングを心得ているということが、メアリーに伝わればいいのだけれど。

膝をついた姿勢のメアリーが、道具入れのバケツから金てこを取ってくれと言った。

「これ？」私は、バケツの中の小袋から金属製の道具を出した。つかむとひんやり感じるその道具は、長さ約九インチ（約二三センチ）ぐらいの鉄棒で、片方の端は魚の尾びれのように広がり、もう一歩の先端はJの字の形にゆるやかに曲がっている。てこと言えばこれではないかと思った。何かの下に挿し込んで持ち上げる道具だ。

「そう、それ」メアリーはすばやく敷居に取りかかった。下に金てこを突っ込んで何度か叩き、ぐいっと押すと、敷居がぽんと持ち上がってはずれた。たやすく済んだように見えた。

「チョークラインを放って」

暗くて深い井戸でものぞき込むかのようにおそるおそるバケツの中を見ながら、これは私が何をどこまで知っているか確認する試験の一環なのだろうかと考える。だとすれば、不合格だ。

「しずくみたいな形をした灰色のプラスチックの入れ物で、小さなつまみが飛び出しているやつだよ」

がさごそ漁って見つけると、浴室の奥に向かって下手投げでやさしく投げる。メアリーはそれを片手で取った。容器を振ってから小さなつまみを引くと、青いチョークの粉がついた糸が出てきた。

「持ってて」メアリーは、灰色のプラスチック容器のほうを差し出した。

私は容器を持ち、メアリーのほうは金属製のつまみを引いて、さっき中心点の印をつけた壁際の床にそれを据えた。

「今度は戸口の印のところに糸を合わせて、ぴんと張って」私はしゃがんでタイル切断機の台の下をくぐり、印のところに糸を合わせた。

「しっかり持って」メアリーが言った。「準備はいい？」

「たぶん」

彼女はぴんと張った糸を中間点で持ち上げた。張った糸が浴室の中央で小さな山を作る。そこで手を離すと、糸が床にぱちんとぶつかった。青いチョークの粉がぱっと舞ったかと思うと、床に細い線が引かれていた。昔、友人のお兄さんと輪ゴムを使ったゲームをしたものだった。私たちが腕を差し出したところで、そのお兄さんが輪ゴムを伸ばして弾く。お兄さんは弾くたびに輪ゴムをさらに伸ばし、私たちの肌にはこの青い線のように赤いミミズ腫れができてひりひりした。

「これがこの部屋の中心線だ」メアリーがまだ膝をついたまま言った。

彼女は、バンの後部でこぼれていたような砂状の粉がはいった袋を破り開け、別のオレンジ色のバケツに少し注いだ。細かい粉塵がふわっと舞い上がる。まるで、バケツの底にカブスカウトの子供がいて、濡れた薪に火をつけるためふうっと息を吹きかけたかのようだ。

「息を止めておいて」

　別の小さなバケツに浴槽の水を汲むと粉に注ぎ、長い金属製のアタッチメントを取り付けたドリルを使ってそれをまぜはじめた。灰色の何かが固くこびりついているドリルの先端は、工業用の泡だて器のように回転した。

「歯磨き粉」メアリーが言った。

「え？」

「泥《マッド》を歯磨き粉ぐらいの粘りが出るまでまぜる」

　モルタルのことを泥って呼んでたの！「なるほど」

　まぜ終えると、メアリーはひとかたまり床にどさっと落とした。それが本当に歯磨き粉なら、あまり使いたくない。どろっとしているうえ、光沢のない灰色で、濡れた紙の匂いがした。メアリーはそれを、あとに筋が残る櫛目ゴテで伸ばしていく。私は、金属製のコテの歯が下地床にぶつかって小さくキーキーとたてる音や、〈泥〉になめらかにカーブする筋を残していく様子が気に入った。そのあとメアリーは、一辺三〇センチぐらいの砂色のタイルを手に取り、チョークで描かれた中心線のすぐ左側に置いた。二枚目のタイルはその隣、中心線の右側に置かれた。そこでタイルの切断に取りかかることになる。メアリーはでっぷりしたスポンジを水で濡らすと、切断機の底にあるトレーの上でぎゅっと絞った。

「その水は何のためですか？」

「このタイル切断機は湿式切断なんだ」

私はうなずいた。そのひと言で説明は充分ということなのだろう。おそらくタイルと刃の摩擦で火花が散ったりするのかもしれない。

メアリーは鉛筆と、一辺に縁がついている金属製の三角定規を直定規として使って、タイルの左側に黒い線を引き、私に手渡した。

触れるとひやりと冷たく、思ったより重い。「わかりました」さっきと同じ〝こんなの何でもない〟という口調で言い、切断機のスイッチを入れた。水音とブーンという音が響いて刃が回りだし、顔に冷水がばしゃっと飛んできた。タイルの粉塵と水しぶきは、自転車の泥除けみたいにプラスチック製の覆いで本来は抑えられるはずなのだが、その切断機の覆いはひん曲がっていて、ダクトテープでくっつけてあるようなありさまだったので、用をなしていなかった。刃は水しぶきとタイルの粉塵をどっと吐き出し、私は胸のあいだからおへそまで一直線に濡れた。

「ゆっくりやること」メアリーは次のタイルを計測しながら言った。彼女からもらった指示はそれだけだった。

タイルを濡れた平らな台の上に置き、回転刃に鉛筆の線を合わせる。回転刃は私の知っているのこぎりのようなサメの歯状のぎざぎざの刃ではなく、表面はなめらかで丸く、CDを何枚か重ねてくっつけたような感じだ。いま自分が持っている硬いタイルがそんなもので切断できるとは思えなかった。

ところがタイルはみごとに切断された。刃がタイルに触れたとたん音が変わり、衝撃音が轟いた。刃は黒い線をぐいぐい呑み込んでいき、タイルの粉塵と水しぶきが散った。体に近いほうのタイルの角に両手を置き、タイルをできるだけまっすぐに動かしていく。慌てずに、落ち着いて。でも動かしすぎたのか、タイルが途中で引っかかってしまった。切断が斜めになって刃が挟まり、いかにもこれはおかしいという妙な音とともにぶるぶる震えて止まった。私は呆然としながら顔に大きなクエスチョンマークを浮かべ、床でしゃがんでいるメアリーに目を向けた。彼女はこちらを向いて、何も言わずに両手を体の前でかまえるとパントマイムでタイルの形を表現し、両手を一度手前に引いてからまた押した。〝巻き戻し〟のジェスチャーだ。一度引き返し、それからまた前進する。タイルを少し戻すと、刃がまた回転を始めた。タイルはすんなり前進し、私が導くとおりにカットされていった。

切断機は唸りをあげていたが、音は耳にはいってこなかった。水しぶきも、粉塵も、前身頃がどんどん濡れていくシャツも気にしなかった。意識していたのは、鉛筆の線と、指が触れているタイルの角と、線に沿って切断を続けることだけだった。呼吸することさえ忘れていたと、途中で気づいたほどだ。タイルをゆっくりと押し、半分までたどりついた。時間が膨張し、どこまでも続く。とうとう水を滴らせながらタイルの一部が切り取られたが、角が少しだけ欠けていた。機械の電源を切り、メアリーに切断したタイルを手渡す。私の両手はすでにびしょ濡れで、冷たくなっていた。

「角が欠けてしまいました」

「大丈夫」メアリーが言った。「腰板で隠れちゃうから」私はほっとして、新聞社で初めて人にインタビューしたときのことを思い出した。編集長は私に、質問の順番は君の好きにしていいし、尋ねた質問のとおりに記事が進行しなくてもいいんだと言った。新しい仕事をするとき、人は目の前のことで精いっぱいになってしまうものだ。でも、どんなに大変な仕事にも少しぐらいの余裕はあるし、失敗やアソビのはいる余地はあると知って、ほっとした。

メアリーは、カットした側を壁面に合わせてタイルを床に置き、畝のある〈泥〉に押しつけた。彼女は別のタイルにまた線を引き、私に手渡した。私は再び切断機のスイッチを入れ、いきなり目に跳ねた水しぶきを手でぬぐった。

そうやって私たちは作業を続けた。あるときは余計に切り取りすぎた。メアリーはそれを所定の場所に置き、隙間を見て「小さすぎる」とひと言いうと、別のタイルにあらためて印をつけた。大きすぎたときにはタイルをそのまま突き返された。「あとほんのちょびっと」ずさんで不揃いなカットについても、彼女はそれを私に見せた。切断時にぐらついて切り口がぎざぎざになり、まっすぐに切れていなかった。私はひるんだ。

「すみません。うまくコントロールできませんでした」

便器まわりの曲線部分については、切断機では不可能なアーチを作りだすための繊細なテクニックをメアリー自身が披露してくれた。半インチぐらいの大きさの細片を切り出して、笑顔になったときに見える歯の列（でも歯はかなり長い）のようにカーブに沿って並べるのだ。それから、ハンマーでもタイルのかけらでも、何でもいいから手元にあるもので長い歯を折り、きれいなカーブを作り出す。かけらは列の隙間を埋めるのに使う。私はこのテクニックが気に入った。見た目がきれいで、手早く、よく考えてある。タイルは叩くとカチンという気持ちのいい音をたてて割れた。

次に私は何の印もないタイルを渡された。切る場所を指定する鉛筆の線が引かれてないのだ。

「四と一六分の一一インチ」メアリーは言った。私は道具入れのバケツの中を引っかきまわし、巻尺と、メアリーが使っていたのと同じ平たい鉛筆を一本取り出した。頭の中でいまの数字を反芻する。四と一六分の一一インチ。聞いたこともない数字だ。高校時代の数学の授業の亡霊がフラッシュバックする——幾何の証明問題、代数の方程式における変数。四と一六分の一一インチ。くり返すたびにますます意味がわからなくなり、粉塵と水のまじったどろどろの液体の中に言葉が溶けていく。

私は巻尺の金属製の爪を砂色のタイルの縁に引っかけて、そのまま端まで引っぱった。まだしゃがんでいるメアリーはこちらに背を向けると、床のモルタルに別のタイルを押しつけた。そうして彼女の背中が見えているあいだ、私は親指の爪を使って巻尺の細かい目盛りをできるだけ急いで数えた。一六分の一、二、三……。九まで数え終わっていた。

「ひょっとして、数えてるの？」こちらに背を向けたままメアリーが尋ねた。

私は顔にかっと血がのぼった。ああ、これで審査に落ちてしまった、と思った。大工としてのキャリアがここで始まり、ここで終わった。まさにいま、メアリーは頭をぽんと叩いて言うだろう。「この子、巻尺の目盛りの読み方も知らないのか！」。カンニングしているところを見つかったみたいな気分だった。

弓のこを使う、釘を打つ、水しぶきの中で回転する刃でタイルを切断する——こうした作業には経験がいる。それについては今朝車で移動するあいだも、タイルを切断するあいだも、自分に言い聞かせていた。道具や材料をただちに自分の思いどおりに使うことはできないし、期待もされていないと思っていた。でも巻尺は……あらゆる道具類の中でもまさか巻尺がこんなに難題だったとは考えてもみなかった。

一般にコンベックスと呼ばれるこの種の巻尺は、いまではどこの家庭の道具箱や引き出しにもはいっているものだ。私が子供の頃、キッチンの引き出しにひとつあって、それでよく遊んだものだった。椅子の脚に先端をくくりつけ、巻尺を最後まで伸ばしたところで揺すると、容器が床をのたうつようにして戻っていくのだが、その勢いで弾んだり床にぶつかったりするのが楽しかった。

自動的に巻き戻るばね式の巻尺の特許は、一八六八年、コネチカット州ニューヘイブンに住むアルビン・J・フェローズという男に最初に与えられた。彼の最大の貢献は、測定したい場所まで巻尺を伸ばしたとき、そこで固定できる仕組みを考えたことだった。計測を終えるまえに巻き戻らないようにしたのは、とても有用な改良点だった。

しかしコンベックスは一九四〇年代になるまで普及しなかった。それまで大工たちは木製のたたみ尺を使っていた。昔住んでいた実家の車庫の作業台に、実際に使われていたものがあった。一度蝶番に指を挟んだことがあり、あのときの痛さはいまも忘れられない。

使うのが時代遅れの木製のたたみ尺だろうが、新たに考案されたコンベックスだろうが、問題は変わらない。私がどんなに重いものを運ぼうと、この失敗を挽回することはできない。私には大工仕事について基本的な知識さえない。思った以上に何も知らなかったのだ。

メアリーは立ち上がって私の横に立った。そして私の手から巻尺を取った。

「ほら」彼女が指をさす。「これ何?」

「二と二分の一インチ」

「これは？」

「二と四分の三インチ」

「こっちは？」

「二と四分の一」

メアリーはまた別の場所に親指を動かした。手にくっついたモルタルが乾いて、関節のところでひび割れている。女性らしい長い指だが、力強い。

「二と八分の一？」

メアリーは首を横に振った。「もう一回考えて」私はもっと身を乗り出して目を凝らした。メアリーから煙草の匂いが漂ってくる。

「二と――」日盛りがぼやけ、頭の中が真っ白になった。シャツの胸の上のほうの濡れた場所に触れる。メアリーはもうしばらく待った。

「二と八分の四はどれ？」と助け舟を出してくれた。私が親指でさす。

「じゃあ、これは？」メアリーがさっきの場所に親指を戻した。

「八分の三。二と八分の三よね？」

「そのとおり！」メアリーが笑った。

テープを容器に巻き戻してから尋ねる。「一六分の一二は？」

そのとき分数の約分の仕方を急に思い出した。「四分の三！」小学四年生でも答えられるような問題にやっとこさ回答して喜んでいるようではどうしようもない。なんだか馬鹿みたいだ。でもそれはメアリーのせいではない。彼女には人を見くだすようなところは微塵もなく、辛抱強く質問を続けて、私に無知さを思い知らせるというより、なんとか理解させようと努力していた。よき教師である証拠だ。

「そう、四分の三だよね。そして、一六分の一二が四分の三だってことを思い出せば、一六分の一三は、どうなるか？　一一は？　九は？」それからメアリーは、昔自分が下についていた棟梁のバズの話をしてくれた。第一級の完璧主義者で、三二分の一インチまで正確さを求めるベテランの大工だったという。「あたしも最初は数えたよ。練習あるのみ。練習すればできるようになる」

私は練習した。私たちはその日、同じプロセスを何度もくり返した。具体的な行動――まずあれをやり、次にこれをやる。計測して、印をつけ、切る。切断機の音、水しぶき、乾いた冷たいタイル、濡れた切断されたタイル。切断機の正面に陣取り、鉛筆の線に目を凝らす。すると、時間も言葉も、ほかの何もかもが、体を使った動作と精神集中によってかき消され、どこかに吹っ飛んでしまう。

新聞社での日々が、機械的な反復とはどういうものかを教えてくれた。編集部で自分の机に座り、指先でキーボードを叩き、マウスをクリックするうちに、画面の鈍い光が自分の青ざめた頬や虚ろな瞳に映り込み、ああ、これが脳みそを鈍らせる機械化、考えのない、意味も目的もない行動なんだと思ったものだった。でもここでは、タイルにはそれぞれ置かれるべき場所があり、おのおのが全体の一部であり、計測のひとつひとつ、切断のひとつひとつに意味がある。ぼうっとして、だらけていられるような瞬間はない。確かにくり返しは多いが、けっして退屈ではない。この実地試験の日に私が悟ったのは、たとえ何千枚とタイルを切断しても、たとえ一年間タイル切断機の作業にしか携わらなかったとしても、つねに注意を怠るわけにはいかない、ということだ。毎回が真剣勝負なのだ。作業が速く、うまくもなるだろう。切り口がまっすぐになり、刃がつっかえるのも減るはずだ。それでも集中を切らせない。タイル作業のくり返しは、自分はそこに確かにいるんだという感覚を、存在の実感を生んだ。

「煙草休憩」メアリーは宣言し、雨の中、煙草を吸いに外に出ていった。「かみさんには内緒だからね」。私は、それまでに完成した床の部分を眺めた。雨が窓や頭上の屋根に打ちつけている。階段をのぼってくる足音がして、老人が現れた。百歳と言われても不思議ではないように見えた。白い髭をはやし、長く伸ばした白髪をポニーテールにして背中に垂らしている。まるで、雪の中で暮らす動物の尻尾のようだ。ハンマーがくくりつけられた、ペンキの散った薄手のズボンと、シーツが肩にかかっているかのようなだぼっとした白いTシャツ。ペンキ缶と刷毛、薄汚れたカンバス地の垂れよけの布を抱えている。彼は部屋の反対側、屋根窓のすぐ横に陣取った。

「女がこの仕事をしているのを見るのはいいもんだ」

どう言葉を返していいかわからなかった。私は実際にはまだこの仕事をしているわけではなく、実地試験を受けている最中で、巻尺の読み方さえ知らない、などと説明するのは野暮だろう。かといって、一〇〇歳の仙人がこの仕事をしているのを見るのもいいものですよ、なんて言うのもやはり野暮だ。

「ありがとう。この仕事ができて、私も嬉しいです」

煙草休憩からメアリーが戻ってくると、私たちはほとんど口もきかずにタイルを貼り終えた。グラウト仕上げをするにはひと晩おかなければならないので、今日の作業はもう終わりだった。作業への集中、まったく新しい仕事、一日のリズムがまだつかめないことが相まって、時間があっというまに過ぎた。たとえば午後の昼下がりに自分のデスクでただひたすら時間をつぶすことは、ほとんど拷問に近い。なぜなら頭のどこかで、それは自分にとって唯一無二の時間だとわかっているからだ。自分の時間には限りがあり、いつかは終わる。かつてあるパーティに出席したときに、ある女の子が招待客ひとりひとりに「これはあなたの人生の一部分よ？　無駄にしていいの？」と告げてまわったことがあった。そうして確認されると、なるほどそのとおりだと思うが、得てしてすぐに忘れてしまう。私は床に並ぶタイルを見て、なんだかいい気分だった。

私たちは道具をまとめ、バンに積み込んだ。帰りの車中で、私は少々震えていた。そしていろいろ考えた。タイルをだめにしすぎてしまったかも、とか、力持ちだってことに少しは感心してもらえただろうか、とか、彼女の手元が陰になりそうになるとその場からどいていたことに気づいただろうか、とか。

「寒い？」メアリーが尋ねた。

「少し」

メアリーは暖房を一気に上げた。フロントグラスをワイパーが行き来している。

メアリーの家の前に着いたとき、私が感謝を告げると、彼女は笑った。「こちらこそありがとう」メアリーは言って、現金で七〇ドルを手渡してくれた。つまり時給一〇ドルということだが、自分の仕事ぶりからするともったいない額だと思えた。「帰って熱いシャワーを浴びて。頭にくっついたタイルの粉塵を洗い流したほうがいいよ」思わず頭を撫でると、濡れてざらざらし、髪にタイルの粉がこびりついていた。私は改めてありがとうございましたと告げた。

「じゃあ、気をつけて」彼女は言った。

それは決別の言葉だった。もう二度と会わない赤の他人に告げる別れの言葉。私は家路についたが、寒さに震え、一日立ち仕事だったせいで骨の髄まで疲れが染み渡り、すっかり落ち込んでいた。あの最後のひと言で、彼女は別の誰かを雇うことに決めたのだと悟った。〝じゃあ、気をつけて〟。風が強くなり、雨が叩きつけるように降っていた。早めにベッドにはいった私は、いやなことばかり思い出した。後悔、仕事、お金、健康保険、孤独、乗り遅れた列車、予定がひとつもないカレンダー。

翌朝、曇ってはいたが雨はやみ、メアリーから電話がかかってきた。もしよければあんたに決めたいと彼女は言った。私は喜んでお受けしますと答えた。

CHAPTER 2

HAMMER

ハンマー

叩く力について

採用された翌日、私はメアリーの家の地下作業場に足を踏み入れた。「〝驚異のあばら家《ブンダーホーベル》〟〔一五世紀から一八世紀まで欧州で流行した珍品蒐集室「ブンダーカンマー（驚異の部屋）」をもじったもの〕へようこそ」メアリーは言った。二台並んだ卓球台が作業スペースだった。表面にはぼこぼこと穴があき、ペンキが散り、木工用ボンドのかたまりが点々としている。多くは錆びついていてもう蓋が開かないペンキや塗料の缶が高々と積まれていて、缶の持ち手に張った蜘蛛の巣に積もる埃を、上部にある小窓からはいる光が照らしだしている。天井近くのさまざまな配管や梁のあいだから電源コードが垂れ下がっている。作業ベンチの上には、白黴がふわふわと浮く飲み残しのコーヒーがはいったマグ、丸型サンドペーパーの包み、壁材用ねじの古い箱、名前のわからないのこぎりの空箱が置いてある。めったに使われない（柄や刃に積もった埃からそう推測できる）道具がハンガーボードに下がっている。そこにはほかに、弓のこや長いねじ回し、青いペインターテープのロールも掛かっている。ハンガーボードの隅には、鋏の部分が木製で取っ手が金属製の変わったクランプもぶらさがっている。天井から下がる裸電球は動作感知式で、しばらく動きがないと消えてしまった。私たちはまた明かりをつけるために、馬鹿みたいにその場で手を振り回した。

その混乱の中にはたくさんの可能性が潜んでいた。ここにあるどの道具にも、それぞれに名前と使い道があり、それにしかない特長があるのだ。なんという力！　ここにあるものを使えば、壁を、家を、全世界を作れるのだ！　コーヒーマグをどけて卓球台の上に広げた道具を持ち、作れ！

「グラウト材の注入はやったことある？」メアリーが入れ物の中を引っかきまわしながら尋ねた。

「いいえ」

「じゃあ、その心づもりでいて」

現場の建築家の家では、ガタガタバンバンという作業の音が響きつづけていた。メアリーは暗褐色の粉末状のグラウト材を大きなミルク容器からきれいなバケツに注いだ。今回は息を止めてという指示はなかったけれど、どのみち私は息を止めた。メアリーがそこに水を加えてまぜた。

「グラウトのほうが〈泥〉より少しゆるめと考えるといい」彼女はどろっとしたものからミキサーを引き上げ、垂れる滴を確認した。卵の白身を泡立てるときに、角が立つかどうか見るのと同じような感じだ。彼女は私に、プラスチックの柄に平らなブレードがついている道具を渡した。デッキブラシのブラシ部分に白くなめらかなゴム製の細長い板がついているようなイメージだ。メアリーはこのコテを〈フロート〉と呼んだ。道具の名前としてはとてもすてきだと思う。波と小さなボート、水に浮く《フロート》自分の体が思い浮かぶ。ふいに、兄のウィルと私を父が海釣りに連れていってくれた、とうに忘れていた記憶がよみがえってきた。ルアーを作るときフロートと呼ばれる部品がなかったっけ？　父は竿を大きく振って釣り針を波間に投げ、できるだけ速くリールを巻いて派手な色のルアーを小魚のように跳ね上がらせて、獲物の魚の注意を引こうとしたものだった。「海を見ずに一生を終える人も中にはいる」ある日の夕方、浜辺で釣り道具をしまいながら父は言った。父はきちんと整理整頓された釣り道具入れ《タックルボックス》に針を入れた。そこには輝く羽根のような飾りや鋭い針が並んでいた。

「基本的には何をすればいいか、わかるよね？」メアリーが尋ねた。

「はい、たぶん」

「タイルのあいだの目地をグラウトで埋めるんだ」

私たちはグラウト材を床にこぼし、移動しながらタイルとタイルのあいだにフロートで広げていった。メアリーの動作には淀みがない。タイルの目地に押しつけるように、まずこちらの方向、次に反対方向と、フロートを対角線に動かしていく。私はというと、いかにも不器用だった。フロートの縁を使って、グラウトをなんとか隙間に集めようとした。

「前後に動かしたほうが平らになる」メアリーが言った。私は彼女のやり方を真似ようとした。「気泡がはいらないようにすること。それから、タイルの上にグラウトが残ると、それだけあとで拭い取るのに時間がかかる」

タイルの隙間が埋まると、目地の線が碁盤目状の都市の地図のようだった。

「昔は膝当てなんかつけずにできたんだけどね」メアリーが言った。「見苦しい？」

そんなことはなかった。

「年には勝てないよ」メアリーはいわゆる〝女中膝〟について話した。私には初めて聞く言葉だった。正式には膝蓋前滑液包炎という。膝蓋骨の前面にある水のはいった袋（膝の皿）が炎症を起こす病気で、ひざまずく時間の長い人が罹患しやすい。たとえばシンデレラみたいに日常的に床磨きをする人や、グラウト塗布をする人も。

古いTシャツを利用したぼろ布でタイルの汚れを拭き、床の作業は終了した。するとメアリーが私にバールを渡した。「地下室に下りる階段の踏み板を剥がしてきて」

私はバールを手に、地下に下りる階段の最上部に立った。地下室独特の湿った石の匂いのする、ひんやりした風が吹き上がってくる。これからしようとしていることが、メアリーの意図する作業だといいのだけれど。メアリーが敷居を剥がすのに使った小さな金てこより太くて長いそのバールを、最上段の踏み板の下に突っ込む。踏んばってぐいっと持ち上げると、板がめりめりと剥がれ、木材をつなぎとめていた釘が泣き声をあげて、板が一気にはずれたのがわかった。バールにこれほどの力があるなんて驚きだった。最上段の踏み板をはずし、次に取りかかった。のぼりくだりをする足が何度も踏んだ、色褪せた灰色のダークウッドの木材が次々に脆くも裂け、取れていく。私は呻き、汗をかいていた。半分まできたところで自分の手際のよさに満足し、階下を見下ろした。奥の壁際に長い作業台があり、隅に古そうな赤い万力が取り付けられている。

それを見たとたん、実家の父の地下作業場を思い出した。父はそこでいつもデコイを彫っていて、やはりさまざまな道具であふれていた。テーブルソー、帯のこ、弓のこ。やすり、鑿、鬼目やすり。一見、小型の鎖鎌のような、いかにも恐ろしげな鋭利な刃物。ほとんどの道具は名前もわからなかった。父は木製の持ち手の道具で鳥を彫刻した。フエチドリ、アメリカオシドリ、ひょろっとした細長い脚と弧を描く長いくちばしを持つシギ類。そして、ときには細かくリアルに、ときには民芸品風に無骨に、色を塗った。それから本物そっくりのガラスの目を貼りつけた。鳥たちは、父が浜辺で目を皿のようにして探してきた流木の台座に、ダボでくっつけられた脚で立っていた。カモのデコイは中が刳りぬかれており、本物のカモをひきつけて撃つために、湖や川に浮かせて囮として使うこともある。でも父はけっして狩猟用には使わなかった。父の作る鳥はとても美しかった。体やくちばしの曲線、きらめく瞳、羽根。灰褐色で斑点の散っているものもあれば、黒に近い深緑色のものもあった。

子供の頃は、直方体の生木のかたまりがほかの何かになる過程にはほとんど関心がなかった。父はしょっちゅう地下室に下りていき、やがてまた姿を現すときにはチドリのつがいやカモを手にしていた。たいていは結婚祝いや誕生日プレゼントとして人に贈られた。一部は、わが家の暖炉のマントルピースの上や本棚にも置かれた。私自身も六インチ（約一五センチ）ほどの高さの彩色されていないアオサギをひとつ持っている。ケンブリッジの町のチャールズ川からそう遠くない場所で、ボーイフレンドのジョナと一緒に暮らしている小さなアパートメントの窓辺近くの背の高い棚に、それは置かれている。数年前に父がくれたとき、いつか実物大のものを作ってやると約束した。あの作業場で私が興味を持った道具は、焼印ペンぐらいのものだった。ペンは電気で熱くなり、木材を焦がして字が書けるのだ。私は作業台や木の切れ端に自分のイニシャルを焼印した。でも、母と別れたとき、父は道具類をすべて倉庫に片付けてしまった。

作業途中の階段にあらためて向き直り、顔を上げたとき、この家のオーナーで、自身も建築家であるコニーが階段の最上段に立っていた。年は四〇代と思われ、こざっぱりした服装で、髪は角度のあるボブ、手にノートを持ち、耳に鉛筆を挟んで、こちらを見下ろしている。

「こんにちは」あなたどなた、と問いかけるような口調で彼女が言った。

私は、彼女の地下室へと続く階段を見上げた。踏み板を剥ぎ取られ、いまでは骨組みと暗い穴しか残っておらず、下りるのは難しい。ふいに事情を察し、たちまちパニックに襲われた。私が剥がしたものは本当に踏み板？　もしかして、間違えたところを引っ剥がしてしまったの？　彼女、下におりる必要があるの？　ここにいる私は、バールを振り回して彼女の家を無意味に破壊する、どこの誰とも知れない闖入者だ。私は彼女の顔を見上げ、困ったように微笑んだ。「私はただ――」

「いいのよ」彼女は何かに注意を引かれたかのように、右手のキッチンに目を向けた。「ちょっと待ってて」そちらにいる誰かに声をかけた。「わあ、ちょっと待って、キャビネットに気をつけて」それから彼女は、床のハードウッドをブーツの踵で踏む、太鼓のような音を響かせて、その場から立ち去った。

彼女が戻ってくるのをしばらく待ったが、その気配はなかったので、また一段一段、階段を壊しつづけた。まもなく最下段にたどりつくという頃に、メアリーが現れた。私はひび割れた板を地下室のドア脇に積んでいるところだった。メアリーは階下を見下ろし、うなずいた。

「バールってすごいんですね」踏み板の定義を疑う不安な気持ちを表には出さず、私は言った。「スーパーヒーローになった気分です」

「それはよかった」メアリーが言った。「ただ、次回は最下段から始めて、徐々に上がるようにしたほうがいい」

私は目を上にあげ、いままでは踏み板がひとつもなくなった階段をどうにかしてのぼらなければならないことに気づいた。

三日目、現場に向かう車の中で、建築家のコニーから私について訊かれたとメアリーが言った。いままではジャーナリストをしていたが、最近になって自分のもとで仕事を始めたと話したという。建築家は「だと思った」と言ったらしい。どうしてわかったのだろう？

その日の午後、メアリーと私は主浴室にいた。私は浴槽の横手に腰かけ、メアリーがシャワーの水受けにかがみ込んで、〝シャワーに水勾配をつける《ピッチング・ア・シャワー》〟とはどういうことかやってみせるのを眺めていた。メアリーはシャワーの下にセメントを流し込み、コテでならしていく。こぶができたり気泡がはいったりしないように気をつけながら、どの方向からも排水口へ水が流れていくように正確に傾斜をつけていくのだ。湿ったセメントの上にぶれのない動作で何度もコテを往復させ、表面をなめらかにしていく。ひと塗りするごとに、水受けの表面がセメントで覆われていく。それは、二〇代半ばに一緒に暮らしていた親友が料理をする姿を見ていたときの幸福感と似ていた。親友は器用に材料を刻み、鍋をかき回し、調理台とガス台のあいだを行き来した。道具の使い方を知り尽くしている人の動き、その技術や、無意識に基本作業をやってのける手際を見るのはとても楽しい。私はメアリーの動きをうっとりと目で追った。

そのとき建築家のコニーが戸口に現れた。

「あなたの秘密の顔を見つけたわよ」

私ははっとわれに返った。とたんにむかっ腹が立ち、顔が紅潮するのがわかった。いまの言葉にはうっすらと無言の非難が感じられた。大工でもないのに大工のふりなんかして、と言いたげだ。「べつに秘密にしていたわけではありません」

「あなたがすっぱ抜いた有名な特ダネはない？」

「読書欄の記事を書くことが多かったので」

建築家は、へえ感心した、というように眉を片方吊り上げた。私は足元のバケツ型道具入れを、続けて三日間はきつづけている汚れたジーンズを、かがんでセメントをならしているメアリーのことを意識していた。

「フィクション？　それともノンフィクション？」コニーが尋ね、最近何かよかった本を教えてほしいと言った。私は何冊か挙げ、どこが気に入ったか話しはじめた。「デビュー作の短篇集が最近発売されて、それがすばらしいんです。著者は現実世界とファンタジーをすんなり融合させている。だから、このかわいそうな夫婦は私たちみんなと同じような暮らしを送っていると思いながら読んでいると、急に伝説の怪物ビッグフットやネス湖のネッシーが登場して――」

「スポンジを取って」メアリーが言った。

私は唐突に話をやめ、バケツの中を引っかきまわした。胸がどきどきし、顔に血がのぼるのを感じた。意識が逸れていることを私に注意しようとしたのか、本当にただスポンジが必要だっただけなのか、実際のところはわからない。だが、要点は伝わった。私はメアリーにスポンジを渡し、口をつぐんで彼女の動作をまた観察しはじめた。コニーはそっと姿を消し、屋敷内のどこか別の場所で作業する別の作業員のところに向かった。私は浴槽の縁にまた腰を下ろして、水を排水口に導く方法を覚えることに集中した。

春が夏へと移り変わり、メアリーと私も仕事場を転々とした。ドーチェスターにある住宅のキッチンに備え付けの本棚を作った。購入されたばかりの、ジャマイカ・プレーンの中古のぼろ屋では、壁を壊し、棚を修理し、天井の穴をふさいだ。ケンブリッジに住む上流階級の女性の家では幅木を取り付け、それからひたすら塗装しつづけた(「ああ、まったく。白は白でも、リネン・ホワイトじゃなくて、アトリウム・ホワイトにしたいの。玄関ホール、客間、応接間を全部塗り直していただけるかしら?」)。また、サマービルに所有する小さなマンションをどこもかしこもキリンの置物で飾っている老未亡人のために、浴室を改修した。私は仕事が必要とする技術を、ひとつひとつ、徐々に覚えていった。

作業の種類の多さにも、ある仕事を終えて次の仕事に移るスピードにも、わくわくした。でもメアリーは不満そうで、いまの景気の悪さを嘆いていた。大規模な建築プロジェクトを実現する裕福なクライアントが見当たらず、雑用やら修理やらで仕事の数を稼いでいるような状態だった。本来彼女はもっと規模の大きな、お金をかけた改築工事のほうが好きだし、技術もあるのだ。ここで一日働き、あそこで数日、こっちで一〇日、終了すればまた別の仕事に移る。はい、裏のテラスが、新しい窓が、壁が完成しました、といった具合だ。メアリーはアパートメントの全面的な改修、キッチンを床から天井まですべて改装する作業など、同じ場所に六週間とか二ヵ月とか長期滞在しなければならない仕事について、うっとりと話した。

ただただ塗装を続ける退屈で単調な日々が続くと、一、二時間ひと言も言葉を交わさないこともあった。それはおたがいにとって心地のいい沈黙だった。くだらないおしゃべりで時間を埋めるプレッシャーを感じずにすむ関係に、ふたりとも感謝していたと思う。彼女はローラーを使い、私はローラーでは届かない、幅木の縁沿いや隅、天井と壁の継ぎ目などを刷毛で塗る。どこかで目にした、大衆的な禅思想書か何かの「仕事そのものになれ」という言葉がふいに頭に浮かぶ。私はアトリウム・ホワイトが室内に広がっていくその流れに身をまかせようとした。バニラミルクシェークがはいった桶みたいに見えるペンキ缶から、刷毛の荒毛に移り、壁へ。手の中にある木製の刷毛の持ち手の手触り、クリーミーでなめらかな感触のペンキ、壁を覆うそばから乾いていく絹のような光沢。

でも、際限なくおしゃべりするときもあった。

「知ってのとおり《クレイグスリスト》に募集広告を出したんだけど、あのときなんと三〇〇人も応募があったんだ。まさか三〇〇人なんて」メアリーがその話をしたのはそれが初めてではなかった。「信じられる？ 二四時間も経たないうちに、だよ？ 二〇年間も大工をやってきたっていう男の人たちからもメールをもらった」彼女がローラーをトレーに置くと、びしゃっとペンキが跳ねた。「そういう時代なんだよ」

おてんばな少女時代を過ぎて、壁にイケメン揃いのバンドのポスターを貼るようになった、娘のマイアのこともよく話した。

「子供がいると、時が経つのが早いよ」

「どうして？」

「自分がどれだけの年月を通り過ぎてきたか、いやでも意識するんだ」

マイアは生物学的には、メアリーの妻エミリーとふたりの親友ヘンリーのあいだの子だ。メアリーとエミリーはウィンターヒルにあるレモン色の大きな二世帯住宅の上階に住み、ヘンリーはその夫とともに下の階に住んでいる。ひとつ屋根の下で暮らす四人の親、ひとつの家族。

「そういう暮らし方をしている家族、ほかに知ってる？」私は尋ねた。

「あたしのまわりにはいないなあ」

「お子さんは、それはもうたっぷり愛情を注がれてるんでしょうね」

「たったふたりの両親で、ほかのうちがどうしてやっていけるのか、不思議だよ」

以前はひと家族用の家に五人で暮らしていたという。いま住んでいる家をみんなで買って、上の階と下の階に分かれたとき、これって離婚だよね、とマイアは言ったという。

メアリーの妻エミリーは笑顔のすてきな人で、ソーシャルワーカーとして働き、肩に鶴と蔦のタトゥーがはいっている。フィットネス・クラスでインストラクターもしていて、トライアスロンに出場する。ふたりはもう二〇年以上も一緒にいるが、それでも電話で話すと、メアリーの声は一段高くなり、やさしさと愛情が滲む。「ハニー、愛してるよ」髪にペンキをくっつけ、口には釘をくわえているこのタフな女性が、長年連れ添っていてもこんなふうに妻にやさしく愛情深く接するのを見ると、なんだか嬉しくなる。

メアリーは私より一三歳年上で、それは親子ほどは離れてはおらず、かといって仲間意識を持つほど近くもなく、ちょうどいい距離感の年齢差だった。上司ぶったり人を見くだしたりすることなく、無理に教え込もうともせず、自然体のままで、あたしのすることから学んでと私に伝えた。彼女自身すべてがわかっているわけではなく、わかっているふりもせず、自分もまだ学ぶことばかりだという態度で臨み、だからこそ理想的な教師だった。

でも私たちの会話は、もっと大きな仕事がしたいという話に舞い戻りがちだった。

「もっと手ごたえのある仕事に戻りたいよ」ケンブリッジの細い路地を見下ろす出窓のある寝室の壁をローラーで塗りながら、メアリーは言った。「こういうミッキーマウス級の雑用（アマチュアでもできそうな仕事をメアリーはこう呼んだ）ばかりやってると、頭がどうかしそうだ」

私は違う。私の頭はつねに興奮状態だった。

私たちはサマービルの袋小路の路地に面した裏庭のテラスを一週間かけて作った。腐ってぼろぼろになった既存のテラスを解体したあと、支柱を立てる穴を杭穴掘り機で四つ掘った。杭穴掘り機というのは、ふたつの長いハンドルのついた両面ショベルで、ふたつの持ち手を使って地面に刺し、土を捨てるというふたつの作業のコンビネーションで穴を掘っていく。まず地面に刺したところでハンドルを横に引き離すと、ショベルが合わさって土をつかみ、それを引き上げて近くに捨てるのだ。作業には何時間もかかり、私は肩が痛くなった。各穴は四フィート（約一二〇センチ）の深さまで掘らなければならなかった。それは相当な深さで、墓掘りみたいとつい考えてしまう。

アメリカ北東部では、テラスのような構造物を支えるとき、基礎の深さは地下四フィート以上と定められている。それが凍結線を越える深さなんだ、とメアリーは言った。冬になると、地面は地表から下に向かって冷えていく。二月のある日、寒さが肌から染み込んで奥の血や骨を凍らせるように感じるのと同じく、低温は下へ、奥へと伝わっていくのである。土に含まれる水分が凍ると地中で膨張し、触れるものすべてを圧迫する。一平方センチあたり何トンという力がかかれば、フェンスの支柱や横架材、建物さえ動いてしまう。

春になると、フェンスの一部の支柱が地面から持ち上がって、高さがでこぼこになっているのを見かけることがある。深呼吸したときに胸が膨らむように、凍結によって隆起したのである。だから、フェンスの支柱の穴は凍結線より下まで掘ることが大切なのだ。これは初めて知る事実だった。土と水と寒さとテラスの支柱との関係、誰の目も届かない地下のダイナミズムなど、考えたことがなかった。

私は行くところ行くところで、玄関ポーチやテラス、ベランダに意識が向くようになった。そして、緑がかった色合いの加圧注入処理された木材を探した。かつては、防水・防腐を目的として、木材にヒ素その他の化学物質が染み込ませてあったのだ。メアリーからヒ素という言葉を聞いたあと、テラス用に材木を切るときには息を止めるようになった。加圧注入処理された木材はふつうより重く、触れると妙に冷たく湿っている。身のまわりを見渡してみれば、テラスはありとあらゆるところにある。ゼラニウムの鉢植えが置かれ、シダのハンギングバスケットが下がっている。手すりにはクリスマスの電飾が巻きつけられ、手すり子には自転車がくくりつけられてロックされ、防水加工されたクッションで座り心地をよくしたベンチがある。どのテラスも、誰かが木材の長さを測り、切断して作ったものだ。そして私たちもそのひとつを作っている。

いままでは当たり前だと思っていたものが目の前でパレードし、最前列で眺めているような気分だった。たとえば階段。各階を移動する、玄関のドアにたどりつく、地下鉄に乗るために地下に向かう——いずれの場合も階段が便利だ。その蹴上げ（高さ）と踏面（奥行き）は、一定の法則によって決まる。私たちはみな、階段をのぼることで一段ずつ高い場所に移動していることを知っていて、足先が段の縁にかかる感覚も体になじんでいる。逆に下りるときは、のぼりよりきしむ音が大きく、そこで硬いしっかりとした次の段が迎えてくれる、ちゃんと体重を支えてくれると期待して足を下ろす。ところが期待どおりの場所に段がなかった、あるいは期待より早くそれがあった場合、足首に衝撃が走り、不快な振動は膝まで伝わる。誰もがあの眠る直前のふっと落ちる感覚を覚える。一歩足を踏み出したけれど、そこには何もなく、シーツの中で慌てて手足をばたつかせることになる、あのどこかに沈んでいくような感じ。筋肉はたちまち記憶を形成する。骨は次の一歩をどこに置くべきか知っている。だから階段の段はその期待に応えることが重要なのだ。階段のルールの誕生は、太古にまで遡る。

紀元前一世紀に書かれた建築に関する一〇巻におよぶ論文『建築について』で（ただし、建築だけでなく、天文学や解剖学、数学、色彩についても書かれている。たとえば「ここからは紫色について話したいと思う。紫色は、高価という点でも、人に喜びを与えるという意味でも、ここまでに言及したどの色より勝っている」など）、著者のウィトルウィウスは、「階段の蹴上げの高さは、九インチ（約二三センチ）以上一〇インチ（約二五センチ）以下とすべきだろう。そうすれば、のぼるのが苦にならないはずだ。踏み板の奥行きは一・五フィート（約四六センチ）

以上二フィート以下（約六一センチ）にすべきである」と提案している。一八世紀のフランス人建築家ジャック＝フランソワ・ブロンデルは、著書『建築講義』の中で、人が階段をのぼりおりする歩幅は、垂直距離と水平距離の比率、つまり一歩の高さと一歩の幅の比で表すべきだとした。現代に近い時代のアメリカ人建築家たちはわかりやすい近似値を導きだし、垂直距離と水平距離の合計はおよそ一七・五インチ（約四四センチ）になるとしている。現在は、人が足を置くことになる階段の踏板は少なくとも奥行き九インチ（約二三センチ）にしなければならない。蹴込み板の高さは八・二五インチ（約二一センチ）未満が望ましい。そして、ふたつの段の間隔はそれぞれ八分の三インチ（約九・五センチ）以上変化してはいけない。

テラスと階段の骨組みを眺めながら、垂直距離と水平距離の比率を計算するのがメアリーでよかったと思った。いまの言葉だけでも学生時代の幾何の授業の亡霊がどこからか現れ、そのあいだずっと「どうせこんなの一生使わない」と頭の中で叫んでいた陰気な私がよみがえってきた——自分の努力不足と能力不足を帳消しにしようとする、もっともらしい言い訳だ。メアリーは階段一段ごとの高さと踏み板の奥行きを決め、裏口のドアの前の踊り場から地面までのあいだに何段必要か割り出した。踏み板と蹴込み板を切り出しながら、私は目の前で起きつつあることを信じられずにいた。もし三日前にこの家の持ち主が裏口から外に出たら、たちまち落下してテラスの支柱に頭を打ちつけていたかもしれない。ところがいまでは踊り場と地面に続く七段の階段が完成している。もちろんピラミッドやパルテノン神殿を建てたわけではないけれど、それでもやはりすごいことだ。最後の支柱の頭部をテラスに固定したあと、私はにこにこしながら、地上からドア脇の踊り場まで七段ある階段を上がった。ドスンドスンとそのたびに足を踏み鳴らし、強度を試した。

「上でジャンプしてもいいですか?」とメアリーに尋ねる。

「思いきりやって」そこで、踊り場で力いっぱい飛び跳ねた。頑丈だ。びくともしない。しっかり私の体重を支えている。メアリーは地上から手を伸ばし、テラスの脇をつかむと懸垂をした。「すごくしっかりしてる」

私たちはドアから地上への通り道を作った。それは通路であると同時に、ひと休みする場所、買い物した荷物を置く場所、中にはいるまえにブーツから雪を落とす場所でもある。感動的ではないか!

それから私たちはあちこちの現場に行った。その数ヵ月、ひとつ仕事を終えるたびに、私のまわりの物質世界を覆い隠していたカーテンがひとつひとつ取り払われていった。いまではそこに玄関が、棚が、壁がある。木材が、ガラスが、漆喰が、ペンキがある。この新たな気づきは、自分の体や立ち位置を把握する感覚をがらりと変えた。私はただの、心を宿す肉のかたまりではない。周囲には壁があり、敷居がある。光や音、車の騒音や雨がはいってくる窓があり、太陽が弧を描いて空を移動するにつれて移ろう影が映るガラスがある。現在の私は、この窓やドアの枠を作るのにいくつ部材がいるか、知っている。これまでそんなことは考えたこともなかったたし、考える機会もなかった。でもいまは毎日の仕事の中で新しい作業に取り組み、やり遂げるたびに、体に叩き込まれる。

慣れ親しんだ環境から離れたとき、たくさんのものが見えてくる――それこそが旅の真実だ。わが家を出て初めて、私たちは気づく。影や鳥たち、サイレンの音、移り変わる空の色、とんがり屋根のてっぺん、川辺の階段がどんなふうに岸まで続いているか。木を駆けのぼっていくリスの色、道端にいる鶏の鳴き声、ゴミを焼く臭い、干潮の匂い、パンを焼く匂い。慣れが私たちの感覚を曇らせている。よく知っている場所にも、サイレンの音やさまざまな匂い、屋根も空も何でもある。でもホームグラウンドにいては、よくよく感覚を研ぎ澄まさないと気づけない。大工仕事は、私のような初心者にとって、見知らぬ外国の町にいるのと同じだった。何もかもが目新しく、いままで慣れ親しんでいたものが急に別のものに見えてくる。キッチンの棚も、寝室の入口も、浴室のタイルも。

仕事と仕事のあいだに二、三日小休止があるようなときは、メアリーの自宅改装の作業をすることもあった。つねにどこかしらに改装途中の場所があり、やるべきことリストには終わりがなかった。いつもどこかの部屋で改装やマイナーチェンジがおこなわれているのだ。その日の朝は煙突の取り壊しだった。

解体業者《デモ》が九時一五分に現れた。

「この人たち、優秀なんだ」彼らの車が家の前に着いたとき、メアリーが言った。

いまにも雨が降ってきそうだったし、風も強かった。三人の男たちが巨大なダンプカーからドスンドスンと降りてきた。親方とふたりの若者は、屋根を見上げて煙突の様子を調べている。煙突は三階の屋根から地下室まで続き、それを全部取り払う必要があった。室内では、壁ひとつは完全に取り壊し、ほか三つの壁を間柱のところまで剥ぎ取り、天井をひとつ剥がさなければならない。三人組はそのためにここに来た。

「よし、おまえたち、始めるぞ」親方が言った。この業界の伝説的存在であり、ゴミ収集業者かつ廃棄物処理業者であり、まさに解体業界の神だ。頭はカーリーヘア、口にはカイゼル髭をたくわえ、太鼓腹は触れると硬そうで、太い指は黒く汚れている。ふくらはぎや向こう脛はピンク色の傷や赤黒いかさぶたで覆われている。早口で、いきなり笑いだしたかと思うと、あたりを鋭く睨みながらゼイゼイあえいだ。

若者ふたりは彼の息子で、二〇代前半に見えるひとりは父親とまったく似ていない。骨と皮しかないと言っていいほど痩せていて、肩も背中も細い。お尻らしいお尻がないせいか、ズボンがずり下がっている。でも、メアリーの話では、彼女のもとで一日解体仕事をしたあと、ダンプカーの脇で片腕懸垂をしていたという。大きな目は青く、ブロンドの巻き毛が顔や髭に落ちかかっている。一見するとフォーク歌手かカルト宗教のリーダーのようだが、大型ハンマーを担いで屋根にのぼる姿は痩せ型の雷神トールさながらだ。私は彼から目が離せなかった。

ややや年上のもうひとりの息子はもっとこの世のものに近く、ハイスクール映画に登場する不良風だ。父親と背格好が似ているが、お腹はそこまで出ておらず、顔が泥で汚れている。頬の肉づきがいいせいで、目が小さく見えた。ニット帽をかぶり、紫色のスウェットパンツをはいている。一度、モルソンビールを一ケース分飲んで泥酔し、過って自分の手を撃ってしまったことがあるとメアリーに聞いた。

彼らはマスクもしなければ、手袋もつけない。安全性が気になった。彼らが叩き壊し放り投げる瓦礫、舞い上がる埃、煉瓦や古いモルタルのかけら、断熱材の粉塵、古い漆喰、錆や黴が肺に、傷を作れば血中にはいり込むのだ。夜、自宅に戻ったあと、咳の大合奏になっているにちがいない。

息子1と息子2は屋根板の上を軽々と歩き、大型ハンマーで交互に煉瓦を叩いている。そうして出た煉瓦の瓦礫をダンプカーの荷台に投げ下ろす。落下する煉瓦のお尻には彗星のように埃が尾を引いた。そして、荷台の金属に煉瓦が衝突するカンという音があたりに響き渡った。

親方である父親は、息子たちが作業をするあいだ、これまで自分がしてきた大工以外の仕事について話してくれた。冬になると、職人の多くがそうするように、自分のピックアップトラックの正面に除雪板をつけて各家の前の除雪作業をするという。一度の大雪で七〇〇〇ドルになる。ひと冬に平均すると一〇回大雪が降るので、一〇晩は長い夜になるが、大金を稼げる。それから、先月請け負ったという、ケンブリッジの六家族住宅の解体作業についても聞かせてくれた。三人で内装を取り払ったが、毎日七トンもの瓦礫が出て、それが一〇日間続き、一万五〇〇〇ドル稼いだという。

「だが、漁師の仕事ほど大変なものはない」親方はそう言って、八〇年代初めに、ボストンの二五マイル（約四〇キロメートル）南にある海辺の町シチュエートで漁船に乗ったときのことを話してくれた。サメを捕獲して、フィッシュアンドチップス用にイギリスに輸出するらしい。漁網は長さがフットボール場の三〇倍あり、水深三二五フィート（約一〇〇メートル）もの深さから引き上げる。「その漁網に何がかかっているか、あげるまでわからないんだ。古い錨、船の破片、人間みたいな歯を持つウナギ、こんなにでかい魚が」親方はそこでなめし革のような手を三フィート（約九〇センチ）ぐらい広げてみせた。「二フィート（約六〇センチ）ごとにかかってる。三〇フットボール場の二フィートごとにだぞ！」彼は目を大きく見開き、がらがら声で笑いながら言った。

トラック運転手としてペプシやバナナを配達したこともあるらしい。それに豚の話もした。去年の一一月に、飼っていた豚が凍傷にかかり、蹄のひとつがバスケットボールぐらいに腫れあがって、殺すしかなくなったという。一部は食べたが、ほとんどは敷地の隅で焚き火をして荼毘に付した。さらに、年に三回は大がかりなガレージセールをする。いくつもいくつもテーブルを置き、長年の解体作業で集めたお宝を並べるという。「何が出てくるかは、開けてみないとわからないんだ」

いまのところメアリーと私が瓦礫の山から発掘したのは、ビー玉をいくつかとニューヨークのナンバープレート、二一世紀最初の年の新聞、緑色のプラスチックの兵隊、靴紐がきちんと蝶結びされている、片方だけの女子用の白いスケート靴ぐらい。壁の中や床板の下から見つかるにしては、妙なものばかりだ。片方だけスケート靴を履き、靴下を履いたもう片方の足で蹴りながら氷の張った池を滑る女の子の幽霊が現れたのか。あるいは、幽霊の子供たちが階段の最上段から新しい壁のほうにビー玉を転がして、もうひとり弟か妹も一緒に遊べるよう場所を広げようとしたのか。

親方のマシンガントークが途切れる稀有なチャンスを見つけ、ふたりの息子さん以外にもお子さんはいるんですかと尋ねる。すると彼は「市長から賞だってもらったことがある天才」だという末息子の話を始めた。でも、高校にはいって道を間違え、結局少年院にぶち込まれるはめになった。「さっきも言ったように、何が出てくるかは、開けてみないとわからないのさ」また大笑いしたが、その笑いはどこかむなしかった。

それで母から聞かされた言葉を思い出した。経験で培った知恵をわが子に授けようと、母は私が一八歳の頃から、子供を持つことについて忠告した。「何が出てくるかは、開けてみないとわからないよ」と長年くり返しつづけた。親方は、壁の背後から見つかるガラクタやお宝、人間の歯を持つウナギ、少年院にはいった息子のことについて言ったわけだが、

「開けてみたらモンスターだった、ってこともあるんだよ」と母は言った。

　息子たちは手早く煙突を取っ払った。一世紀前からそこにあった構造物すべてが、一時間もしないうちになくなった。いまでは、家の真ん中に柱形にぽっかりとスペースができている。まるで誰かが喉に手を突っ込んで、食道を引きずり出したかのようだ。

　彼らは一階の食堂の壁や天井の取り壊しを始めた。壁に大型ハンマーを打ち込み、漆喰のあいだにバールをねじ込み、バリッ、ドスン、そして家の一部が床に落ちる。埃がもうもうとあがって窓から漂い出て、空へのぼっていく。息子1の細い腕だけがときどき窓からにゅっと出て、家を構成していた資材を地面に落とす。とはいえ、とりわけ重い袋を落とすときは、窓の桟に腰かけて体を外に乗り出した。彼が私を、というか私のほうをぼんやりと見たので、軽く手を振ってみたが、笑みさえ見せずに窓の奥に引っ込んでしまった。続いて漆喰と、木摺〔漆喰の下地用の板〕を入れたゴミ袋が落ちてきた。それぞれ別のゴミ袋にはいっている。木摺はきちんと束になっている。重い漆喰のかけらの尖った角がビニール袋からごつごつと飛び出していて、奇妙な黒い子宮からエイリアンがもがき出ようとしているかのようだ。

　木材の束やゴミ袋が窓の外にどんどん積み上がっていく。ゴミを落とすために突き出さ

れた息子たちの腕に、巻き上がった埃が吹きつける。いよいよ天井を落とす作業が始まると、家の中の破壊音がいっそう大きくなった。

窓から騒音や埃や家の一部が矢継ぎ早に出てくると、なんだか不安になる。解体というのは、あっというまにすんでしまうものなのだ。時間や湿気もじわじわと建物を侵食していくが、実感しづらい。それは大型ハンマーと同じくらい強力だが、はるかにゆっくりだ。ふたりの兄弟と、それぞれが携えたハンマーとバールという四つの道具、それにひと巻きのゴミ袋、たったそれだけで、こんなにすばやく建物が解体されてしまうなんて。でも実際のところ、解体作業にはたいして労力はかからない。ほかの部屋と同様にそれまで存在していた四つの壁と天井が、いまでは跡形もない。食道がまずなくなり、次に心室がなくなった。壁があった場所には太い柱が数本あるだけで、キッチンが食堂に滲み出したかのように、ふたつの部屋がひとつになった。残った部屋には穴と間柱とダークウッドの木材しかなく、どこもかしこもでこぼこで、床の隅に灰色の綿状の断熱材がまとめてある。もうそこは骨組みだけの空間だ。ずっとそこに現実に存在していたものが、昼前には消えてしまった。部屋というのは、そんなふうにあっというまに変化してしまうものなのだ。それもこれも大型ハンマーの力だった。

《アラスカのヘインズ郡でぶっ飛んだ《ハンマード》》――アラスカ州ジュノーから九〇マイル（約一四五

キロ）のところにある小さな〈ハンマー博物館〉で売っているTシャツにはそう書いてある。シガーボックス・ハンマー、医療用ハンマー、舗装用ハンマー、どこにでもあるようなハンマー、斧に似たハンマー、チーズの出来を調べるためのハンマー。博物館の創設者のデイブ・パールは、一九七三年、高校を出るとすぐオハイオ州クリーブランドを出てアラスカをめざした。当時の彼はパイオニア精神に駆られ、〝大地に根ざす〟ライフスタイルを求めていたのだ。幼い頃は、地下にある祖父の作業場であれこれいじりまわすのが好きだった。「何だって作れるし、何だって直せるんだ」パールは私に言った。とはいえ、その地下作業場でいたずらしていたときを除けば、大工仕事の経験はあまりなかったらしい。

それでも彼はどうにかこうにか工夫した。一九八〇年、彼とその妻は、州有地くじが当たって、モスキート・レイクの五エーカー（約二万平方メートル）の土地を手に入れた。ふたりは協力してログハウスを作り、「自作の水力発電施設を完成させるまでは」電力なしで暮らした。電気が通っていないということは、電動の道具類が使えないということだ。だからパールは鍛冶仕事を覚え、百種類ものハンマーを独自に鋳造した。でも、彼のハンマー愛の出所はそこではない。

ふたりの息子を連れてアメリカ本土に戻ったとき、骨董屋と蚤の市を巡ったことがきっかけだった。

「絶対に使わないとわかっているハンマーを買ったんだ。膝をこんと叩くような医療用ハンマーさ。それからハンマー収集が始まった」

夏になるとクルーズ船がヘインズ郡にやってくる。パールはそのあいだ、沿岸漁業に携わった。自宅から三〇マイル（約四八キロ）のところにある漁場まで車で行き、観光客がいるあいだは船をつないで町をぶらぶらする。そして観光客が大挙してクルーズ船に戻る夕方頃になってようやく漁に出る。すると二〇〇一年、町の目抜き通りにある廃屋が売りに出された。パールは、そこなら自分のコレクションを陳列し、観光客が町を闊歩するあいだ時間をつぶすのに絶好の場所だと思いついた。それに最近妻のキャロルから、家に置くハンマーは一〇〇個までと言い渡されたのだ。

「そういう巡り合わせだったのさ」彼は言った。「コレクションを人に見せるなんて、考えてもみなかったから。たまたまそういうことになった」

その廃屋をそれらしくするのにずいぶん時間がかかった。基礎工事には、手掘りのショベル、手押し車、橇を使った。掘削のときは、トリンギット族戦士のつるはし、別名〝スレイブ・キラー（奴隷殺し）〟を使って掘った。ポールはそれも博物館に展示している。なめらかな手触りの淡い色の石で、男根をかたどっている。展示ケースの説明書きによると、《およそ八〇〇年前のものと考えられている。かつては細かい彫刻のはいった柄があり、先住民の住居《ロングハウス》を新たに建てるときに隅柱の下に埋める奴隷を生贄にするために使われた儀式用の》つるはしだという。

「これを見つけたのも予兆だったんだ」パールが言った。「自分の方向性は間違っていないとわかった」

ハンマーのどこにそこまで魅力を感じるんですか？「とてもシンプルで、幅広い種類があるところかな。棒の先端に鉄のかたまりがくくりつけてあることだけが共通点で、ほかは千差万別だ」パールは説明する。たとえば、〝叫化鶏《きょうかどり》の木槌〟は中国製で、蒸し焼きにする鶏を包む粘土またはパン生地を割るのに使われる。〝アーモンドツリー・ノッカー〟は、アーモンドの木の幹を叩くもので、するとアーモンドの実がキャンバス地の防水シートの上にばらばらと降ってくる。ノッカーには、トイレ用ラバーカップの持ち手に少し似ているゴム製の柄がついている。

「ちゃんと伝える必要があるんだよ」パールは言う。「ただ靴を作るだけでも、びっくりするほど多種多様なハンマーを使う。いまでは誰もそんなことは知らない」

近年は一般に、実体験によっていろいろなことに気づく機会が減っているのではないかと尋ねると、パールは少し口ごもった。「確かにこういう生活にはこういう生活のいいところがある」彼は、電気のない環境で子育てしたことについて話す。「だが世の中はどんどん変化している」そこで言葉を切り、こう切り出した。「ほかの人たちにも同じことをしろと勧めたいかというと、自分でもわからない」長いこと黙り込み、ふいにまた博物館ツアー・モードに戻った。「大工について話すとしたら、いちばん重要なハンマーは釘抜きハンマーだろうな」

それについては、やがていやというほど思い知らされる。

インマン・スクエアにあるそのカフェは、パニーニ、パスタ、ピザがおいしいと評判で、活気があった。常連客は、小さなテーブルが二、三並んでいる狭い場所を縫って歩きまわる給仕スタッフの邪魔をしないように、テイクアウト用の列に神妙に並んでいる。メアリーと私は、ぎゅっと凝縮された廊下にも似たキッチンと、客が食事をするスペースとのあいだに壁を作ってほしいと頼まれてそこに来たのだった。その壁には背の低い冷蔵庫を置き、キャロットケーキやペローニビールの瓶、サン・ペレグリーノの缶入りオレンジジュースを冷やすという。

カフェ正面の大窓は広場に面している。通りを挟んだ反対側にある〈ドルイド〉という名の暗い小さなバーは、冬の日曜の午後にジョッキビールを飲むのに理想的な場所だ。道をそのまま進むと、床がきしむ古本屋、町いちばんのアイスクリーム屋、気軽にはいれるシーフード・バーベキューレストラン、ブランチが人気のジャズ・バー、風変わりな人たちが集まるコーヒーショップがある。リストバンドをはめ、うつろな目をした近くのクリニックのメタドン療法の患者たちが、そのコーヒーショップの前でたむろしている。インマン金物店の親子は常連客にはつけで品物を売ってくれるし、コンビニで働いているおばあちゃんは、お気に入りの客には魚の形をしたグミをこっそりくれたものだった。ご近所さんはいい人ばかりだ。じつは昔、親友と一緒に四年間そこで暮らしていたことがあり、毎週月曜の夜には〈Bサイド・ラウンジ〉という名前の古い店に行っては、バーテンダーに恋をした。以前サンドイッチを買ったこともあるこのカフェが、いまや仕事場だ。私が壁を作るのはそれが初めてだった。

では人類にとっての最初の壁は？　洞窟の壁がそうだろう。あるいは、オウィディウスが言うように、肉体による壁か？「私たちは母の子宮の中で暮らした……これ以上そんな狭い壁に囲まれて窮屈な思いをするのは無理だと自然の女神が定めるまでは……自然の女神は、私たちの最初の家から私たちを外に引きずり出した」。子宮と洞窟のあとは動物の皮を干して吊るし、テントにした。中世の頃は、食事をする場所と眠る場所は分かれていなかった。家族は安全とぬくもりを確保するため、同じ部屋で眠った。火のまわりで家族が身を寄せ合うひとつの大きな部屋から、寝室という概念が誕生したのは、読書の普及と時を同じくする。壁は人を守る。虫、泥棒、隣近所の人々、うるさい兄弟たち、クマ、風を締め出し、熱、秘密、夜間の家族の安全を保つ。

アメリカのニューイングランドに最初の入植者が住みはじめるのと同時に石壁が野原や森にくねくねと巡らされ、リスやヘビから家を守り、ただの草原と畑や土地を分けた。一八七二年の米農務省の報告書によると、およそ二四万マイル（約三八万キロ）の石壁が、曲がりくねった背骨のようにニューイングランドの風景に張り巡らされていたという。現在それがどれぐらい残っているか正式な記録はないが、約半分は現存しているらしい。この石壁は景観に規律を与え、以前そこに人間がいたこと、彼らが石を積み上げた努力を伝える。石はそれぞれ人が手で持ち上げ、あるいは牛に引いてこられて、ひとつひとつ積まれた。畑や土地などの境界をはっきりさせるために、家畜を囲うために、一家の墓を縁取るために。

マツやカシ、カバが鬱蒼と茂る森の中、木漏れ日が斑に落ちる小道を歩いていたとき、そこからずいぶんと離れた木々の奥に石壁を見つけたことがある。大通りからはそれこそ何マイルもあるような場所であり、執着さえ感じられた。大昔の農民たちがあの石をわざわざここに持ってきて積み上げた。その努力から、いまも残るその確固とした石から、人間の存在感と同時に、彼らはすでにそこにはいないという寂しさも感じる。その石壁が過去に遡るための鎖の役割をしている。牛の囲いにしろ、土地の境界線にしろ、空間を分けることは力なのだ。

壁は構造的に必要なだけでなく、精神的にも必要とされる。壁は私たちを雨風や他人から守ってくれる。壁があるから、セックスやトイレだって安心してできるし、貧乏暮らしや恐怖心を隠してくれる。つまり壁はこう宣伝しているのだ——私たちは弱い、と。

カフェは、メアリーと私が作業するあいだは店を閉めた。つまり、仕事を急がなければならないということだ。彼らだってパニーニを鉄板に押し付けて焼く作業に早く戻る必要がある。私たちはまず冷蔵庫をどけると、天井に2×4（ツーバイフォー）材を取り付け、それと平行に床にも同じものを渡した。さらにその木材の左右の端に、垂直方向にもひとつずつ木材を取り付ける。これで長方形ができあがる。計測して、間柱を取り付ける場所に印をつける。間柱とは、壁の骨組みとなって、漆喰や壁材、合板などを支える垂直方向の細い柱のことである。

キッチンに吊り棚を取り付けるという別の仕事のとき、メアリーが壁を指の関節で叩くのを見たことがある。

「間柱の場所を探してるんだ」とメアリーは言った。「壁の板材だけでは棚を支えきれない。裏から補強している木材に確実に釘を打つ必要がある」これとは別に、壁にドリルで穴をあけ、背後の木材にぶつかったときにドリルビットに感じられる抵抗でそれを判断するやり方もある。ただしこのテクニックが使えるのは、穴だらけになった壁をあとで何かで覆うことができる場合に限られる。メアリーは壁を叩いていき、コンコンという空疎な音が続いていたが、やがてもっとくぐもった音がした。「聞こえた？」彼女はもう一度ノックした。「響かないでしょ？　ここに間柱がある」それから鉛筆で壁に印をつけ、L字形棚受けをあてがうと、壁の板材の裏側にある間柱にねじ留めした。そこから巻尺を伸ばし、一六インチ（約四〇センチ）のあたりでもう一度ノックすると、同じくぐもった音がした。レントゲンみたいな目だと私は思った。「柱の中心から次の柱の中心まで、一六インチ。間柱は一六インチごとに見つかるのが普通なんだ。必ずしもそうはならないケースは多々あるけど、いちおうそれがルールだ」間柱がある場所でブーッと音が鳴り、光が点灯する〝下地センサー〟を買うのもひとつの手だが、そうでなければノックして耳を澄ますことだ。

とにかく私たちは、前の間柱の中央から一六インチずつの間隔で、間柱を取り付ける場所に印をつけていった。私が間柱になる2×4材をまっすぐに立てて持ち、メアリーがまず床の木材に、続いて天井の木材に、三インチ（約七・五センチ）釘を斜めに打ち込んで固定していく。釘の斜め打ち《トーネイリング》とは、釘を斜めに打ち込んで、垂直方向の木材と水平方向の木材をつなぎ合わせる大工用語だ。メアリーは間柱の底辺部分の表裏に三本ずつ、頂上部分の表裏に三本ずつ、各間柱に合計一二本の釘を打ってしっかりと固定した。

メアリーの釘打ちは力強くて正確だ。五回あるいは三回の強い打ち込みで釘が埋まる。これは基本的な作業だと思った。私は、腕っ節は強いほうだし、ハンマーだっていままでに使ったことがある。そんなに難しいことはないだろう。

メアリーは私にハンマーを手渡した。青いゴム製の柄にまだメアリーのぬくもりが残っている。彼女はカフェのオーナーであるふたりの女性とおしゃべりを始めた。

「ケータリングのシフトにはいりたくなったら、いつでも言って」女性のひとりがメアリーに告げた。

「昔のよしみで、か」メアリーが笑った。

「ここで働いてたの？」私は尋ねた。

「以前ね。もう一〇年前ぐらいになる？　牛乳なんかを冷蔵庫からどのくらいのあいだ出しておいても大丈夫なのかがすごく気になりはじめたのは、あれからだよ」

　メアリーが仕事場に持ってくるお弁当は、急いで詰めたツナサンドイッチと袋入りポテトチップスなどというけちな代物ではない。彼女のタッパーウェアからはいつだってとてもいい匂いが漂ってくる――ガーリックトマトソースであえたソーセージと白インゲン、昨夜自分でグリルしたポークリブ。メアリーはいつもポークの話をしている。食べ物に気を使い、きちんとした食生活を心がけているのだ。

　三人が他愛のない話を続けるのをよそに、私はハンマーを握った。左手でぴかぴか光る三インチ釘をつまみ、その小さな頭をじっとにらんで、2×4材にあてがう。メアリーがやっていたような角度で釘に狙いをつける。そのまま打てば、垂直方向に立っている間柱を貫通して、床の水平方向の木材にめり込むはずだ。集中するにつれ、三人の話し声が遠ざかる。木材に釘の先端を押しつけ、そうしてできた穴で釘を安定させてから打つつもりだった。穴からずれたので、釘の位置を定め直し、親指と人さし指でぎゅっとつまむ。

ハンマーを上げ、振り下ろした。釘が吹っ飛び、床にカチンと当たって滑っていった。

箱から別の釘を出してもう一度やり直す。木材に少し押し付けてそこを手がかりにする。もたもたしないほうがうまくいく。あらためてハンマーを打ちつけた。釘は左に曲がった。反対方向に打って、まっすぐにしようとする。もう三回打つ。バン、バン、バン。釘はさらに曲がり、丸まってしまった。今度ばかりは完全に失敗した。

「振りかぶるからミスる」メアリーが言った。

最悪だ、と私は思った。ハンマーの反対側の釘抜きでつぶれた釘を木材から引き抜いた。もう一度挑戦し、今度は八回叩いたが、釘はきちんと木材を奥まで貫き、ふたつをつなぎ合わせた。胸がどきどきしていた。やっとひとつ終わった。残りは一一ヵ所。

それにしても憎ったらしい釘だ。たぶん脳みそがあって、しかも意地悪な性格なのだ。ちっとも協力的じゃない害虫みたいなやつ。叩き方を間違えると、金属の性質が変わるように思えた。それまで強くて硬かったのに、急に脆く柔らかくなり、すぐに曲がってしまう。曲がった釘ほど弱くていまいましいものはない。でも不満はそれを感じている本人のほうに向かった。脳みそがあるのは釘ではない。敵は、狙いが下手くそで不器用な自分の腕だった。

私は作業を続けた。肘の上のあたりの筋肉がぴりぴりしてきた。親指の付け根の柔らかい部分に硬貨サイズのマメができた。

「私、まるでだめですね」

「だめじゃない」メアリーが言った。「ただ何百回も何千回もやりつづける、それだけさ」
「初心者はつい強く叩きがちで、すると釘は曲がったり、どこかに飛んでいったりする。打ち込む木材がほとんど協力してくれないからだ」一八六六年に書かれた木工ハンドブックにある釘の打ち方指南は、そんなふうに始まる。練習に練習を重ね、上手に力をこめても、うまくいくとは限らないと、そこには書かれている。「どんなに気を使っても、釘がまっすぐ進まないことがある」

私はメアリーのハンマーの動きを観察した。まず、ハンマーを短く持っている。私もそれを真似した。それから、私は肘でハンマーを振り上げているが、彼女は肩を使っている。私はスイングを変えた。メアリーは最初はやさしく叩き、徐々に力をこめている。私も最初から全力で叩くのをやめ、回を重ねるごとに強くしていった。

メアリーが叩く回数を数え、自分のも数えた。ガン、ガン、ガン。それで彼女の釘は全部埋まり、次に移る。私の場合、打撃音がその二倍響き、リズムも悪いし（ガ、ガン）、釘を励ますような言葉もはいる（さあ頑張って、曲がらないで、まっすぐにね）。

メアリーは小柄だ。私のほうが二インチ（約五センチ）は背が高く、二〇ポンド（約九キロ）は重い。メアリーは手首も細く、肩幅も狭い。やめていた煙草をまた吸いはじめ、レッドという大型犬を毎朝散歩させるようになると、ズボンがウエストからずり落ちだした。ある日など、延長コードをベルト代わりにしていた。もし彼女が実際より大柄に見える存在感とパワーの持ち主でなかったら、あるいは、松葉を詰めた袋か何かのように八〇ポンド（約三六キロ）入りのセメント袋を軽々と肩に担ぎ上げたりしなければ、〝ちっちゃな〟と形容したくなるところだ。それに、あんなにかわいらしいくしゃみをする人もほかにいない。クチュンと甲高い声で彼女がくしゃみをするたび、私はにやりと笑ってしまう。

その日の午後、できあがった壁の枠組みは、中を通り抜けられる木製の檻のように見えた。間柱を所定の位置に釘付けすると、壁材の板をそれにネジ留めした。壁板の継ぎ目とネジ穴をメッシュテープで隠し、一見すると歯磨き粉のような、白っぽいべとべとしたパテをその上に塗る。さらには幅木をつける仕上げまでおこなう。腰板とカバー（腰板の上部に一体的に取り付ける、装飾的な部材）、クラウンモールディング、天井と壁の接続。そのあとペンキを塗って仕上げ、ついにしっかりした建造物ができあがる。そう、新しい部屋が。

とても信じられなかった。二日目の昼食休憩のとき、私は興奮して滔々としゃべった。何もなかったところにいまは壁ができてる！　ラリっているティーンエイジャーみたいに言い、こんなに当たり前の事実に驚き、呆然としていた。とても単純なことだけれど、まるで魔法のようだ。どの部屋もみんなこんなふうにできるの？　信じられない！

「あなたなら家一軒建てられるわ」私はメアリーに言った。

「外壁は作ったことがないんだ」

「そんなに違うもの？」

「そうでもないけど」

「家を建てようって思ったことはないの?」

メアリーはパスタを巻きつけたフォークをぐいっとよじった。「アラスカに行こうと思ったことはある」犬を連れて、大自然の中で暮らす夢について語る。「まわりに人がいなくても、あたしは生きていける」

その日の午後、仕事を終えたあと、近所にある私が昔住んでいた家まで歩いてみた。玄関のドアを開ける鍵がポケットにはいってもいないのに、かつての住居の前を通りかかるのはどんな感じがするものだろう、という好奇心があった。それに、自分の成し遂げたことにのぼせあがってもいた。昔とまったく変わっておらず、愛おしい思い出がどっと押し寄せてきた。かつてのご近所さんの家の前にさしかかり、そこに住んでいた男のことを思い出した。カーキ色のズボンはぱつんぱつんで、どこに行くにもローラーブレードを履いていた金髪のおでぶさん。ルームメイトと私は近所でよく彼と出くわし、「あんたたちが酒場を出入りするのをしょっちゅう見かけるぞ」とか何とか非難されたものだった。私たちを不良娘だと思っていたらしい。壁の作り方も知らないくせにと思いながら、自分で自分をねぎらいつつ、男のアパートメントの前を通り過ぎる。私だって今日一日で、五、六本の釘をその形がわからなくなるほどひん曲げたというのに。

さらに数軒先で、別の昔なじみが玄関から出てきた。背の高い、髭をはやした中年の男だ。数年前のある夏の日の午後、彼が歩道で涙に暮れているのを見た。手には犬の散歩紐を握っていた。その日、飼っていた二歳のゴールデンレトリバーが死んでしまったのだ。「心臓がぱたっと止まってしまったんだよ」彼はすすりあげながら言った。

車を降りて近づいていくと、彼は私に気づいてくれた。「久しぶりだなあ」と手を振って言った。「新聞社の仕事はどうだい？」

自己満足が、風に吹かれたおがくずのように吹き飛ばされた。私は口ごもりながら言った。「ああ、じつは新聞社は辞めたの。今もフリーランスのライターをしているけれど、大工見習いとして働いていて、今はそこの角にあるカフェで壁を作ってるのよ。だから、何と言うか、新生活を始めて……」おたおたと手探りで説明しながら、頬にかっと血がのぼるのがわかった。自分でも何を言っているのかわからなくなる。彼が面白がっているのがわかった。

「へえ、かっこいいいな。自分用のツールベルトは？」

するとそのとき彼の妻も外に出てきた。すっぴんで髪は豊か、なめらかな肌、スポーツサンダルと、まさにノースカリフォルニア・スタイルだ。彼女の声を聞くとキルトのぬくもりを連想した。

「俺たちの昔のご近所さんは、いま釘を打って暮らしを立てているらしいぞ」夫が妻に言った。

　私は神経質な笑いを漏らした。「まあ、そんなところです」

　舗道のイチョウの木の下で三人でしばらく立ち話をしていたが、やがて失礼した。そのまま自分が住んでいたかつての通りを進み、船みたいな形のアパートメントの建物を過ぎ、小さな公園を過ぎ、玄関ポーチの脇にいつも自転車が折り重なっている家の前を過ぎ、大家さんが玄関脇の花壇にいつも花を植えていた私のかつてのアパートメントの前を通り過ぎた。カフェを出たときには、「ねえ見て！　私たちが作ったのよ！」という誇らしい気持ちでいっぱいだったのに、昔住んだその通りを歩くうちに、自分が何であり、何でないかということをあらためて思い知らされた。下手くそなジェスチャーゲームでもしているような気分だった。ご近所さんにあれこれ説明している自分の言葉にまったく説得力がなかった。自分の耳にさえそう聞こえた。

　だからもう一度カフェに戻って中をのぞき、壁は本物だと、本当に私たちがそれを作ったのだと、確かめた。壁はいまもそこに直立している。できれば中にはいってコンコンと叩き、軽く蹴ってみたかった。壁を建てることは安定を意味した。思いがけずそれが与えてくれた力と、継続とコントロールの感覚が、とてもありがたかった。自分の人生が大きく変化し、疑問符であふれているいまはとくに。そこには空間があった。私たちが壁を作ることで、この空間をふたつに分けたのだ。

壁を完成させてまもなく、私はカフェのホームページを開いてみた。そこには作業の進行状況を知らせる写真が掲載されていて、見た人のコメントも寄せられていた。「壁がないときのほうがよかった」、「壁を作った理由はわかるけど、できれば作ってほしくなかった」、「食事は同じなんだから、壁があろうとなかろうと関係ない」。

問題のある壁はほかにもあった。数週間後、私たちは、ボストン西の郊外にある高級住宅街ブルックラインの大邸宅で仕事をすることになった。所有者はロシア人夫婦で、幼い息子がいた。夫には会っていないが、妻は神経質そうな痩せた女性で、息子は灰色がかった青白い顔をしていた。広い家なのに、部屋はどこもがらんとしていた。部屋のひとつにソファーとテーブルがあり、おそらく食堂だったと思われる部屋に椅子が一脚ぽつんとあるだけだ。私たちの声とハンマーの音があたりに響き渡った。そこでの仕事は、屋敷の裏手にある腐りかけた出窓の修理だった。

私は裏庭の芝生に立ち、地面から一五フィート（約四・五メートル）ほどのところまで梯子にのぼった、メアリーを眺めていた。彼女は青い大きなバールで屋根板やモールディングをはずしていく。大工見習いを始めて数ヵ月は、こうしてメアリーの仕事ぶりを観察して過ごすことが多かった。私はいろいろなものを取ってきたり、切り刻んだり、運んだりし、そして観察した。掃除は必ずした。家の地下工房の混乱ぶりやバンの車内の散らかり方にもかかわらず、メアリーは現場の整理整頓にはうるさかった。毎日、最後の木材を切り終え、最後の釘を打ち終えると、三〇分以上かけて掃除をした。掃き、掃除機をかけ、物を片付け、道具を車に積み込み、翌日そこに戻るなら木材をきちんとまとめ、戻らないならその場を作業を始めたときよりはるかにきれいにした。

そのロシア人の家では、メアリーが窓枠の周囲を次々に剥がし、壁の裏にあるものをあらわにするのを見ていた。窓の脇を縁取るようにして2×4材が現れた。それは窓の基部から、まぐさという、いま大ざっぱに開けた場所の上部を横切る太い梁に続いている。バールを使うたびに、メアリーの細い腕がぐいっと曲がった。

彼女はまぐさをバールで軽く叩き、肩越しに私のほうを見た。

「窓枠そのものに壁の重みがかからないように、これがあるんだ」

私は、メアリーが芝生に投げ落とした、家から剥がした木材を拾い集めた。窓のまわりの空洞が傷口のように見える。

下の左隅のところでメアリーの動きが止まり、首を振った。

「まずいな」

「どうしたの?」私は尋ねた。

「これはまずい」

家に穴があいている状態も不穏だったし、メアリーの声も不吉だった。

「虫が食ってる」

ペンキと壁の陰で、木材が腐っていた。おそらくはゆっくりと。家を支える梁が虫に食われ、湿気がはいり込み、黴がはえ、木材の成分セルロースとリグニンが柔らかくなってしまったのだ。外装を剥がして確かめることはできないので、部屋の骨組みはどうしても揺らぐ。時間と湿気によって劣化するからだ。人間も含め、世の中すべてのものが、毎秒衰えていく。何かの漏れや腐敗があるかどうか自分の一部を開けて調べるわけにはいかないのだ。壁の奥にあるものを見ると、この事実をいやでも目の前につきつけられる。私のおじは肺癌と診断され、片肺の半分を切除するため開胸手術をした。ところが医師たちがいざ胸を開けて中を見ると、癌は両肺の内外に広がっており、手術不能と判断した。だから彼らは何もせずに胸を閉じたのだ。エピクロスはこう書いている。「あらゆる病に対して予防措置を取ることは可能だが、死に関するかぎり、私たち人間は城壁のない町に住んでいるも同然だ」。棺を作ることはできるが、死を食い止める壁を作ることはできない。

オオアリが窓枠の一部を食べてしまっていた。被害の程度は私にはわからなかったが、この家が痛手を負っているのは見て取れたし、メアリーは梯子の上で首を振っていた。「パルプ状になってる」彼女は手のひらいっぱいにそれをつかみ、水っぽい雪か何かのようにぱらぱらと地面に落とした。

私は窓のまわりの穴を見て思った。私たちは余計なことをしてしまったのかも？　さっさとふさいで、すたこら逃げたほうがいい。これだけの穴を夜になるまでに直すなんて無理だ。どうやってふさぐ？　夜になればアライグマがよじのぼってきて、あの灰色がかった男の子をさらうかもしれない。あるいはオオカミか、クマか。もし雨が降ってきたら？

メアリーが寸法を叫んでよこした。私がそれに合わせて2×4材をカットしたものを彼女がはめ込んで、すでにそこにある木材を支え、食われた窓枠の一部と入れ換えた。私は裏庭と、台の上に電動のこぎりを設置した私道のあいだを駆け足で行き来した。おがくずがどっと舞い上がって舗道に落ち、コンクリートの穴にはいり込み、マツ材の匂いも一緒に舞い上がった。明るくすがすがしい再生の匂い、クリスマスの匂いだ。マイターソーが金切り声をあげ、私はあの男の子がお昼寝中でないことを祈った。梯子の上ではメアリーが穴に身を乗り出し、殺虫剤をスプレーした。私は息を止めたが、メアリーも止めていることを祈った。

具体的な数値の指示がないとき、寸法の単位を表す言葉はとても曖昧だ。たとえば、「ひと刃《ブレード》分落として」とメアリーに2×4材を渡されることがある。マイターソーの挽き目――切断するときにできる溝の幅――は八分の一インチだ。「半刃分」なら一六分の一インチだが、そこまでくるともう目分量で、巻尺はズボンに下げたままとなる。「半刃分未満」ともなると、切断ではなくほとんどやすりで削るレベルで、木材に刃を一瞬当てるぐらいだ。メアリーがいちばんよく使う単位は「ちょびっと《スコッシュ》」だ。「もうちょびっとだけ切って」

と彼女が言えば、それはひと刃分には満たないけれど、半刃分よりは多いと私は受け取る。本当にごくわずか削りたいとき、メアリーは目を細め、光さえ通らないくらい親指と人さし指をくっつけるようにして、「ミリセカンドだけ削って」と言う。距離を時間で表現するメアリーのセンスがとても好きだ。ミリセカンドというのはほとんど無に等しい、と私は解釈している。なにしろ〝秒《セカンド》〟なんて目に見えないのだから。大工が使う非公式な単位として「女の下の毛《カント・ヘアー》」略してCHというのがある。「その板から赤毛のCH分削って」と言えば、それは三二分の一インチ削るという意味だ。でもメアリーはけっしてその言葉は使わない。

　ロシア人の母親が進捗状況を見るために息子と一緒に裏口から出てきたとき、メアリーは、頭上の雨樋にスズメバチが巣をかけているので気をつけてと注意した。母親はロシア語で悪態の一斉射撃をすると、急いで息子をキッチンに連れ戻した。

「どうやってあれを駆除するの？」私は昼食を食べながら尋ねた。

「いつもと同じだよ。一度にひとつずつ、着実に」

　そう言われても納得がいかず、夜間にハチたちが壁を行き来する様子ばかり想像した。

　私はメアリーが作業する姿を観察しながら、学んだことをすべて頭の中の本棚にファイリングしようとした。自分がいまや優越感のかたまりになっていることに気づいた。マサチューセッツ・アベニューからハーバード・スクエアへ歩きながら、あるいは食料品店のシリアル棚の前で、通行人をしげしげと見て思う。この男の人は窓枠の取りはずし方をきっと知らないはず。この女性は、キッチンと浴室に使う壁材は緑色で、一般的なものより湿気に強くて重いということを知らないにちがいない。

アントン・チェーホフの短編「学生」の中で、ある寒く暗い春の宵、若者は暗鬱な気分で森を歩いている。彼は思う——「同じ雨漏りのする茅葺屋根が、無知と苦悩が、自分を囲む同じ空虚さと闇が、抑圧感が、そういうあらゆる恐怖が、かつても、いまも、未来もそこにあり、いまからもう千年が経過しても、暮らしはいっこうによくならない。そう思うと彼は家に帰りたくなかった」。

若者は、母親と娘が暮らす、窓がふたつある家で休ませてもらい、火のそばで温まった。その日は聖金曜日だったので、福音書の中のペテロがキリストを裏切るくだりをかいつまんで話した。老いた未亡人はしくしく泣いた。娘のほうは「極限の痛みをこらえ」ようとしているように見えた。女性たちの家をあとにした学生は、ふと思った。ふたりがこれほど心を動かされたのだとすれば、「いまから一九〇〇年前に起きたことが現在につながっているということだ。ふたりの女性に、そしておそらくはこの人里離れた村に、彼自身に、すべての人々に」。そのときあふれんばかりの歓喜がこみあげた。「過去は、次から次へと連鎖して起こる切れ目のない出来事の鎖によって、現在と結ばれているのだ、と思った。そしていま彼は、鎖の両端を目にしたような気がした。片方の一端に触れれば、もう一端が動くのだ」。彼は「いままで感じたことのない、不思議な幸福感」に圧倒された。

恐怖は消えない（千年経っても、無知や苦悩や雨漏りする屋根はあるだろう）。でも、私たちを結びつける絶望は喜びに変わる。学生が感じたのは異なる時代に同時に存在すること——そこにすべてが存在しているということ——であり、自分よりもっと大きな存在に溶け込む感覚なのではないだろうか。

木材に釘を打っていると、体が作業とシンクロすることがある。自分が手のひらに、ハンマーの柄に、肩と肘の動きになり、そこにはただ動きがあり、バンバン、ハンマーヘッドと釘頭の接触があり、バンバン、木材に金属が潜り込んでいく過程があるだけ。小説の中の学生と同じように、すべてがそこに存在し、自分を超越した何かに、ハンマーの打撃音の歴史に、溶けていくような感じがするのだ。

自分が動きとひとつになると、壁や境界や障壁がすべて消える。大きなバンという音が響き、こだまが前に後に伝わっていく。私たちは誰しも、毎秒劣化していく。千年後にはどんな屋根も雨漏りするように。誰もがある時点で機能しなくなるのだ。でも、時代や空間という壁が取り払われるとき、道具を振り上げるとか物語を共有するとか、そうした単純なことを通じて目の前にあるものとつながれるとすれば、無という名の巨大な壁と向き合う未来から、つかのま逃れられる。そして、不安や恐怖、絶望のかわりに、心の安寧や喜びを見出すことができるだろう。

ハンマーを持つたびにそう実感できるわけではない。ただ釘を曲げ、指に痣をこしらえるだけで終わることも多い。たいていは仕事でしかない。でもうまくいくと、いまの作業が触媒となって過去や未来の動作をつなげ、私たちを結びつける糸が輝きはじめる。すると異なるドアが開いて、その輝かしい瞬間、不死に手が届くのだ。

昔なじみの通りを歩いているとき、あるいは食料品店のシリアルが並ぶ通路を歩いているとき、間柱の間隔は一六インチだと知っている自分は特別だと思った私は、浅はかだった。自分が人より物知りというわけじゃない。昔もいまも未来も、大勢の人が知っていたし、知っているし、やがて知る事実を、私も知っただけの話だ。

午後四時半には、そのロシア人夫妻の家の窓枠が完成した。壁板は元に戻され、穴はふさがれ、虫は殺虫剤で退治された。きちんと修理され、腐った部分は新しい頑丈な木材と交換された。家の中と外は確実に継続的に、本来あるべき形に分断された。これは奇跡に近い。一日でこれだけのことをやり遂げるなんて。私は、梯子の上にいるメアリーを下から見上げ、両手を突き上げた。

「すごい！　信じられない！」

メアリーは笑った。

ネイチャーライティング作家アニー・ディラードはこんな詩を書いている。

ここはマホガニーのない世界ではなく
マホガニーがリアルにある世界だ、という言葉が彼の頭で鳴り響く
ゴングのように――

私はそのゴングを知っている。その日の午後、それが私の頭でも鳴り響いた。こんな奇跡も可能なんだ、リアルなんだ――それはとてもシンプルなことで、べつに奇跡でも何でもない、そうでしょう？　家をバールで解体し、腐敗部分を除去し、マツ材を切り、また壁を強固なものにした。これは、修理の仕方を知っていること、適切な道具を持っていること、それに尽きる、日常的な出来事だ。ただ、現実として、真実として、ここは修理されないままの世界ではなく、修理は確かにおこなわれた。穴があいたままの世界ではなく、壁が作られた。ディラードは、ありふれたことを認識するということを指摘した。私たちのまわりにある確かで平凡な物事を歓迎し、しっかりと受け止めよう、そう提案している。「樹木の年輪のごとく、現実が彼の精神を取り巻いている」とディラードは書いている。私たちは現実を見つける――年を刻む輪に、響くゴングに、窓枠を作ることに、日常の確固とした物事に。そして愛にも。あまたに存在する人間たちの中に、あなたは確かに存在する。ここはあなたの存在しない世界ではない。そして、私が人々の中からあなたを見つけた。それは奇跡なんかじゃない、そうでしょう？　抽象などいっさいない、完全な現実。

そしてたぶんそれは、神の恩寵に近づく瞬間なのではないだろうか。儀式の重みさえ持つ、世界と私たちをつなげる気づきの瞬間なのだから。

その日の午後、私たちはバンに電動のこぎりや梯子、材木を積み込んだ。帰りの車内で、メアリーはスズメバチについて話し、冬のあいだハチは防寒のために巣の中で体を寄せ集め、たがいに翅を震わせ合うのだと語った。「すごいと思わないか?」彼女は言った。

CHAPTER 3

SCREW DRIVER

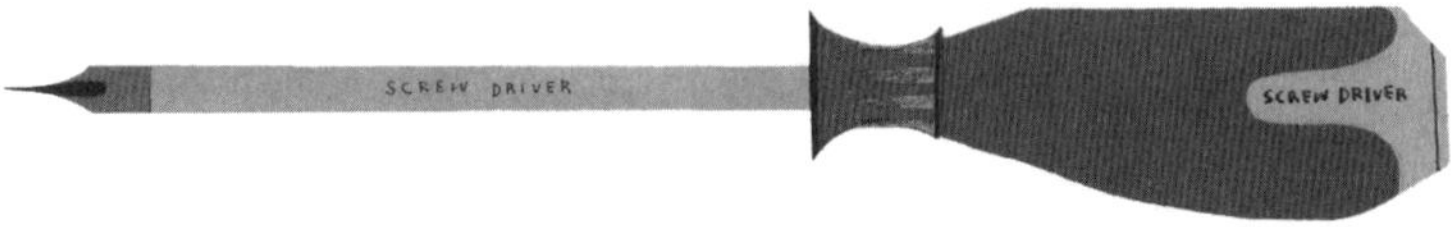

ねじ回し

ねじ留め《スクリューイング》について、
大失敗《スクリューイング・アップ》について

CHAPTER3

SCREWDRIVER

月日が積み重なり、経験も積み重なった。ふたりで仕事を始めて二度目の秋を迎え、日が短くなり、気温も下がりはじめる頃、州間高速道路《インターステイト》九三号線に近いサマービルのご近所さんで、ポーチ修理という小さな仕事がはいった。通りには三階建て住宅が肩を寄せ合うようにして並んでいた。その区画のいちばん奥にある自動車修理工場を営む老人は、車庫の前に出した折りたたみ椅子に座り、行き交う車を眺めている。近くの貸衣装屋のショーウィンドーに飾られたタキシードの肩には埃が積もっている。角のダイビングショップに至っては、客がはいっていくのを見たことがなかった。通り沿いにある家々の前に停まる車のバンパーには、ブラジル国旗のステッカーが目立った。

でも、私たちが仕事を頼まれた建物は、変化の兆しを物語っていた。壁はシャープなコンクリートの打ちっぱなしで、ルーフデッキもよく整備されている。建築雑誌に掲載された写真を切り取ってきたかのようだ。周囲に並ぶ建物の中にあっては、ハンマーで打って腫れた親指みたいに際立っていた。

建物の側面に沿って玄関が四つあり、中にはいると天井の高い、感知式のセンサーライト付きの空間が広がる。玄関はそれぞれにポーチと数段の階段があった。そのポーチのひとつが壊れたのだ。そこの住人が車で突っ込んだのだが、口さがないご近所さんの話によれば、ポーチと車を完全に壊してしまったらしく、私道がこんなに狭くて短いのにどうしてそんなスピードで突っ込むことになったのかわからないという。

メアリーと私は帽子をかぶり、ウールの靴下とベストを身につけた。その日の朝は肌寒く、吐く息も白くて、初めて白い息を目にしたらそれが冬の訪れを告げるサインだよね、などと話し合った。まず私たちは古いポーチの残りを、バールやラチェットレンチを使って、こじ開けたり、ねじをはずしたりして取り除いた。古い木材は脇に積み上げた。よく晴れた、乾燥した日だった。秋らしい抜けるような青空で、何もかも輪郭がくっきりと見える。オレンジ色の延長コードが生垣の上をのたくって、電動のこぎりまで続いていた。誰かの家のキッチンの窓辺に吊るされたカルダー風のモビールがやさしく揺れている。その赤い幾何学造形は工業的であり、繊細でもある。カモメが屋根の上にとまり、また飛んでいった。私たちは手早く骨組みを作った。長い小梁《ジョイスト》を四本渡し、そこから地面まで階段を二段。簡単な数学だ。外側の骨組みに小梁を固定して、支柱に亜鉛メッキ釘を打ち込み、全体を長くて太いコーチボルトで留める。ボルトはラチェットレンチで限界まで固く締めあげる。

その日の午前中のメアリーと私はみごとに一体になっていた。たがいの動きを予想して、それぞれのハンマーが目標に正確に力強く振り下ろされ、どちらも仕事に集中して、言葉らしい言葉も交わさなかった。それは新たな喜びだった。日によって、そんなふうにおたがいと作業がリズミカルにつながることがあるのだ。ふたりともそれを感じてはいたが、とくに言葉はかけず、たゆたう親密な川の流れに身をまかせるかのように自然にふるまった。釘を打つ音が響き渡り、私たちがたがいの鏡像のように動きながらボルトを締めるあいだに、太陽が空を移動し、ゆっくりと朝の空気を温めていく。動いたおかげで体がぽかぽかし、私たちは重ね着した服を一枚一枚脱いでいく。体や道具の動きに対する集中力はほとんど神聖の域に達し、言葉はあとからの付け足しに過ぎなかった。

ポーチのデッキを再建するのに、私たちは深紅の斑が散るブラジリアンウォルナット材を使っていた。のこぎりで切断すると、シナモンや糖蜜、わずかにチョコレートの匂いもする。ブラジリアンウォルナットはほかに、エンブヤ、インブイア、カネラインブイアなどと呼ばれ、この木材の匂いを表現した言葉だと思われる。また、イーペ（人によってはアイペイと発音する）という別名もある。アイロンウッドとも呼ばれるが、それには理由がある。ブラジリアンウォルナットは水に沈むのだ。板を持ち上げたとき、これはふつうの木材とは重さが違うとすぐにわかる。羽根のように軽いシダー材は一立方フィート（約二万八〇〇〇立方センチ）あたり二二ポンド（約一〇キロ）だ。強度の高いオーク材の密度は一立方フィートあたり四三ポンド（約一九・五キロ）。それがイーペは六六ポンド（約三〇キロ）なのだ。とても高密度なので、骨組みにデッキ用の板を固定するネジの穴をあけるとき、特別に鋭いドリルビットを使わなければならなかった。イーペに穴をあけるうちにドリルビットの軸《シャンク》が熱くなりすぎたので、小休止を入れた。穴から煙がのぼりだし、マシュマロに似た甘い匂いが漂うが、その陰にあまり嗅ぎ慣れない刺激臭が隠れている。庭でする焚き火や暖炉の煙のような温かな匂いとはまったく違い、木材が熱との戦いを訴えるかのようなきつい匂いだ。私たちはドリルビットにふうふう息を吹きかけたり、扇いだりして、金属の温度をなんとか下げようとした。すでにビットをひとつ壊してしまっていた。熱を持って、穴の中で折れてしまったのだ。ドリルにまだ残っていたビットのかけらを取り除いたとき、それが袖をまくり上げていた素肌の腕に落ち、ドリルビットの焼印が押されてしまった。赤いミミズ腫れはその日一日ずきずきした。

昼食のとき、木材について、それがどれぐらい長持ちするか、雨風や害虫にどれだけ強いかについて話した。メアリーは、最近見かけるようになったプラスチック複合材のテラスについて嘆いた。プラスチック複合材はふつうの板と同じように切断できるが、おがくずではなくプラスチックの粉が噴き出る。

「使う理由はわかるけど、この世の終わりまでもったとしても、誰が喜ぶ？　あたしは大工であって、プラスチック工場の作業員じゃない」

私たちは作業中のデッキの横で地面に座り、早めの昼食をとっていた。メアリーの一日は朝四時半に始まる。ときにはもっと早いこともある。なのに朝食を食べず、ダンキン・ドーナツで買ったクリームとたっぷりの砂糖入りLサイズコーヒーを飲むだけだ。毎朝、町をひとつ越えたところにある広さ三四〇〇エーカー（約一四平方キロ）のフェルズ自然保護公園まで、飼っている大型犬を散歩させる。一年のこの時期、彼女が散歩する時間は森の中はまだ暗い。帰宅するとEメールに返事を書き、雑用をすませ、それから仕事に出かける。私たちが昼食をとるのは一一時半で、もう少し早いこともある。彼女の朝の長さ、何も食べずに仕事ができる底力には目を丸くするばかりだ。私なら、ベッドから出てすぐに朝食を食べなかったら、五分ももたない。

「しかも、一日じゅうプラスチックの粉を吸い込みつづけるはめになるんだよ？　絶対にごめんだね！」メアリーは、呼吸によって体に取り込む有害物質について神経質になる私をよくからかったが、彼女も私の不安を共有してくれているらしいと知ってほっとする。

「プラスチック複合材を使うことの何がそんなにいやなの？」

メアリーは、頭に脚がくっついている人間でも見るように、こちらをまじまじと見つめた。「だって――」

彼女はそのまま口をつぐんだ。あまりに自明なのでわざわざ言葉にするまでもないと言わんばかりだ。口に出さなくても、メアリーが言いたかったことは想像できた。バターのかわりにマーガリンを使うようなもんだ、ケミカルな偽物だよ。魂や本質が欠けている。〝代替木材〟には、ポリエステルや人工甘味料と同じ加工の臭いがする。

本物の木材には面倒ごとが多い。天候の影響が大きく、雪や雨や日光で劣化する。腐敗もする。アオカビやシロカビがはえて広がる。虫に食われる。ささくれた部分が、人のかかとや手のひらに刺さる。でも複合材――プラスチックと、おがくずやパルプのような木質原料の複合物――は、本物の木材ほどメンテナンスを必要としない。天候で傷まないわけではないが、特別な処置をしたり、着色したり、やすりをかけたりする必要がない。シロアリのような害虫も寄りつかない。触っても棘は刺さらない。一般に本物の木材より割高だが、メンテナンスがいらないことを考えると、長い目で見ればコストパフォーマンスがいい。とはいえ、原料メーカーは工場や実験室であれこれ工夫はしているものの、見た目を本物の木材に近づけることにはまだ成功していない。豹柄のフェイクファーコートのように、複合材の木目は自然に存在するものにできるだけ似せてはいるが、結局のところ似せているだけだ。

実験室で作られたものに、つながりが感じられるものだろうか？　世話をする必要がないものに愛情を持つことができる？　渦を巻く木目、節、棘、その不完全さや脆さ――私たちが木の何に安心できるかと言えば、それはどこから生まれたものかわかるからだ。まず土があり、種があり、日光があり、水がある。木はそこから育つのだ！　自然の産物である木、その幹から切り出されたのが板だ。ポリ塩化ビニルっていったい何？　ポリエチレン、ポリプロピレンは？　もちろん答えられる人もいるだろう。でも、木のことなら誰もが知っている。それが減少しつつある資源だということはわかっている。だから、いつかは森林資源にプラスチック複合材が取って代わる日がくるのだろうかと心配している。

哲学者ロラン・バルトは著書『神話作用』の中で、木製のおもちゃが消え、「優美さに欠ける素材」でできたものに席捲されている現状を嘆き、それが「触れることのあらゆる喜びややさしさ、人間性を破壊している」とする。木材は「親しみのある詩的な物質であり、樹木やテーブルや床と子供との近しい接触を遮断しない」。バルトは子供のおもちゃについて語っているが、言いたいことは同じだ。複合材のデッキは、手入れは楽かもしれないが、人と本質的なものとの接触を断つ。未加工の木材や木製のサラダスプーン、手すりに手を触れてみてほしい。自然の脈動、既知のもの特有のぬくもり、〝これは大地から生まれた〟と訴えるかすかな声が感じられるはずだ。では、ポリ塩化ビニル製のデッキに手のひらを置いてみたら？　何のつぶやきも聞こえてこないし、森の木陰やマツの樹液との結びつきも感じられない。

畑を区切る柵の木材や森の小道の倒木が朽ちていくのをこの目で見ること。色の変化を目撃すること——豊かな赤茶色だったものが色褪めて灰色や緑色に変わったり、黒ずんでいったりする。手触りの変化を確かめること——硬くて強かったものがぼろぼろになり、虫に食われ、水で柔らかくなり、時間と湿気によってパルプ状の粉に変化する。その事実に、なぜか私たちはほっとする。自分もやはり時とともに衰え、弱く、柔らかくなっていくのだから。時が経っても変わらない人工的な複合材に人間存在への慰めは感じられないし、やがて迎える死を理解し受け入れる憂鬱もそこにはない。おまえたちと比べれば不死と言える存在だからと、私たちを嘲っているわけではない。とにかく、何も話しかけてこないのだ。

ブラジリアンウォルナットは話しかけてくる。階段やデッキの床用に板を切り出したときも、それはしゃべった。重さや頑丈さについて、時の流れについて。私は満喫していた——その一日や仕事を、晴れた空を、何ヵ月も電動のこぎりを持ち上げ、壁に取り付ける棚を持って支え、釘を打つうちに筋肉のついた腕を。自分がその上にのれるものを屋外で作るすばらしさ。甘い焦げたような木材の匂いはスモア〔焼いたマシュマロとチョコレートをグラハムクラッカーで挟む、キャンプで定番のおやつ〕を思い出させる。腕の皮膚やシャツの袖にもおがくずが降りかかり、そこからも匂いがたちのぼった。プリニウスは『博物誌』の中で、樹木は種ごとに特定の神に「永遠に奉献される」と書いている。たとえば、ギンバイカは愛の女神アフロディテへ、ポプラは英雄ヘラクレスへ。ブナはゼウスの木だとプリニウスは言う。オークとゼウスを結びつけている書物もある。高密度なため水に沈むこの樹木は、昔から神聖視されていたのだ。

木についてあれこれ考え事をするうちに、手を少し速く動かしすぎた。本来の長さがある板の最後の一枚を切りすぎたことに気づいたとき、マイターソーの刃はまだ回っていた。それは、玄関デッキの床板のすぐ下の前面に横向きに設置する、最後の長い板だった。こんな簡単なミスを犯すなんて。階段の最上段に合わせてデッキの長さにもう四分の三インチ加えなければならないことを、頭に入れなかったのだ。私は小声でののしった。馬鹿じゃないの？

「メアリー」

「もしかして、ミスした？」

「大丈夫、なんとか――」でも、私に何ができるだろう？　同じようなミスをした若手たちに、トラックの荷台から〝板伸ばし機〟を取ってきな、と言ってからかったものだとメアリーに聞かされたことがあった。ああ、本当にその板伸ばし機がほしい。私はメアリーに事情を説明した。

メアリーはバンに近づき、煙草入れを取ってきた。巻いた煙草を吸いながらデッキを眺める。メアリーが頭をフル回転させるあいだ、私はただぼんやりと黙りこくっていた。メアリーが私をシャットアウトしてひとりで考え込んでいたそのときほど、自分が役立たずに思えたことはなかった。ひとりでは問題を解決できず、方策を考えることすらできなかった。メアリーが問題の解き方を考えて答えを出すあいだ、指示を待つばかりだった私は、どれだけメアリーに頼っているか自覚しはじめていた。何かを計画したり問題解決したりする、頭の重量挙げをしなくてすむのは、ある意味、楽だった。信頼できる運転手の助手席に座って、長距離ドライブをするようなものだ。運転手が道を探し、正しい角で曲がり、道の陥没に気を配り、リスやヘラジカを撥ねたりしないように気をつけるあいだ、こちらは車窓から丘や並木を眺めていればいいのだから。ただ、ある時点になると、自分でハンドルを握りたくなる。せめて、ちょっとだけ運転を交代しましょうかと申し出てみる。

メアリーは口の隅から煙を吐き出し、それはモビールの見える窓のほうへ漂っていった。彼女の解決策はじつにシンプルで、考えるのに一分程度しかかからなかった。半端な木材を手に取ると、デッキの左奥に垂直に置いたのだ。それはデッキの床板から地上まで届き、横向きの板に私が作ってしまった四分の三インチの空きを隠してくれる。幅木のひとつのように見え、デッキの見栄えがかえってよくなった。自分で考えついてもよさそうなものだった。

「大工仕事の大部分は失敗をどう挽回するか考えることだよ」メアリーは言った。以前にも聞いた言葉だったたし、その後も何度も聞くことになる。解決策や別のアプローチ方法や次善策を見つける彼女の問題処理力には、何度も感心させられた。彼女の持つさまざまな能力の中でもいちばん貴重なものではないだろうか。もともと、現実世界で起きる問題を解決するのに適した頭脳の持ち主だということもあるとは思うが、大部分は経験から来るものだ。「何かまずいことになったときにそれをうまく収めれば、仕事の半分は終わったも同然さ」

それこそ何度もまずいことになった。学習曲線のカーブはゆるやかになり、新しいことを学ぶ当初の喜びはすでに落ち着いて、後退したり憤慨したりしつつ、さらなる高みに向かってのろのろと前進するだけになった。見習いを始めてすでに一年半以上が経過し、「知りません」という言い訳はもはや通用しなくなった。現場の状況に元々問題があって、仕事が増えることもあった。時間経過と湿気で床が傾いていたり、カウンタートップを最初に作った大工が水平という概念にあまりこだわっていなかったり、家の持ち主が自分を過信して自力で配線しようとしていたこともあった。あるときには壁が歪み、漆喰がふくらみ、タイルが割れていたりもした。でも、自分のせいで起きる問題もたまにはある。私の場合、そればかりだったけれど。

大きな仕事がしたいというメアリーの願いは何度かかなえられた。たとえば、ジャマイカ・プレーンにあるマンション三階の部屋の巨大キッチンの改装を頼まれた。ただし依頼主には予算が不足していた。ちなみに、南ボストンという土地は住民になぜか深い郷土愛を植えつけるらしい。アーノルド植物園では木々の一本一本に名前のプレートがつけられ、誰もが犬を連れて散歩しているように見える。詩人のE・E・カミングス、歌手のアン・

セクストン、劇作家のユージーン・オニールもみな近くの墓地に埋葬されている。紳士たちはある帽子屋で七〇〇〇個以上の帽子から好きなものを選ぶことができるし、バーモント州産の高級チーズを売っている、サンドイッチがおいしい〈シティ・フィード&サプライ〉にも親しみやすい雰囲気があり、地元のよさを維持していこうという意識を共同体全体で共有している。ラディカルな本屋で、あらゆる左派を歓迎するコミュニティスペースでもある〈ルーシー・パーソンズ・センター〉が数年前にケンブリッジからジャマイカ・プレーンに移ってきたのは、時代の趨勢だろう。

部屋は広々としていて明るく、ダークウッドの木工部分は細工が緻密で、窓は大きく、棚や壁に家族写真がたくさん飾られている。その部屋の所有者の甥っ子や姪っ子、自分たち自身の子供時代の肖像、真剣な表情で馬に跨っている女性、スキーパンツをはいて橇に乗っている三人の子供。裏手からは、美しい庭がある低い丘が見渡せる。短い袋小路にある三軒の家がその庭を共有しているのだ。新しい冷蔵庫は、正面の玄関ポーチ越しに三階まで吊り上げなければならなかった。細い螺旋階段を持って上がるのはとても無理だったからだ。あの巨大な箱がクレーンで地上から持ち上げられ、舗道の上を三階までゆらゆらと運ばれていくのを見ていると胸が躍った。

改装すべてを二万五〇〇〇ドルという予算内に収めなければならないせいか、部屋のオーナーはイケアのキャビネットを用意していた。仕事は順序どおりおこなわれた。壁、床、カウンター（緑の筋がはいった黒いすてきなソープストーン）、それからイケアのキャビネットの組み立てと取り付け。いまは朝の一〇時。キャビネットを組み立てるために穴にペグを差し込んだり、ラミネート加工されたつるつるした小さな部品をくっつけたりしながら、すでに二時間ほど経過していた。つまらないわけではないが、わくわくするわけでもなく、とにかくやり遂げなければならない作業だった。私は、中に回転式食器棚がある、角に置くキャビネットに取りかかった。説明書きのいっさいない説明書（図解すればわかりやすいかというと、そんなことはない。図ひとつより的確な言葉が一〇個でも並んでいたほうが、よほど助かる）を見ながら組み立てる。ダボを正しい位置に差し込み、両脇の板を、次に底板を固定し、回転棚を所定の場所に取り付けるためにドリルでねじ釘を押し込む。

ところがねじ釘が素材の中にはいっていかない。それは木材ではなく、白くてなめらかなプラスチックでラミネート加工した何かで、シロアリにとって鉄は歯が立たないように、私のドリルを寄せつけなかった。ひとつ、またひとつとねじ釘が弾き飛ばされ、カウンターの上をバウンドし、ガス台の上に吹っ飛び、床に貼ったばかりの一二インチ四方の大きなクリーム色のタイルの上に転がった。ねじ釘がガス台のほうに飛んでいくカチンカチンという音に初めのうちはいらいらする程度だったが、そのうち無性に腹が立ってきた。どうしても貫けない複合材に何度も何度もドリルでねじ釘を押しつけては、悪態をついた。しまいには相当激しく。近くにいるメアリーは下のほうのキャビネットの扉をつけていたが、ふと顔を上げた。

「先にドリルで穴をあけなよ」

言葉は聞こえたが、頭にはいってこなかった。そもそも意味がわからない。さっきからずっとドリルを使っているのだから。

顔が赤らんでいた。またひとつねじ釘が弾かれて落ちた。向こう脛に汗をかいている。すでに二五分が経過していた。一日の労働時間からすればたいしたことではないかもしれないが、回転棚のためのトンマなねじ釘一本と格闘するには長すぎる。あらためてねじ釘を押えると、丸くて平らな釘頭の縁が左手の親指と人さし指に食い込んだ。まるで何日もそれを握っていたかのように、指に跡が残っている。きつすぎる靴下がふくらはぎに丸い跡を残すのと同じだ。小さなねじ釘は輝いている。ドリルのスイッチを入れると自動で点灯するライトが金属に反射しているのだ。この憎たらしいチビには輝く資格などない。私は上腕をキャビネットの内側に押しつけ、ねじを打ち込む体勢を取った。いかにもプラスチックらしくつるつるした、硬くて人工的な表面に、怒りと汗で肌が張りつく。ねじ釘が弾けて床にカチンとぶつかるたびにやり直すので、キャビネットの表面から肌を剥がさなければならず、するとペリッという恥ずかしい音がして、それも情けなかった。ドリルが回転して唸りをあげ、キーンという甲高い音——歯医者、骨、歯茎を連想する——がキャビネットの小部屋の壁にこだまする。私の頭はその部屋の中に丸々押し込まれている。ネジが飛んだ直後に必ず響くドリルビットがキャビネットにぶつかるゴツンという音が、私の努力を毎回あざ笑うかのようだ。埃の匂いとプラスチック臭がたちこめ、まるで倉庫だった。そしてサランラップのように清潔で生気がない。熱くなったドリルの内側から熱された金属の匂いもかすかにする。呼吸が乱れはじめ、浅いあえぎが続くと、目を閉じ、意識してゆっくりと鼻呼吸をした。動悸が激しいのは、自分がいまいるこの場所から、できればいなくなりたいと思っているせいだった。「無生物の意地悪」父はよく、祖母の言葉としてそう言った。急いでいるときに限って蓋が開かないとか、ねじ頭の溝がつぶれてねじ回しが使えないとか、こちらの思いどおりにならない物に冷静に対処できないときのひと言だ。それが頭に浮かんだ。本当にねじ釘の意地悪だとしか思えなくなっていた。

　私はドリルを下ろし、何か新しいヒントが見つからないかと、あらゆる角度から眺めてみた。

「道具より賢くなることだよ」床に置かれたキャビネットの低い山の背後から、メアリーが言ってよこした。それも彼女がくり返し口にする格言のひとつだ。メアリーは、道具や工程や素材のほうがこちらより一枚上手に見え、ちっとも協力的でないとき、あるいは、どうすれば相手の最高のパフォーマンスを引き出せるか考えずにせっかちに作業してしまっているとき、このひと言を口にした。すると、私たちには脳みそがあるのだから合理的に考えられるはずだ、ねじ釘はただのねじ釘だと思い出し、ひと呼吸置いて冷静に考えよう、そう思えるのだ。でも、いつもは役に立つひと言が、そのときは違って聞こえた。

私は説明書の指示する場所にねじを取り付けようとしていた。その場所で間違いないはず。ネジは絶対にここだ。なのにどうして？　この回転棚も私もどうなってるの？　うまくいかない理由がわからない。ネジ釘のばか。ドリルのばか。回転棚のばか。イケアのばか。私のばか。

悪態がやんだ。私はいまや、脳みその前言語的分野に支配され、あえいだり唸ったりしていた。

「深呼吸しなよ」メアリーが言った。

私は後頭部についた目で彼女をにらんだ。深呼吸？　メアリーのことも、彼女のアドバイスも大嫌い。キャビネットを憎み、道具を憎み、マウスをクリックしたりキーボードを叩いたり、気の置けない人たちとコーヒーを飲んだりできる仕事を辞めた決断を憎んだ。道具に翻弄されていることを、どこかエロティックな音をたてて汗ばんだ腕を素材から剥がすようないまの生活を、安っぽい北欧デザインを憎んだ。

私はふたたび体勢を整え、ドリルに全体重をかけた。ねじ釘は弾け飛び、アイススケート選手のようにくるくる回りながらキャビネット後方の隅に滑っていった。オーブンか何かのようにキャビネットの中に頭を突っ込む。目にあふれだした涙をメアリーに見られたくなかったのだ。

彼女から細くて先の鋭いドリルビットを渡された。「先にドリルで穴をあけて」とメアリーが穏やかに言う。「下穴を作っておくんだ」

そのときようやくさっきの言葉の意味がわかった。ねじ釘をじかに素材にねじ込もうとせず、先に下穴を作って、そこにドリルでねじを埋める。私はねじ用ビットをはずして、メアリーから渡されたものをつけた。それから回転棚に小さな下穴をあけ、ねじ用ビットを戻すと、下穴にねじ釘をあてがってドリルの引き金を引いた。ねじ釘は中に潜っていき、回転棚はしっかり固定された。

私は外に出て、庭のユリを眺めた。

怒りが私を浄化した。鬱憤と困惑の余波で、自分がいままでとは違う人間になったような気がした。数分前にはメアリーを憎み、大工になった決断を後悔した。あんなふうに思ったのは本当ではないわよね？　怒りというのはとても強力な麻薬だ。ここに来たのは、余波に揉まれながらひとりになって、怒りがもたらした気持ちや怒りの向こう側にある真実と折り合いをつけたくなったからだ。レベッカ・ソルニットは著書『ウォークス　歩くことの精神史』の中で、エスキモーには、腹が立ったときには歩いてその怒りを静める習慣がある、という芸術評論家ルーシー・リパードの言葉を引用している。「怒りを制圧できた地点に棒を立て、怒りの強さと長さを示す」という。私の場合、どの地点まで怒りに連れていかれるのだろうと考えていた。

　そうして歩いたすえに地面に棒を立てたとき、何が見つかるのか？　あなたがつけた足跡の中に怒りは溶け、自分の知っている自分に戻り、新しい視界が目の前に広がる。メアリーと仕事をするあいだ、自分がやらかした間違いから逃げだし、早々にあきらめてしまいそうになったことが何度もあった。絶望して、失敗したところをやり直そうともせず、白旗をあげたくなった。板を切りすぎた？　いっそ全部放り出してしまったほうがましだ。食器洗浄機から何年も水漏れしていたせいで、下地床が腐ってしまっている？　こんなところ、とっとと引き上げよう。でもメアリーは、ほんのわずかな時間と努力で、少しだけ気を利かせて知恵を絞るだけで、どんなダメージも修正できると何度も何度も教えてくれた。

　これはじつは恋愛にも置き換えることができる教訓だ。こんな人だっけとがっかりしたり、大喧嘩したり、退屈な思いをしたり、やりとりがぎくしゃくしたりすると、私は相手のことをちっともわかっていなかったとばかりに、さっさと別れてしまったことが何度あっただろう？　これではうまくいきっこない。愛にはもっと時間と努力を注ぐべきだということが、私にはわかっていなかった。忍耐力やほんの少しのこまやかさ、ときにはあなたを飽き飽きさせたりいらだたせたり、怒り狂わせたりするものと根気よく付き合っていく能力、それらこそ、誰かと人生や生活を分かち合ううえで必要なスキルなのだ。この仕事を始めたあとに、いままでになかったほど深く強い愛を見つけたことは、けっして偶然ではないと思う。ののしり、わめき、怒りと不満で爆発しそうになると、エスキモーのように棒を持ってひと呼吸入れに行く。たとえば庭へユリの花を見に行くとか。そして戻ってくると、真実に向き合い、改善しようと思えるようになっている。もちろん、その教訓が身につくまでには時間がかかった。ジャマイカ・プレーンでのあの朝、私が歩いていけたのはせいぜい庭までだったし、怒りの程度を測る棒も持っていなかった。それでもその家と向き合うために戻ってきたとき、新たな視界に見えたのは、あのキッチンに戻ってもう一度やってみようというフレッシュな気持ちだった。

「もう一度やれ。もう一度失敗しろ。よりよく失敗しろ」と劇作家サミュエル・ベケットは言った。「どうでもいいや《スクリュー・イット》」と言うのは簡単だ。そう、後ろも見ずに逃げ出すのはたやすいことなのだ。失敗して《スクリュー・アップ》また失敗し、修正してはまた試す。よりよくスクリュー・アップしようではないか。

いろいろとスクリュー・アップを重ねるうちに、道具とそれを表す言葉に興味が出た。ハンマーの歴史は道具の出現とほぼ同時期だということは知っていたが、ねじ回し《スクリュードライバー》もすぐに続いて現れたとばかり思っていた。だがまったくそんなことはなかった。有名な十字溝のフィリップスねじ回しの特許が認可されたのは一九三〇年代のことで、申請したのはオレゴン出身のヘンリー・フィリップスという男だった。こんなに単純で持ち運びしやすい便利な道具なのだから、何世紀も前からあったのだろうと思い込んでいた。ブリューゲルの絵画の中に、十字の溝に大きなねじ回しを差し込んでいる場面があったとしても不思議ではない。十字形のイメージはあらゆる場所で目にする——スイス・アーミーナイフ、赤十字、絆創膏、イエス・キリスト。でも中世の農民の手には、おなじみのフィリップスねじ回しはまだなかった。

人類がねじ回しをひねってきた歴史は、ハンマーを振り下ろしてきた歴史よりはるかに短い。作家であり、都市計画者であり、わが家を手作りしたチャレンジャーでもあるビルト・リプチンスキは、この一〇〇〇年で最も重要な発明と彼が評する、慎ましきねじ回しのことだけで一冊の本を書いた。その著書『ねじとねじ回し　この千年で最高の発明をめぐる物語』の中で、ねじ回しが一五八〇年代から使われていたことを示す証拠が提示されているが、産業革命以前は、ねじのシャフトに螺旋状の溝を刻むのが難しかった。ねじを作る技術が向上した——一八四〇年代にタレット旋盤が、一八七〇年代にねじ切り盤が発明された——おかげで、ねじとねじ回しが世に広まったのだ。

フィリップスねじの登場の背景には電動工具の台頭がある。ねじの十字溝に電動ドリルのドリルビットをあてがってしまえば、自分の目や手で位置を調整する必要がない。言い換えれば、デトロイトの工場の組み立てラインの床で、キャデラックの部品をねじ留めするのにじつに都合がよく、ここからフィリップスねじが急増したのだ。電動ドリルでねじ頭がつぶれると、断続的な大音響が轟き、何かまずいことが起きたとわかる。ちょうど、高速道路をすいすい飛ばしていたら、急にアスファルトの道が砂利道に変わり、タイヤがパンクするような感じだ。

〝スクリュー（ねじ）〟という言葉は、一六〇五年に最初は動詞として、マクベス夫人によって使われた。彼女は夫のマクベスにダンカン王を殺す勇気をかき集めろと焚きつける。「勇気をぎりぎりまで引き絞れば《スクリュー・ユア・カーリッジ・トゥ・ザ・スティッキング・プレイス》、しくじるものですか」。言いたいことははっきりしているが、言葉の具体的な意味はよくわからない。オックスフォード英語辞典によれば、これは楽器の糸巻きをねじる行為を意味しているという。つまり、正しい音が見つかる位置まで糸巻きをねじることだ。

単語そのものは一五世紀のフランスに遡る。語源のescroueという単語は木の実、円筒形の筒、ねじ穴を意味した。escroueという単語自体は、雌豚、とくに発情期の雌の豚を表すラテン語のscrofaから派生したと考えられる。scrofaとescroueがつながるのは野生の摂理からだ。牡豚のペニスは細く、ねじ回しに形が似ていて、先端が螺旋状になっている。写真を見るとそのとおりだとわかるが、一方で牝豚の子宮頸には同じように螺旋状の筋がはいっており、交尾をしたときにそれでペニスが固定される。豚の人工授精をするときには、しばしばスピレットと呼ばれる、豚のペニスに似せた先端が螺旋状の細長い棹を使い、作業員はそれを子宮頸に反時計回りにねじ入れる。アイスランドでは、「ねじ」を意味するskrúfaという単語は「性交する」という意味にもなる。

豚の性器は、別の単語の語源としても重要な役割を果たしている。表面のすべすべした卵形のタカラガイの貝殻は、裏が丸く、正面に亀裂がはいっているが、フランス語ではporcelaine、イタリア語ではporcellanaといい、繁殖力のある若い雌豚を表す単語の縮小辞と同じである。貝の形状が豚の女性器を連想させるとよく言われ、イタリアとフランスではそこからこの名がついた。英語の「磁器」を表すporcelainも、すべすべしているところが貝と似ているため、ついた名だ。

警官はいまも〝豚〟と呼ばれるが、一八五〇年代のイギリスでは、看守を俗に〝スクリュー〟と言うことがあった。理由にはふたつの説がある。ひとつは、スクリューには「鍵」という意味もあり、看守は得てして、ベルトの腰のあたりでキーリングをジャラジャラさせている、もしくはキーリングをタンバリンのように不気味に手で叩いているイメージがあること。足枷や監獄の扉の錠を開け閉めする権限を持つのは誰か、思い知らせる音だ。もうひとつは、一九世紀中頃のイギリスの刑務所は刑罰をおこなう場所だったこと。そうした刑罰のひとつに、ただ計数器が回るだけで何の役にも立たないハンドルを囚人にひたすら回させるというものがあった。八時間に合計一万回、回転させるのが一般的で、囚人が作業を続けるうちに看守がわざとねじを締めて、回しにくくしたりした。あるいは、囚人を拷問する親指締め《サムスクリュー》という道具のことかもしれない。この道具には、わらべ歌にでも出てきそうな〝ピリウィンクス〟という別名もあり、要は親指にしろ何にしろ手足の指を挟んでつぶす万力である。

　騙される、ペテンにかけられる、利用される、などの意味がある〝ゲット・スクリュード〟は、看守のスラングから派生した言葉らしく、それが犯罪者のあいだで流行し、やがて巷にも広まった。現代のフランスでは、「ねじ」を表すécrouから派生した動詞écrouerは「刑務所に入れる」という意味になる。Levée d'écrouは文字どおり訳すと「ねじをはずすこと」だが、「囚人の釈放」という意味だ。

　〝スクリュード・アップ〟は、一九九〇年の作家ウィリアム・サファイアの『ニューヨーク・タイムズ』紙のコラムによれば、やっつけ仕事や失敗を婉曲的に表す第二次世界大戦中の軍内用語として使われるようになった表現だという。ほかにも同じような言い回しとして、〝ガム・アップ〟〝ファウル・アップ〟〝メス・アップ〟があるが、〝スクリュー・アップ〟が初めて登場したのは、一九四二年から一九四五年まで米軍で発行していた週刊誌『ヤンク』の中だった。これを広めるのに手を貸したのは、J・D・サリンジャーの『ライ麦畑でつかまえて』の中のホールデン・コールフィールドの言葉だとサファイアは言う。「ぼくの何がだめかわかるかい？　あまり好きじゃない女の子が相手だと、どうしてもセクシーな気分になれないんだよ、つまり本当にセクシーな気分には、ってこと。彼女のことがすごく好きでないとだめなんだ。そうじゃないと、やる気やら何やらがまるでなくなっちゃう。くそ、おかげでぼくのセックスライフはてんでめちゃくちゃ《スクリューズ・アップ》さ。悲惨だよ。最低なんだ、ぼくのセックスライフは」

私のセックスライフは最低ということはなかったが、大工という職業のおかげで変化しつつあることに気づいていた。この仕事で自分が実際に女らしくなくなるわけではなかったけれど、根本的に、それも意外な形で、セクシャリティが失われていく感じがしていた。

そんなことを認めるのはおかしいし、そもそも認めることが情けない。まず朝に服を着替えるときに変だと気づきはじめた。ペンキで汚れ、指についた接着剤を拭ったポケットのまわりに何かかたまりができているジーンズに脚を突っ込む。スポーツブラをつけて乳房を圧迫し、天気によってタンクトップかTシャツか長袖シャツをひっかぶる。スニーカーはひどくくたびれていて、爪先は灰白色の乾いたセメントで汚れ、ペンキが点々とつき、接着剤がもっとこびりついている。長い髪は後ろでおだんごにして、耳栓をしているかどうか確認してから仕事に出かける。

薄汚いし、なんだかいかつく見える。いかにも肉体労働者という風情だ。男の子になった気分。

私は小柄ではない。たくましいし、グラマーでもある。鏡に映る姿を歪め、自分の体を嫌いにさせる、理想のスタイルという悪魔と無縁でいられるのは運がいいと思う。自分の力強さも、脚や四頭筋、ふくらはぎの筋肉も、何キロも走れる強い脚も好きだ。鏡の前で腕を曲げたときにできる力こぶやそこから感じられる力強さが誇らしい。それに、胸が大きいところも気に入っている。自分の体の中に硬さ——脚、肩、背中——と柔らかさ——胸とお腹——が同居しているのが好きだし、その境界が曖昧なところもいい。作家バージニア・ウルフは「純粋な男でしかない存在、純粋な女でしかない存在は致命的だ。人は、男性性を持つ女、女性性を持つ男であるべきだ」と書いている。まさにそのとおりだと私は感じる。ひとつの体とひとつの心に両方の性が同居した状態でいたいとつねに願っているし、それが精神の豊かさにつながると思う。

ところが作業着を着てスポーツブラで胸を締めつけ、巻尺で長さを測り、のこぎりで木を切り、ハンマーで叩き、ネイルガンやドリルを使うような肉体労働を何日も続けていると、自分というものの感覚、女としての自分が変化した。そう認めるのは本当はいやだ。汚れたジーンズをはき、ドリルを使う程度のことで、女としての自分が壊れるなんて悔しい。セクシャリティを剥ぎ取られた、そんな感覚だった。

こうして私は、性的チャンスの火花を周囲に散らさないまま、暮らしていた。自分の胸やお尻の丸みを隠す作業着を身につけているあいだ、自分が放ち、まわりの男性たちから放ち返されていたエネルギーが失われ、性的欲求が消えた。そういうことにかまっていない自分に気づき、まわりからもかまわれていないことに気づいた。かつて私が働いていた新聞社では、男女間の他愛のない戯れはしょっちゅうで、恋愛沙汰には事欠かなかった。私はいつもジーンズと体にぴったりしたタートルネックのセーターを着て、化粧っけはまったくなかった。

ところが、メアリーと仕事の契約をした数ヵ月後、三〇歳になったとき、マスカラをつけ、アイライナーを引きはじめた。そのときは気づかなかったのだけれど、そうしてバランスを取ろうとしていたのだ。早く家に帰ってボーイフレンドの胸に飛び込み、キスをして、おがくずや汗の匂いのかわりにオーデコロンの香りが嗅ぎたいと無性に思うことがあった。仕事をしていない時間は作業着や大工仕事に傾いた気持ちを元に戻したくて、帰宅するとすぐに肌や髪についたおがくずをシャワーで流し、タイトなジーンズをはき、レースのブラと胸元の開いたシャツを身につけ、まつげにマスカラを施し、瞼をライナーで縁取った。公衆トイレの鏡で化粧をする女性を見るのが昔から好きだったが、いまになって自分がそれを実践して楽しんでいる。一三歳ではなく三〇歳になって初めて、メークの仕方を覚えようとしているのだ。

作業着を着ているあいだは性的スイッチがオフになるので、仕事外の時間はスイッチを入れ、いままでそんなことはしたこともなかったのに、あえて女だということを強調しようとした。思ってもいなかったのだが、じつはそうして女っぽくすることと私の性欲は密接に結びついていた。外見が内面も変えるということに気づき、私はショックを受けた。配管工や電気工が近くにいるとき、現在や過去のボーイフレンドの話をして、自分はレズビアンではないとあえて彼らに伝えようとしていた。自分でも無理をしている感じだったし、相手もそう感じたかもしれない。

仕事以外の時間に、配管工たちが自分にのしかかるところを想像した。彼らのたくましい腕のことを、太くて荒れた指先のことを考えた。でも実際に誘いをかけたことは一度もない。仕事中は、セックスに目覚めるまえの九歳児に逆戻りしたかのようだった。ところが仕事がはねると、彼らが頭の中にはいり込んでくる。彼らの体の重さを、肌に伝わってくる手や腕の力を想像する。一緒に仕事をした年上のほうの姿が頭に浮かぶ。禿げ頭で上背があり、力強かった。レンチを握った長い腕がキッチンの床に伸びて、流しの下に届く。日中は、それは単なる仕事でしかなく、木片の並ぶ箱みたいに、そこに性的な意味合いはいっさいない。ところが仕事を離れて帰宅すると、頭の中になまなましい考えがあふれだす。そしてまた翌日仕事に戻ると、ゆうべの想像などなかったかのように、またうぶな子供みたいになる。

メアリーと毎日一緒に働いている現場では、女性の大工の割合についてもまったく意識しなかった。木を切り、合板を扱い、ネイルガンを打ちながら、この仕事をしている女性、とくにヘテロセクシャルの女性は数が少ないなんて、考えている暇はない。力持ちの二人組（ひとりはことのほか有能）でひたすらやるべき仕事をこなす、それだけのことだ。

実際、大工は男の仕事だ。統計的に見ても、大工という職業に携わるのは大多数が男性だとわかる。米統計局は、二〇一一年の調査で、《建設業と採掘業》に従事する人は九七・六パーセントが男性、二・四パーセントが女性だと報告している。リストアップされている職業の中では、エンジニアや建築家よりも、農業・漁業・林業従事者よりも、消防士よりも、男女比の偏りが大きい。

中にはもっと矛盾の明らかな統計値もある。『月間労働調査』の中の「職業別雇用における性差」という記事の中で、バーバラ・ウートンは「職業別雇用における性差がもっとも顕著に現れるのは、精密工業、工芸、修理の分野である。たとえば一九九五年には、自動車修理工と大工は女性が一パーセントしかいない」と指摘している。

また、この統計傾向は昔からあまり変化していないように見える。ワシントンDCに本部があるシンクタンク、〈女性政策調査協会〉（IWPR）は、「分断され、不平等？　労働市場における性差別と、性別による賃金格差」という論文で、一九七〇年代初めから二〇〇九年までのさまざまな職場における女性の数の推移を追っている。一九七二年当時、女性歯科医はわずか一・九パーセントだったが、二〇〇九年には三〇・五パーセントに上昇した。同じ年間で、郵便配達人は六・七パーセントから三五パーセントになった。しかし手作業の現場ではあまり変化がない。一九七二年、女性大工は全体の〇・五パーセントだったが、二〇〇九年になってもまだ一・六パーセントだ。また、大工は最も白人の多い職業でもある。二〇一三年の『アトランティック』誌の記事によれば、大工の九〇・九パーセントは白人で、労働組合に「人種を巡るとても複雑な、ときに醜い様相さえ呈した歴史があり、そのためこの非常に人気の高い職業から黒人やヒスパニックが締め出された」のだという。

詩人スーザン・アイゼンバーグの著書『必要なときは電話するよ：建設現場で働く女性たちの体験記』は、一九七〇年代末から八〇年代にかけて建設現場で仕事をしていた女性たちの経験を記したものだ。口述記録と書面による記録の両方を含むこの本には、当時現場で女性たちがどんなハラスメントや差別を受けたかが詳しく書かれている。メアリーアン・クロハティという女性は、九ヵ月間の見習い準備プログラムを終え、ある工務店に応募した。「人事担当者はきっぱりと、『俺たちは六〇年代に黒人連中を無理やり押しつけられた。七〇年代になって今度は娘っこを押しつけられるとしたら、もうおしまいだ』と言った」

自身、熟練の電気工であるアイゼンバーグは、こうした女性たちの誇り、情熱、充足感について書き記すのと同時に、辛抱強く寛大に女性を歓迎してくれた男性の同僚やメンターたちについても忘れずに触れた。

ＩＷＰＲは、男性が支配的な肉体労働の現場の多くに見られる〝敵対的環境〟が、女性が少ない理由だと指摘する。「多くの調査結果からわかるのは、どちらかの性別がごく少数派になっている職業では、社会環境、情報の欠如、あるいは訓練場や職場におけるもっと直接的なバリアによって、職業選択が限定されてしまう、ということである」。いままでも、そしていまも、誰かしら知っている女性がその職業に就いていなければ、自分の将来の職業の選択肢としてまず考慮しないだろう。一方で、女性と同様、男性にとっても自分の性別が問題視されそうだと感じる職業（看護師、歯科衛生士、秘書）が存在すると思う。女性性が疑問視される職業は確かにある。大工になる女性が少ないことを社会学的に考察する機会がそう頻繁にあるわけではないけれど、この仕事で自分の考え方やセクシャリティおよび性衝動に対する感覚が揺らいだのは事実だ。

実際、私たちは目立つ。材木場で板を選んだり、壁材をカートに積んだり、DIY店〈ホーム・デポ〉でセメントの袋を担いで運んだりしていると、つなぎ姿でワークブーツをドスンドスン鳴らして歩きまわる大柄の建築関係者たちの視線からは、単なる好奇心ではないものを感じる。「何か修理でもしてるのかい？」オレンジ色の〈ホーム・デポ〉エプロンをしたレジ係が、色画用紙にアイスキャンディーの棒をぺたぺた糊で貼りつけている四歳児を相手にするかのように尋ねた。

「キッチンの改装だよ」メアリーは財布からクレジットカードを取り出しながら平然と言った。攻撃的なトーンでもなければ、言い訳めいた口調でもない。私がにらんでいたことに連中が気づいてくれればいいのだけれど。

ときどき材木場の店員がメアリーを〝だんなさん《サー》〟と呼んだ。「何をお探しですか、サー」そのたびに彼女を擁護して「サーじゃなくて奥さん《マーム》でしょ!」と叫びたくなる。もちろん実際に口に出したことはない。戦いたいならメアリーは自分で戦える。でも彼女はそれを戦いだとは思っていないような節がある。いっさい動じずに「全部揃ったね」と言うだけだろう。私は、三年生のときに髪をショートカットにしたことがある。翌日学校で先生のためにドアを押えたら、「ありがとう、サー」と言われた。私はぎょっとして口をつぐんだ。サー? ハイヒールをコツコツと響かせて、先生が通りすぎる横で、私はひどく動揺し、頭が混乱していた。私は何? 自分が思っている自分じゃないの? 先生のひと言で、私の自己認識は剥ぎ取られた。いまでも戸口で立ち尽くしている幼い自分の気持ちをまざまざと思い出すし、あのときの不安と混乱がよみがえる。メアリーが誤って〝サー〟と呼ばれるたびに、私は三年生に戻って、男の子と間違えられて存在をひっくり返された気分を味わう。でもメアリーにとってはどうでもいいことらしい。彼女は女性という区分に属することにそれほどこだわっていない。でも私は、思った以上に自分の女性性にこだわっているようだ。

　別のある朝、私たちが材木場でテラス用の1×4インチのイーペ材をカートにのせていると、〈カーハート〉ブランドの分厚いジャケットを着たふたりの若者が現れた。ひとりが私たちのほうに顎をしゃくって、相棒に何か小声でささやき、中学校の女子生徒みたいにふたりで笑った。彼らが何を言ったのか想像したくもなかった。私はとたんに顔を真っ赤にして、本当ならとっさに硬材でもつかんで連中の向こう脛を殴ってやりたいところだった。でもそんなことはせず、かわりに通りすがりに猫なで声で「あら、かわいい坊やたち」とささやくと、誘うように片眉を吊り上げてやった。

仕事中も、訝しげな視線や人を見くだすような言葉がつい気になってしまう。もっと鷹揚な気分のときは、ピックアップトラックを乗り回す、ああいうマッチョな建築関係者たちのみんながみんな、おばかさんではないし、材木を運ぶふたりの女というのは実際そうめったに見かけるものでもないのだ、と自分に言い聞かせる。メアリーを雇う人たちは長年彼女と仕事をしてきているので、女性の大工に慣れているけれど、そういう男性は多くはない。だから、じろじろ見たければ、見ればいい。そうして私たちがそこにいることが、彼らの意識改革を起こすきっかけになるかもしれない。カートに材木を積み、合板の山から板を抜き出し、加圧処理された4×4材を積み上げ、セメントの袋を担ぐ姿を見せることで、たとえ一瞬でも、連中の中のひとりふたりが、女でもこの仕事ができるんだなと思うようになれば、それでいいのだ。

思い出すかぎり、少しだけ力を貸してほしいと、体も力も大きな男たちにお願いしたことが二度ある。一度目は、ガラスの引き戸を三階まで運ばなければならなかったときだ。そのときメアリーの昔の棟梁が同じ区画のすぐ先で仕事をしていたので、彼とその部下のひとりがマッチョな大男役を演じてくれた。べつに男でなくても、パワフルな筋肉とすぐれた空間感覚を持った女性がもうふたりそばにいれば、もちろん事足りたと思う。

二度目のときは、私たちの力では本当にどうすることもできなくなったのだ。ジャマイカ・プレーンの丘にある家に大きめのテラスを新たに作るために、一日かけて杭穴をあけた。マサチューセッツの凍結線より下に届かせるためには、それぞれ直径二フィート（約〇・六メートル）、深さ四フィート（約一・二メートル）は掘らなければならない。私たちは交代で杭穴掘り機を使ってひたすら掘った。すっかり汗だくになり、しかも南向きの家だったおかげで日差しに一日じゅう炙られた。

掘るとタマネギの匂いがした。球根を掘り上げ、ショベルで根っこを切り、チャイブの茂みを掘り起こした。家の前に停めたバンと現場を行き来する通り道に小さなレモンバームの茂みがあり、あたりにレモンの香りが漂った。私たちが葉を踏んづけるのでオイルが滲み、匂い――レモネード、フレッシュな柑橘系、石鹸を思わせる鎮静効果――が広がったのだ。レモンバームは気分転換を促し、精神を活性化すると言われる。それが本当かどうかはわからないけれど、こういう暑い日につきものの土や汗やサンタンローションの匂いとは違う匂いを嗅げるのは大歓迎だった。当時、お酒を飲めば不安や混乱が癒され、とても立ち向かえないと思えるものから一時的に逃避できるということを覚えつつあった。でも、タマネギの匂いがする土に穴を掘ることにも同じような効果があった。いろいろとつらくて、没頭できる仕事があることがありがたかった。

それは金曜日の朝で、むせ返る熱気をかき分けて歩かなければならないような暑さだった。およそ二・五フィート（約〇・七六メートル）ほどの深さまで掘り進んだとき、岩にぶつかった。以前にもそういうことはあって、まわりを掘って岩を取り除いた。今回もそうしようとしたのだが、岩が大きいうえに土にしっかりと埋まっており、縁が見つからない。バール、ショベル、電動ウィンチ、大型ハンマー。私たちは全力を振り絞った。メアリーがバンの屋根にカヌーをくくりつけるときに使うキャンバス地の紐も試してみた。でもびくともしない。何をやっても実を結ばず、私たちは悪態をつくばかりだった。

「ただの大岩だ」メアリーは何度も何度も言った。たぶん自分たちを慰めようとしたのだろう。べつに私たちが弱いからではなく、人力ではどうすることもできないような大岩にぶつかっただけだ、と。

処置なしというように首を振り、いっそ岩を砕こうとしていると、ヘルメットをかぶり、ワークブーツを履いた三人の男たちが、アスファルトの下の配管を修理するために私たちのいる場所から百フィート（約三〇メートル）ほどのところの脇道と通りを掘削しはじめた。彼らは掘削機を使って道のアスファルトを剥ぎ、掘り出した残骸をローダーにのせた。何台ものトラックが吠え、騒音のせいで暑さが増したように感じる。メアリーは巨大な掘削機を操作している男に声をかけ、岩を取り除くのに手を貸してくれないかと頼んだ。男は無理だねというように肩をすくめた。

そこでメアリーは、削岩機を一時間借りて、岩を壊すしかないと判断した。私としてはどうにも納得がいかなかった。大男たちが腕を小刻みに揺らし、歯をがちがち震わせながら、跳ね上がるロバのような削岩機を乗りこなす姿が頭に浮かんだ。そんなの自分ではやりたくない。

「どんなことにも〝初めて〟はあるよ」メアリーはバンの窓からそう言ってよこし、走り去った。

私が別の穴を掘りはじめたとき、工事現場の男たちのひとりが近づいてきた。太い腕にはそばかすが散り、広い肩に落ちる髪は白くなりはじめている。顎には白っぽいブロンドの無精髭がぽつぽつと見え、オレンジ色のメッシュのワークベストの下には何も着ていない。汗の匂いがこちらまで漂ってきたが、いやな感じはしなかった。進捗状況について尋ねてきて、水を飲めと言ってよこした。私は笑い、あなたもねと言った。それから岩について打ち明け、穴を指さした。

「そいつはでかいな」男は言った。私たちは日差しの中で腰に手をあてて立ち、穴を見下ろしていた。ふたりとも汗まみれで、汚れていた。私は心を決めた。マッチョな男はときにマッチョな男らしくふるまいたがるものであり、そういうことを言うのは不本意だったけれど、とにかく言った。

「私たちの力では無理みたい」

するとと男は私を見て言った。「俺たちが手伝ってもいいぞ」

男は立ち去り、掘削機を操作している男を指さしてみせた。掘削機がいきなりこちらに向かってきたので、私は慌てて飛びのいた。シャベルが土を掻き、やすやすと大岩をすくい上げた。二百ポンド（約九〇キログラム）以上はある巨岩だ。私がお礼を言うと、男たちも嬉しそうだった。

私はメアリーに電話をして、削岩機はもう必要ないと告げた。戻ってきたメアリーに一部始終を話すと、彼女は笑って、連中に脚をちら見させてくれてありがとうと冗談を飛ばした。

そして次の工程こそ、私たちがいかにタフかを物語るだろう。穴を掘り終わると、ポスターを丸めて収めるボール紙の筒を大きくしたようなケーシングと呼ばれるものをそこに沈め、まわりを掘り出した土で埋める。それからケーシングの中にセメントを流し込む。階段の基部の踏み台と同様に、ケーシングを充填する必要があるのだ。

セメントの袋を開け、息を止めると、砕石まじりの粉を大きなプラスチック製のトレーに注ぎ、ホースで水をかけて湿らせる。ふたりがショベルを持ってトレーのこちら側とあちら側に立ち、次々に袋から粉を注いでセメントをまぜはじめる。ショベルの縁を使って押したり引いたりかきまぜたりして、練ってならす。水は多すぎても少なすぎてもいけない。私はマスクをしているが、メアリーはしていない。ふたりとも、一日ではとても終わらないと思っていた。ほかの作業より簡単で遊びに近く、子供時代のサマーキャンプにでも来ているような感じがする。こういうことはときどきあるのだ。セクシャリティが消えることがそう感じる原因なのか、逆にそう感じるからセクシャリティが消えるのか、どちらが先かはわからない。でも、胸がふくらむまえの時代に逆戻りするような、そんな感覚をなぜか覚えるのだ。

四本のケーシングの充填を終えたとき、太陽はまだ家の西側にある木々にも届いていなかった。つまりまだ午後三時にもなっていないということだ。終業時間まで数時間は残っている。

「どう思う?」メアリーが言った。

私はマスクを取り、顔の汗と汚れをシャツで拭い、舗道に唾を吐いてから言った。「このまま続けようよ」

「よし」メアリーが答えた。

そこで私たちはショベルを前後に動かしはじめた。ホースからほとばしる水しぶきに光が当たって虹が現れた。トレーの中で砕石や砂利が動く音は、海岸で波に揉まれる石の音を連想させたが、メアリーが水を加えると、もっとべちゃべちゃした水っぽい音になった。

「踏み台を満たすにはセメントが何袋必要だと思う?」

「六袋？」

「その二倍はいると思う」

私たちはまぜては粉を注ぎ、まぜては粉を注いだ。軍手をした手にマメができ、それがつぶれて、手のひらにべたべたした生温かい液体が滲みだす。それから階段基部にセメントを注いでいった。木製の箱の最上部までいっぱいになり、一部が脇からぬるぬるした灰色の細い川となって流れだすと、メアリーと私はハイファイブをした。結局のところ、その日私たちはバンにセメントを積み込み、下ろし、二五六〇ポンドのセメントをまぜたことになる。およそ一・五トンだ。

「信じられない！」私はもうへとへとだった。

「女の子ふたりでやったにしては悪くない」

「どんなふたりがやったにしたって悪くないよ」


あるキッチン改装の仕事をしたときの出会いによって、ついに仕事に性的要素が持ち込まれた。現場はボストンの南西二三マイル（約三七キロ）のところで、ふだん私たちが移動する範囲より遠いし、往復それぞれに四五分もかかったが、仕事は仕事だ。郊外の袋小路のつきあたりにある、これといって特徴のない家だった。その通りの家はどれも同じに見えた。ペンキの色も、雨戸の形も。前庭の植え込みにどんな木を選んだかだけが個性を主張している。私たちはいつもどおりの工程をとった。床にタイルを貼り、キャビネットを取り付け、クラウンモールディングと悪戦苦闘した。作業のほとんどが終わったとき、ピートという名のハンサムな男がトラックで乗りつけ、カウンタートップ用の大理石を切り出すために寸法を測り、型取りを始めた。

髪は暗褐色の巻き毛で、よく笑う。寸法を測るためにカウンターに身を乗り出すと、背骨に沿って筋肉の細い畝がTシャツに浮きあがった。腕は、ギリシャ彫刻の円盤投げ選手のようだ。じつは私はその季節の初めに、手首の骨を折っていた。ある日の午後、自転車に乗って仕事場から帰宅する途中、BMWに乗った若い女性がいきなりドアを開けたのだ。それは、ギプスが取れて最初の仕事で、作業中は手首に黒い添え木をあてていた。それを見たピートが尋ねてきた。自分も最近アキレス腱を切ったのだと話し、自慢を始めた。「完治するまでに八ヵ月から一年かかると医者に言われたんだ」ピートはキャビネットの天板に巻尺を渡しながら言った。「それがどれぐらいで治ったと思う? わずか三ヵ月で復帰したんだ。体のことがわかっていれば、自分で治せる。ちゃんと乗り切れるんだ。自分の体を知るべきだよ」

そんなふうに体について、体を知ることについて話すのは楽しかった。親密で、肌にじかに触れるような感覚がある。私は、手首を治療してくれた医師から聞いた、痛みというのはときには歓迎すべきものなのだという話を持ち出した。彼は、待ってましたとばかりに巻尺をシュッと巻き戻し、たくましい背中を私に見せながら言った。「痛みは生きている証になる」それから振り返り、私の目を見た。「俺たちはときどきそれを確かめる必要がある」

　そこで彼はウィンクし、またこちらに背中を向けて流しの長さを測りはじめた。演出過剰だったし、いかにも女慣れしているという感じがしたけれど、知らず知らず笑みがこぼれ、腰にずんと温かい電撃が走った。そして、完成した大理石板を持って彼が戻ってくる日が楽しみになった。この熱のこもったわずかなひとときが、視線の交わる火花が、体温の上昇が、通い合ったエネルギーがどこまで深まるのか確かめたかった。きっと一分にも満たない会話でしかないだろう。彼が運び込んだ冷たくなめらかな大理石の上で愛し合うようなことはけっしてないとは思うけれど、想像はした。

　翌週、きれいに切り出されてすぐに設置できる状態になった大理石を持って、彼がキッチンに戻ってきた。私は目をきらめかせ、彼に微笑んだ。いままでに何度も酒場で、友人でも見知らぬ他人でも、男の子に対してやってきたように。そして彼もすぐに笑みを返し、また会えて嬉しいよと言った。何ということのない、ごく基本的な挨拶だったけれど、そこには確かにエネルギーが満ち、閃光が行き交った。その瞬間、閃光の強力さに、行き交うパワーに気づいたのだ。ぼろぼろのスニーカーを履いていない、鑿を手にしていないときに自分が持っているエネルギーに、ただ手を伸ばせばそれでいい。この大理石担当の巻き毛の男はきっと誰にでもそうして目をきらめかせるのだとは思うが、おかげで、たとえ仕事中でも私はあのエネルギーを相手に注ぎ、返してもらうことができるとわかった。そのとき、欠けていた部分が戻ってきて完全な自分になれたと思えたのだ。肉体的にも精神的にも、ウルフの言う男性性を持つ女がそこにいた。

ねじ留め《スクリューイング》もしたし、大失敗《スクリューイング・アップ》もした。実際、失敗に次ぐ失敗だった。カウンタートップ男と遭遇したキッチンの仕事のあと、私たちはレキシントンの仕事に移った。車道を横切るときには絶対に横断歩道を使うし、独立戦争時の民兵の格好をしたツアーガイドが歴史マニアたちを名所旧跡に案内するような保守的な土地だ。私たちはそこで、古い馬車小屋の一階部分の改装をすることになった。床、壁、キッチン、浴室を新しくし、窓もいくつか新たに作り、直すドアや幅木も多数ある。かなりの大仕事だった。

家の横には古い墓地があり、一七〇〇年代の小さな墓石が並んでいる。不安定そうな墓石がほとんど完璧な円形に置かれた場所もあり、余計に不気味だった。一時間ごとに民兵ガイドのひとりが現れ、私たちがガタガタと新しい床を取り付けている部屋の大窓のすぐ横にある墓を、ツアー客に紹介する。上から下までフル装備の軍服姿だ。この人たちが一日の終わりに自分の車に乗り込み、助手席にその三角帽を置くところを想像すると、悲しい気分になる。ふたつの時代にまたがる存在というのは何となく寂しい。ある雨の午後に現れたツアーガイドは、マウンテン・デューの缶を持っていた。気になったのは、衣装との時代的不一致を見咎めたからではない。墓場でソーダを飲むことになんとなく違和感を覚えたからだ。

私はメアリーから、寝室のクローゼットの中に幅木を取り付ける仕事をまかされた。そのクローゼットは変わった台形の形をしていて、床はでこぼこだし、壁は反り返っていた。クローゼットのドアから右隅にかけてつける幅木を切断する正確な角度を知るにはどうしたらいいか悩んだ。この部材は、クローゼットの中にはいり、寝室に向かって立ってみれば見ることができる。でもこれはウォークインクローゼットではなく、中に手を伸ばしてハンガーからボタンダウンシャツやらコーデュロイのワンピースやらをはずすタイプのクローゼットだ。中で身を丸めて隠れでもしないかぎり、この部分を見る機会はまずない。

そこで、切った部材を床に、壁に、角でその部材とぶつかるほかの幅木に、あてがってみることにした。本来はそんなふうに確認し終われば仕事が終わる。そうやって仕事が楽にすむ日もたまにはある。

私はクローゼットと、電動のこぎりを設置した車庫を行き来した。幅木を何度も切り直してはそこを往復したのだ。新しく敷いた硬材の床の上を歩き、キッチンを抜けて、階段下の小さな浴室の前を通過し、外に出て車庫へ。いらいらがどんどん溜まる。こんな木片ひとつ、きちんとはまっていなかったからって、誰が気にする？　どうせ誰も見やしないのに、こんなの時間の無駄だ。ふいにやる気が失せた。これで充分じゃないの。幅木と床の間に多少の隙間があったってかまわない。角の継ぎ目もそのままにして、コーキング剤でふさげばいい。

半刃分ずつ削っていく。一回に角度一度ずつ削ぐようにして。右隅の、角でほかの幅木とぶつかるところの下方の縁を角度一度分削る。するとぴたっとはまった。でも床が歪んでいるので、部材の右側を押えれば左側が、左側を押えれば右側が、シーソーのように浮いてしまう。私は脚をドアの外に投げ出して横向きに横たわり、部材を下に置いて、床の浮き沈みに沿って大工用の太く平べったい鉛筆を走らせた。その線を見れば、どこでどれくらい床がふくらんだりへこんだりしているかがわかり、それをもとに調整すればいいわけだ。どんどん削り、ついにぴたりと合った。

「上達するには何年もかかりそうだね」幅木にする木材を持って、首を振り振りのこぎりのところへ向かう私が通りかかったのを見て、メアリーが言った。

やっとふたつの部材の継ぎ目が完璧に合い、床のでこぼこに隙間なくきれいに沿ったとき、私は小躍りした。ただただ嬉しかった。

その日メアリーが私に何か教訓を与えようとしたのかどうかはわからない。床のでこぼこや複雑な角度のせいで難しい仕事だった。届きにくい場所にあり、しかも人にはまず見えないという点でいっそう難しい仕事だと彼女は知っていて、技術的な面だけでなく精神的な面でも私をテストしようとしていた、そんな気もする。でも、単にそれはやっつけなければならない仕事で、メアリーにはほかにもっと大事な作業があるから、私にまかせただけなのかもしれない。私が悪態をついていたことも、車庫とクローゼットを何度も往復していたことも知りながら、メアリーは何も言わず、私ひとりで悩ませ、最後までやらせた。私は切断の仕方を何度も間違えた。またひとつ切り出したのに、少し切断しすぎて、使い物にならなくなった。〝板伸ばし機〟を買いに行きたくなった。

でも、もしメアリーが途中でクローゼットにやってきて、大きな隙間やぐらぐらする部材を見つけ、「もういいよ。どうせただのクローゼットだ。誰も気にしない」と言ったとしても、それで私がほっとしたかというと、正直わからない。一時的には、やった、これでこのクローゼットからおさらばできる、と思うかもしれないけれど、それはごまかしだ。どうでもいい、きっと誰の目にもはいらないような部分にしっかり目を配り、そこをきちんとできれば、残りの仕事——どうでもよくない、誰もが目にする大事な部分——の質も向上するだろう。

クローゼットと車庫に置かれた電動のこぎりを往復するうちに、何かが変化した。いらだちが使命モードに、目的行動に変わった。こんがらがった糸を押しつけられたときには、部屋の向こうに投げ捨てるつもりでいたのに、両端が見えるようになったとたん、一本のまっすぐな糸になるまで、ゆっくりではあっても辛抱強く丁寧にもつれを解こうという気持ちになったのだ。これでいい。これならきっとできる。

たとえ将来のオーナーがクローゼットの中を見ても、出来栄えに気づくことはないだろう。でも、下手なやり方をして、隙間があいていたりコーキング剤がはみ出しているのが万一見つかったら、ほかの部分についても質が疑問視されるだろう。しろうとでも、手を抜いたり、ずさんだったり、まずいやり方をしたところは見逃さないものだ。

クローゼットの内側の幅木は実際に大事だ。あのクローゼットはいつの日か、だらしないティーンエイジャーが使うことになるかもしれない。サッカーの練習で着た汗まみれのシャツや汚れた靴下、濡れたままの砂だらけのビーチタオル、すり切れたノートが山をなし、幅木を隠してしまうだろう。それならいいじゃないって？　でもいい加減な処理をしていたら、湿った汚れ物と一緒に部材がはずれてしまうかもしれない。その可能性は高い。コーキング剤をべたべた塗って覆わなければならなかった大きな隙間を残していたとしても、心配で私が夜も眠れなくなるかといえば、それほどではないだろう。でも大事なのは、きちんとやり遂げたという静かな満足感であり、だからこそやる価値があるのだ。メアリーにそういう意図があったのかどうかはわからないけれど、自分としては最後までできて嬉しかった。

「終わったよ」私は、メインルームの窓枠を作っていたメアリーに言った。

彼女が道具を置いて、さっきまで私がいた寝室に向かったことには気づかなかった。でも、数分後に戻ってきたとき、メアリーは私に親指を立てて、うんうんとうなずいてみせた。そして自分の道具のところに戻ると言った。「ダイニングの幅木をまかせていい?」

私は巻尺を手に、墓地を見渡せる窓の近くの部屋の角に近づいた。

大工仕事にはバックスペース・キーはないし、コントロール・キー+Zもない。誤って切断した木材を元に戻すことはできない。以前の仕事では、やったことを取り消す機能があるのは当然だと思っていた。いくつかすばやくキーを叩けば何でも直せた。大工仕事では、失敗を修正するには新たな創意工夫が必要で、私にはとても思いつけない技ばかりだったから、覚えるのが楽しくてならなかった。

同じ馬車小屋で、私は鑿を使う単純な作業で失敗した。ドアの蝶番をつける部分を鑿で削る仕事だ。ドアの横手に蝶番の輪郭をトレースし、八分の一インチの深さに平らに削るべく、鑿を振るいはじめた。鑿の刃を押すとその下で削れた木がリボンのように薄く細く丸まって、音もなく床に落ちる。木屑がそうして丸まる様がとても好きで、つい調子に乗ってどんどん削ってしまった。メアリーが部屋にはいってきたとき、私はドアにまたがって鑿を木材に埋めて押しているところだった。

私の削った場所に蝶番をあてがったメアリーは、首を振った。本来より八分の一インチ余計に削ってしまっていたのだ。

「これじゃだめだ」彼女はそう言って、私に灰茶色の木工パテを手渡した。削ってしまったところにそれをならし、やり直せということだ。

でもあの丸まる感じが好きなんだもの、と言いたかった。見てよ、すごくうまくできてるじゃない。

削った跡をそのべたべたした代物で埋めるのは、自然な木を人工的な薬剤で穢す行為に思えた。パテはべたつき、いやな臭いがするし、ちっとも思いどおりにならない。蝶番を納める小さなスペースに、斜め方向にそれをぺたぺたと塗っていく。メアリーが戻ってきて、私の肩越しにのぞき込んだ。

「ケーキに塗るアイシングとはわけが違うんだからね」

私がわかったと答えると、彼女は立ち去り際に言った。「ときにいちばん大切なことは、やめどきを見極めることなんだ」

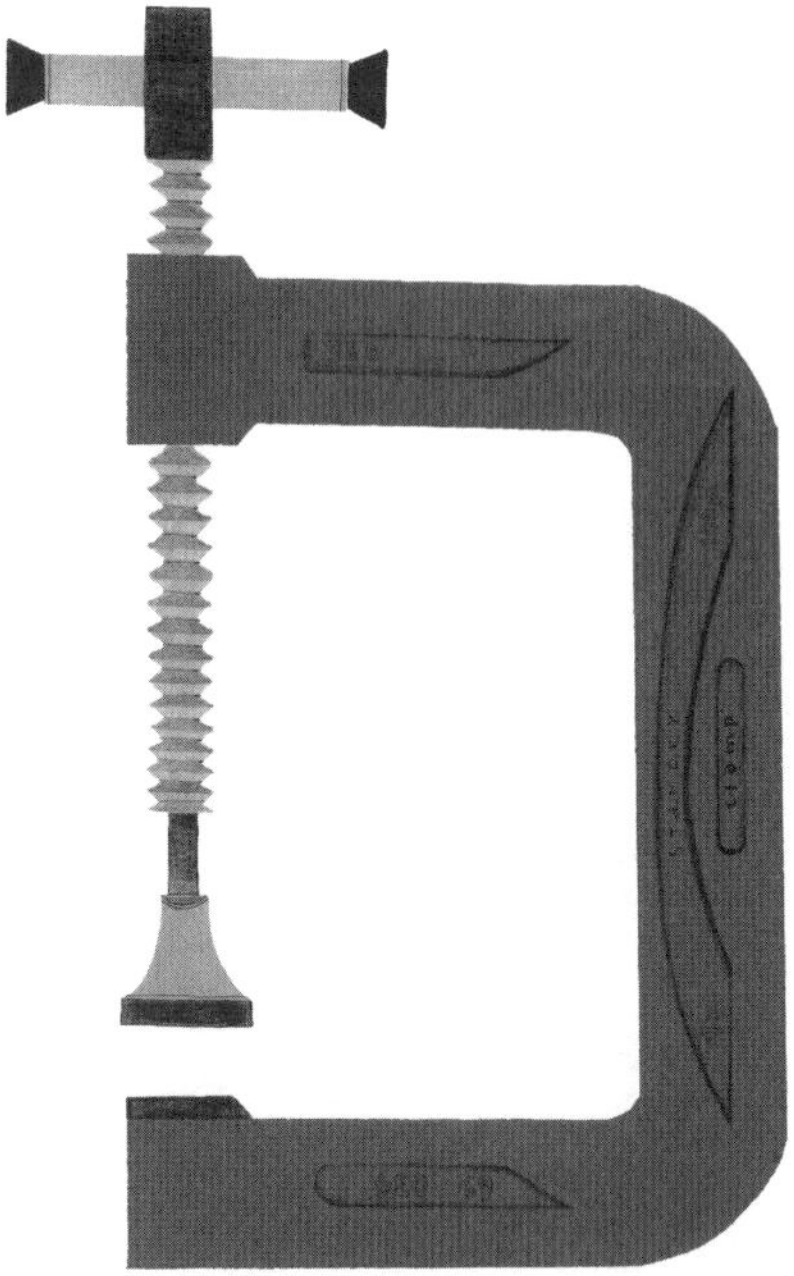

CHAPTER 4

CLAMP

クランプ

圧力《プレッシャー》の必要性について

メアリーのもとで働きはじめて三年目にはいった。依頼があると――浴室、キッチン、テラス、本棚――そこに行って仕事をした。仕事のリズムも生活のリズムもいまでは自然で、慣れ親しんでいた。じわじわと冬の気配が近づいていた。メアリーの家の裏庭の塀の脇に積まれた廃棄物の山が、私たちの仕事の歴史を物語っていた。仕事が終わるたび、メアリーのバンからゴミの袋をいくつもいくつも下ろし、そこに積んだ。いまでは山は、地下鉄の車両一台分ぐらいの大きさになっていた。

「雪が降るまえにこれをどかさなきゃ」メアリーが言った。

彼女は解体業者に連絡し、廃棄物を撤去してもらうことにした。煙突を解体したあの業者だ。

一一月のある朝、父親とふたりの息子がダンプカーからドタドタと降りてきた。三人は山の前に立ち、廃棄物の量を見積もった。金属パイプ、壁材やセメント板の断片、ボックススプリング、パレット、2×4材や2×10材、古いタイル壁の下地の金網《ラス》、さまざまな長さや厚みの木片。

「こりゃ五トンはあるな」親方が濃い髭の奥でにやりと笑いながら言った。たった三人で五トンの廃棄物を一日で撤去するなんて、とても無理だと思えた。うつろな目をした痩せたブロンドの息子のほうが廃棄物の山の上にのぼった。身をかがめ、太い釘が飛び出した、まとめてあった長めの板を持ち上げると、ダンプカーの荷台にガシャンと放り投げた。それが皮切りだった。一度動きだすと、彼らは止まらなかった。木材がダンプカーの荷台にぶつかる。壁材の断片がこなごなになる。ゴミ袋は羽根枕のように軽々と飛んだ。

今回も父親は息子たちに作業のほとんどをまかせた。息子たちが荷を担いでは放り投げるあいだ、親方は長年の経験によって洗練され、実践されるようになった積載システムについて説明した。まずは平らで大きなものをいちばん下に敷くようにのせ、次に長い厚板に移る。それらは一方向にきちんと並べる。金属は別の隅へ。金属クズはいいお金になるので、廃棄物集積場には捨てない。半端ものや変った形のものはそのあとにのせ、重い袋を上に積んで道中に崩れないようにする。息子のひとりが、錆びた釘も数多くはいった埃っぽい木屑の袋を立てて積んだとき、親方がたしなめた。「おい、それじゃだめだ」そして、どこに置くべきか、それはなぜか説明した。口調に怒りやいらだちは感じられなかった。ただできるだけ正しいやり方で廃棄物を積み、どうしてそうすることが正しいか、息子に教えることが目的なのだ。

積載プロセスについて説明したあと、親方は集積場の長所と欠点について話した。

「あそこには行かないほうがいい。なぜかわかるか？　ほったらかしだからさ。入口は釘だらけだ。ひどいありさまなんだ。行けばパンクする危険がある。ああ、行かないほうがいい」

近くにあるほかの場所が何でも受け入れてくれるという。

「そこは重さがすべてなんだ。どんな物でも重さ分の料金を支払いさえすれば受け入れてくれる。ああ、死体でもな」

「冗談でしょう？」私は言った。

こちらを見る親方の顔は大真面目だった。「ないと言いきれるか？　いや、ありえるね」

五トンは、三人の男が一日で積み込むのに不可能な量ではなかった。一時間もかからないうちにあらゆる板や袋がダンプカーにのり、メアリーの裏庭は空っぽになって、下敷きになっていた地面があらわになった。

親方は荷物に腕を振った。

「あれが見えるか？　明日には、メイン州バンゴーの五〇〇フィート（約一五〇メートル）地下に埋められている」

私は知りたくもない秘密を教えられた気分だった。埋葬されたゴミ、廃棄物集積場の死体、地下に眠る私たちの仕事の残骸、腐敗分解、土中への滲出、目に見えないダメージ——

仕事中に私たちが体に受けるのと同じダメージ。いつもの不安が舞い戻ってきた。

仕事に慣れてくると、寝るまえに不安に駆られるようになった。作業中にいったいどれだけ埃や胞子や有毒物質にさらされているか、という不安に。目を閉じたとき、最後にまぶたの裏の闇に見えるのは、病気その他の可能性について脅かすようにちらちらと光りながら宙を舞う、埃の粒だった。咳をするたび、肺の中で育ちつつある癌細胞の最初の予兆だと思った。

メアリーは私を心配性だと考えていて、神経質すぎるとやんわりからかった。それも当然だ。マスクなんて見向きもしない大工仲間たちを見てみなよ、と彼女は言う。とはいえメアリーは寛大なことに、私の不安に付き合ってくれている。彼女の家の地下作業場で仕事をするときは、やすりがけは、雨さえ降っていなければ外でする。私が粉塵を嫌っているのを知っているから、タイル用のモルタルをまぜるのを一手に引き受けてくれることもある。もうちょっと大ざっぱな相棒のほうがよかったと思っているのは間違いない。予防措置をすればそれだけ作業が遅れるからだ。でも私はメアリーのことも心配だった。

煙草がもっと悪いものから肺を守ってくれてるんだと、彼女は冗談半分に言う。マスクもめったにつけない。「内側にまではいっていかないさ」メアリーはよくそう口にする。「そのためにずっと煙草を吸ってるんだから」

このめくらましみたいな言い草を信じたがっている自分もいる。

つやつや光る黒っぽくてでこぼこした、触れると硬いものに覆われたメアリーの肺を思い浮かべる。さらに、顕微鏡の目で想像する。彼女が吸い込んだファイバーグラスの極小繊維や加圧処理された木材から出たわずかなヒ素、合板用の糊のホルムアルデヒド、水とまぜれば消えるセメント粉が、肺にはいっていき、ふわふわ漂って、その黒い壁に跳ね返されるところを。

メアリーの手巻き煙草のべたべたしたタールはけっしてそんなふうに肺を守ってはくれない。そうわかってはいても、黒い壁に覆われていない、自分のピンク色の肺が余計に頼りなく思える。

私には、あらゆる製品や資材のパッケージにある警告ラベルを読む癖がある。ほとんどどのラベルにも、どこかにこの言葉がある。「カリフォルニア州では癌の原因物質と知られている化学物質を含む」〔カリフォルニア州法（プロポジション65）により、同州を含む地域で流通する製品に特定の化学物質が含まれる場合には表示義務がある〕

「ここがマサチューセッツ州でよかった」とメアリーはよく言ったものだ。

彼女はちょっとした修理の仕事で断熱材を施したときの話をした。危うく気絶して、呼吸器をつけなければならなくなったという。「断熱材の仕事はもう二度とできない。たちまち口のまわりに蕁麻疹が出て、ちくちくしはじめる」防護服をあつらえてきてもらわないと、とふざけて言うので、喜んでと私は応じた。

「ね、だから心配しなくていいんだよ。いざとなれば蕁麻疹が出る。これはまずいというときには、体が教えてくれるんだ」

体が恐ろしい秘密を隠すこともあると言いたかったけれど、黙っておいた。

解体業者が来た一一月の朝より数ヵ月前、ある晩夏の午後、私たちは休憩中に現場の裏庭で腰を下ろし、鳥たちが急降下しては舞い上がるのを眺めていた。依頼主のセリーヌが外に出てきて、私たちに加わった。私はいつもマスクをつけているのに、メアリーがつけているのを見たことがないと彼女は言った。

「無用心すぎるわよ。空気中に何が漂っているかわからないじゃないの」彼女は言った。メーカー品のプラスチックカップは化学物質が滲み出すからと言って、ヨーグルトを手作りし、ガラス容器に保存しているような人なのだ。

「そのうち、逃げ切れなくなるかもね」現実家のメアリーは言い、いつものように淡々と受け流した。でも、深い諦念のようなものも感じられた。そりゃ、いつかは死ぬさ、いつどうやってかはわからないけれど、と認めつつも、悩んだって仕方がないと思っている。ホッキョクグマに食われてしまうかもしれないし、人食いナメクジの餌食になるかもしれない。彼女は煙草の先の火のついた部分をつまんで落とすと、足で踏み消した。「ただし肺は困るな。そこだけは勘弁してほしい」

何言ってるの？　私は彼女の肩をつかんで揺すりたかった。肺がだめになるのだけは困るって？　だったらよく考えてよ。煙草を吸いたいなら吸えばいい。でも、マスクはつけなさいよ！　最初は腹が立ったものの、急にためらいを感じた。それはメアリーの正直な弱音であり、だから驚いたのだ。

眠る瞬間に、メアリーのまぶたの裏にも埃が現れるのか？　咳をしたときに不安になったりするのだろうか？　おがくずやモルタル粉、ファイバーグラスの繊維や煙やタール——それらがメアリーを追いかけてきて、いつかは追いつき、彼女を捕まえることになる。メアリーはそれを甘んじて受け入れる。自殺願望ではないかもしれないが、ジョセフ・コンラッドの短編「秘密の同居人」に描かれた感性に近いものがある。その小説の中で、男は甲板から身を投げて、船から逃げだす。船員たちは自殺だと考える。「好きに思わせておけばいい。だが俺はこのまま溺れるつもりはない。沈むまで泳ぐのだ。そのふたつは同じではない」

午前中のうちに解体業者は出発し、メアリーの庭の土があらわになった、がらんとした部分は、非公式に季節の終わりを告げていた。一一月中旬から年末までは仕事のペースがしだいにゆっくりになって停止する。大混乱の時期にさらなる大混乱が重なることを人々は望まない。感謝祭のごちそうやクリスマスの陽気さにハンマーが響く音は似合わない。だからメアリーと私は地下作業場で資材をひとつにまとめ、道具をしまい、ねじ釘の箱を入れ物に片付け、掃除や整理整頓をする。私たちは立ち話をし、私はそのあいだヨルゲンセンの木製クランプを締めたりゆるめたりしていた。ハンドルをぐるぐる回して木製の足の先をどんどん締めていき、やがてまたゆるめる。カエデ材と金属でできており、手で自転車のペダルを漕ぐようにハンドルを回すことでクランプが閉じていく。とても強力で、締めたときには、ふたつの木の足のあいだに空間はなくなる。空間を締め出すその道具の力に、私はあらためて驚かされた。とてもシンプルな構造なのに、こんなに強いとは。

「これから少しのあいだ、とくに仕事の予定はないんだ」メアリーが言った。

私はクランプのペダルを回してまた締めた。「じゃあ、必要になったら電話して」私はクランプをほかの道具と一緒にハンガーボードに吊るした。クランプという言葉は、「押す」あるいは「絞る」という意味の古ドイツ語のklamから来ており、唇を結んで沈黙するかのように固く閉じた二枚貝を意味するclamという英語もここから派生した。

私は早めの冬休みを楽しみにしていた。やっとひと息つくことができ、その機会にあちこちで雑用を片付けて、また新年になったらフル回転で仕事を再開するのだ。

その日でメアリーとはしばしのお別れとなり、おたがいに楽しい感謝祭をと声をかけ、休日の熱狂をなんとか乗り切れますようにと言い合って、クリスマス前に打ち合わせをすることにした。

その年の冬、ボストンは大雪となり、週を追うごとに数インチずつ積もった。新年になり、私はメアリーからの次の大仕事の電話を待った。ところが待てど暮らせど電話が来ない。私は彼女の留守番電話にメッセージを残した。「こんにちは、メアリー。この先数週間の予定はどうなっているのかなと思って、ちょっと連絡してみました。電話をください」

ところが折り返しの電話もない。

日は短く、雪ばかり降った。道の脇に高く積み上げた雪で通路が狭くなり、町じゅうで駐車場所の争奪戦が展開していた。パイロンや折りたたみ椅子が、雪かきして確保した場所の印だった。

私は本を読み、書き、雪の中を長い散歩をした。でももっとぐうたら過ごす日もあった。夜更かしし、そういうときはもう一本ビールが飲みたくなった。結局のところ翌朝早起きしなくてもいいのだし、仕事のために体を休めたり、頭をはっきりさせておく必要もないのだ。

体力が衰え、体もぶよぶよしてきた。電動のこぎりを運んだり、ハンマーを振るったり、ドリルで木材に穴をあけたりすることでついた筋肉が、使わなくなったとたん弱くなり、ゆるんだ。生活のリズムが崩れていく。

せっかくの休耕期なのだから楽しまなければ。生産性の低いときというのは、一生の中でも贅沢な時間なのだ。外からは、活動らしい活動をしているように見えなくても――実際何も書いていないし、何も建てていない――そういう時間は無駄ではない。悩みを深くつきつめ、頭の中で問題解決するのだ。そして、この静かな時間こそ、長年のうちに頭の中に溜まっていた感情の澱をきれいに押し流す機会となる。そもそも畑を休耕にするのは、来期のために土を肥沃にするのが目的だ。トウモロコシの茎や、風に揺れる小麦の穂が見えないからといって、馬鹿にはできない。地下で静かに大事なことが起きているのだから。

メアリー・オリバーは「夏の日」という詩の中で、野原を散歩すること、草の中でひざまずくこと、「ぼんやりしているだけで祝福される」ことについて書いている。「教えて、ほかに何をするべきだったというの？／すべてはいつか死を迎えるのではないの？　そう、早すぎる死を」

彼女がこの詩を書いたのは一九九〇年、ほとんどの人が携帯電話を持つまえのことだ。それから二〇年が経ち、誰もが狂ったように走りまわり、われ先にと飛びつくこの時代、「ぼんやりしているだけで祝福される」時間など、誰が持っているのだろう？　草の中で寝転ぶ人なんて、詩人くらいでは？　野原を散歩していたら、怠けているように見えるかもしれないけれど、オリバーの言葉をよく考えてみてほしい。静けさの中で何が起きるか、誰にもわからないではないか。バッタの目線で物を見たときに何が目に飛び込んでくるか、誰にも想像できないはずだ。さらに彼女は何より大事なことを思い出させてくれる。「すべてはいつか死を迎えるのではないの？　そう、早すぎる死を」草だって、バッタだって、キツネだって、花だってそうだ。あなたも、そして私も。

すべての瞬間を捕まえることなどできないけれど、一歩後ずさりして、自分のこれからについて考えるのはいいことだ。野原でひざまずき、酒場で友人と大笑いし、床板の木目の渦巻きを眺める。でも、この休耕期を目的意識のある贅沢なものにしたかったら、その前後が〝何か生産的なことをして結果を出す〟期間で挟まれている必要がある。

けれど、今回の大工仕事の休止期間は休耕期とは言えなかった。自分が肥沃になっていく感覚がなかった。二日でできるものに九日間使う、あるいは四五分でできるものに一日使うということが続くと、自分が役立たずに思えてくる。じゃあどうする、という疑問が何度も湧き上がる。いつまた仕事が来るか、そもそも仕事が来るのかどうかさえわからず、私は不安のあまり、この静かな時間を生産的で価値あるものとはどうしても考えられなかった。

〝やればやるだけ仕事は終わる〟——いつこの格言を知ったのか覚えていないが、それが事実だと実感したときのことは覚えている。二〇〇一年、私が大学を卒業した数ヵ月後に、父が失業した。私はすでに実家住まいではなかったけれど、弟から様子を聞かされた。父はパソコンの前に座って何時間もバックギャモンやソリテアをやったり、釣り好きたちの掲示板をのぞいたり、ぼんやりとネットサーフィンしたりしていた。父の書斎からは延々とクリックの音が聞こえてきて、夜になるとそれに、父がスコッチをするたびにグラスに角氷がカランとぶつかる音が加わった。

最初は父もあれこれ手を尽くした。履歴書の埃を払って最新のものに書き換え、方々に送り、旧友とランチを食べたりコーヒーを飲んだりした。やがてそういう努力は減っていき、決意も消えてしまったようだった。五五歳という年齢でふさわしい仕事を見つけるのが難しかったのかもしれないし、応募した時点でなしのつぶてだと、やっても無駄だと思えたのかもしれない。二二歳だった私からすれば、父に見込みがないなんて思えなかった。家にすっかり居ついてしまっているように見え、奇妙だし怖かった。恥ずかしいとか不安だという気持ち――どちらも就職活動の動機付けになる――は地中深く、凍結線より下まで届く穴に埋められて、いまでは跡形もなく、虫に食われて腐敗し、本人にさえ手が届かない。

「今日の予定は、父さん?」私たちは尋ねたものだった。

「三時に歯医者の予約がある」父は答え、私たちはその先を待った。ほかに何もすることがないと、歯のクリーニングが父の日課となった。わざわざスーツを着て、革のブリーフケースを持ち、自分は八五ドルのネクタイを締めるような男なのだと世に宣伝する。当時は、そんなのは嘘っぱちだと思っていた。父は待合室で『タイム』誌のバックナンバーをぱらぱらめくり、まわりの人たちを騙した。父にフロスをし、口をゆすがせる歯科衛生士や歯科医を騙した。車での帰り道、信号で停まった隣の車の運転手を騙した。でも私は真実を知っていた、あるいは知っていると思っていたし、一年にも満たないとはいえ自分で家賃を稼いできたいっぱしの大人としての義憤に駆られていた。ネクタイやブリーフケースは、この成功したビジネスマンは歯のクリーニングが終わったらまっすぐ会社に戻るのだとみんなに思わせるための嘘だった。

当時の私には知らないことがたくさんあったのだ。新聞社の仕事を辞めて初めて、そこで働いている自分のイメージが自らのアイデンティティ形成にどれだけ重要だったか、思い知った。自分をどう理解するか、人に自分をどう理解してもらうか、という問題だ。いまの私はいったい何？　仕事がなくなったとき、そう思った。一〇年と働いていない私がそうだったのだ。父は三〇年以上仕事をしてきた。それは一朝一夕では壊れない習慣であり、自己認識だろう。その年齢で仕事を失う恐怖はとても想像できない。だからスーツを着てブリーフケースを持ち、ハンガーからお気に入りのネクタイを選んでいたのだ。それは嘘でもペテンでもなく、自分自身を理解し、他人に見せたい自分のイメージを維持する行為だったのだろう。

数ヵ月が経っても、父はまだ仕事をしていなかった。母は電話口で静かに言った。「いっつもまわりをうろうろしてるの。全然家から出ないのよ」最近母は、仕事に出かけるまえに家でひとりになれる時間を作るため、わざわざ朝四時半に起きているのだという。母が夜明け前の暗がりでシャワーを浴びて着替え、ひとりでコーヒーを飲んでいる姿を想像すると、胸が締めつけられた。「一日でいちばんくつろげるひとときよ」母は言った。

それってまずいんじゃない？　私は心配になった。父さんはやっぱり働くべきなのでは？　私は母に尋ねた。ねえあなた、仕事をしたほうがいいんじゃない、とか一度でも言ったことあるの？　母は、でもがみがみ言いたくないのよ、と答えた。一度でもそう尋ねたら、毎日尋ねずにいられなくなりそうで、と。そんなの間違ってると私には思えた。夫婦関係や失業については知識らしい知識がないとはいえ、アプローチの仕方がまずいということぐらいはわかった。一度、それから少ししてもう一度ぐらい、尋ねる勇気をかき集めてもいいんじゃない？　がみがみ言いたくないというのは好ましい心がけのように見えるけれど、パソコンの画面上のゲームボードでバックギャモンの駒を何時間も動かしつづけているだけの人には、多少はがみがみ言うのが当然では？　倦怠期の妻が夫を尻に敷くイメージがある〝がみがみ言う《ナッグ》〟という言葉を、〝促す〟とか〝尋ねる〟ぐらい無色透明な言葉に交換してみたらどうか？　でも母は、父に尋ねたことすらなかった。職探しはどうなってるのも、うまくいったのも、これやあれは考えてみたの、もなし。励ましもしなければ、プレッシャーもかけなかった。応援してるわも、さっさと何とかしなさいよ、もなしだ。母が何も言わないのは自分に関心がないからだと父は感じていて、せめて母さんが何か尋ねてくれたらと私に言うとき、その声には非難が滲んでいた。

二二歳の私でも、ふたりは間違っているとわかった。そして、そんな両親の姿を目の当たりにして、とても悲しかった。母は父に、多少急かす口調で尋ねるべきだったし、もちろん父も、母に促されようと促されまいと、自分を奮い立たせて仕事探しをすべきだった。

　それから父はスコーン作り期にはいった。この当時、段ボール容器にはいった、甘酸っぱい匂いのするバターミルクが冷蔵庫のドアの内側にいつもあった。そして朝になると、三角形の暖かな生地――ジンジャーレモン、ブルーベリー、レーズン、オレンジの果皮《ゼスト》――がクッキングシートの上で冷まされていた。オーブンから出されたばかりの分のほかに、カウンターの上には、ビニールのジップロックの袋にはいった前回焼いた分四〇個近くが、クッションの山のように積まれていた。出来はとてもよかった。ぱさぱさで味気ない、よくあるまずいスコーンとは違って、さくさくした繊細な食感で、味わいもやさしく、心がこもっていた。とにかくたくさんあった。そして、週六〇時間つまらない仕事をするより、スコーン作りをするほうがはるかに生産的に思えることも理解できた。結果が量や形で具体的に表され、しかも人に喜ばれる。それにはいい生地を作ることが大切だった。でも本当にそれでいいの？　たぶん父にとっては、当面のところは。「僕ら、スコーン化してる」弟は、キッチンの窓の下のカウンターに山積みされた袋をさして、ふざけて言った。

　働かず、いつ仕事が来るかもわからないままメアリーからの連絡を待つばかりだった、ケンブリッジでのその冬、私は人生の目的をなくしてしまったような気がした。世の中に貢献する、役に立つ人間になりたかった。本棚を作ったり床を張ったりしても地球温暖化を食い止めることはできないとしても、いまの自分よりはましだった。私はソファーで毛布にくるまり、意見やら写真やらニュースやら騒音やらがパソコンの画面の端からのろのろと現れては反対の端から消えていくのを眺めている。端から消えたものは、マシンの背後にある見えない崖からがらがらと崩れ落ちていくかのようだった。時間もそれとともに消えた。

父は、自分にとってはレベルが下だと思える仕事は、たとえ興味のある業種であっても検討しようとしなかった。昔から熱心な読書家だったのに、書店員なんてと鼻を鳴らした。庭仕事にかけてはいつもびっくりするほど真剣なのに、園芸店での仕事にはやはり鼻を鳴らした。弟や私がそんな提案をすることが、父には侮辱だった。プライドが勝って、自分が部品の一部になることに我慢できず、人にぴったりの本を探したり、アジサイをみごとに咲かせる方法を教えたりすることがどんなに誇らしい仕事かわかろうとしなかったのだ。そんなことをするには、自分は上等すぎる、それくらいなら何もしないほうがまし、というわけだ。

明日の予定が何もなくて、何をしてもいい状態のとき、なかなか重い腰が上がらなくなる。やるべきことが未完了のままどんどん積み上がり、毎日が、使い道のないマツ材を鑿で削ったかすのように、くるくると丸まっては床に落ち、箒でちりとりにまとめられては捨てられる。

ある週末に実家を訪れたとき、父がインターネットを眺めている書斎の前を通りかかった。父はアミキリという魚についてぶつぶつつぶやいていた。私はそのまま通りすぎたが、父のその独り言を耳にしたとたん、憐れみといらだち、失望と胸の痛みがないまぜになった、いままでに感じたことのない複雑な感情に襲われてとまどっていた。その日の午後遅く、夕日が空を赤く染める頃、フライフィッシングの釣り竿を手に裏庭の草叢に立つ父の姿を窓から見かけた。父は竿を右肩に振り上げては手首をさっと返す練習を何度もしていた。竿を宙にしならせ、右腕をすばやく前方に振って、架空の川に向かってルアーを投げる。くり返しくり返し振り上げては投げた。私は父が草叢で木製の柵に向かってキャストするのを眺め、それが暮れなずむ空にしなるシュッという音を聞いていた。

父はあれから一度でも釣りに行ったのだろうか。

結局そのまま数年が過ぎ、あるとき園長を務める幼稚園で子供たちに指導をしたあと母が帰宅すると、二階でパソコンを見ていた父がキッチンに下りてきてこう言った。「牛乳がないぞ」。両親は離婚した。

眠りがしだいに浅くなっていった。長い時間、悶々とするうちに不安定な眠りにはいる。明日は何をしよう？　どうやって家賃を払おうか？　含鉛塗料やアスベスト、おがくずの粒子が私の中でどんな悪さをしているのか？　時間はあったから、自分の内奥をじっくりのぞき込んだものの、そこにあったのは無だった。真っ暗闇の中、自分はどこにいるのだろうと不安になった。

新聞社で働いていたときに節約して暮らし、真面目にお金を貯めたので、そこそこの貯金があった。でもそれも風前の灯だった。通帳の数字が減っていくにつれ、自信もなくなっていった。こうして破産するの？

それに仕事が恋しかった。メアリーが恋しかった。ブラジリアンウォルナットの1×4材の手触りが恋しかった。全身へとへとになり、体は汚れ、空腹で帰宅するあの感覚が恋しかった。いい仕事をしたあとの疲労感が恋しかった。一日が始まったときに比べて、終わったときに何かが進んだと感じる、あの満足感が恋しかった。また物作りがしたい。自分の手で稼ぎたい。

消えない不安や自信喪失、本物のスランプの壁を、疑問符や無為な時間が取り巻いていた。とうとう貯金が尽きかけたとき、以前勤めていた新聞社で記者枠に空きが出たという噂が耳にはいってきた。辞めた古巣に戻ること——そう考えただけで胸が苦しくなり、ひそかに屈辱感を覚えた。でも、請求書や健康保険、何かにまた所属する感覚の魅力のほうが、屈辱感より強かった。それに、大工仕事は副業でもできそうな気がした。私は敗北感と悲しみにまみれながらかつての上司に電話し、「はい、じつはとても興味があります。ぜひ戻らせてください」と告げた。すると彼は満足げな様子で、からかいまじりに尋ねてきた。「大工仕事は向かなかったのかい？」そのとき私はビーコンヒルの通りの角で、カバほどの大きさの豪華なSUV車の横に立ち、きれいな身なりの母親やらよちよち歩きの子供やら小犬やらがチャールズ・ストリートを行き来するのを眺めていた。彼にそう訊かれたとき、私は歯を食いしばり、目を閉じた。大工仕事は私にとても向いていた。きつくて汚いし、ときには体に毒でさえあるけれど、大好きになった仕事だ。残念ながら、仕事の量が充分ではなくなっただけ。私は歩道で耳に電話を押しつけながら、かつての職場に戻るより、じめじめした地下室で絨毯を丸めるほうがはるかにいいと思っている自分に気づいた。でも、現金や健康保険がいますぐ必要だったし、このままのんべんだらりと暮らしていたら自分がだめになるという切羽詰まった思いが、私にプライドを捨てさせた。「できればぜひ復職したいです」

「喜んで迎えようじゃないか」かつての上司は言った。数日中に手配をすると彼は言った。

私は歩道で立ったまま身震いした。車が一台やっと通れるくらいの狭い通りにはランタンが灯っている。古きよき時代のガス灯を模した街灯で、揺れる光が煉瓦に映り込み、ひょっとしていまは一八五〇年では、と思いたくなる。真珠のネックレスをつけた母親たち、乳母車にのせられた赤ん坊、小犬が通りすぎる。冷気のせいで目が潤んだ。

ケンブリッジの自宅に戻る道すがら、これが望んでいたことなんだと自分を納得させようとした。最悪だった仕事を記憶からたぐり寄せ、大工なんて大嫌いとののしったときのことを思い出そうとした。ほら、あのハイチ人姉妹の家。室内の温度が三〇度に設定されていたうえ、息子のひとりがお腹の風邪を引いていて、廊下の床や浴室の流しじゅうに嘔吐物があった。それに地下室がまたひどかった。竹材を床に敷きつめるまえに汚れた古い絨毯を剥がなければならず、そこもやはり室温三〇度で、絨毯のせいで室内が黴臭かった。私が絨毯を剥ぐあいだ、メアリーは地下階段用の新しい踏み板を作っていて、こっちはマスタード色の絨毯を力ずくで引っ剥がす汚れ仕事なのに、巻尺や板を持ってスマートに作業しているメアリーが妬ましかった。あの厄介な塵や埃、なぜか磁石みたいに私の顔にくっついてきたっけ。セサミストリートのマペットの皮でも剥ぐように、毛羽を削り取るためにナイフを使うあいだ、額にだらだらと汗が流れた。繊維が皮膚に刺さると、千匹の悪魔に噛まれたみたいにちくちくした。あの日は本当に最悪だった。

それから、辞めた新聞社のいいところを数えあげようとした。私の好きな尊敬する人たちが、数人とはいえいまも働いていて、そこにいれば一日じゅう書き物ができる。またスムートが測量したハーバード橋を歩いて渡って仕事場に行ける（じつはそれが何より嬉しかった）。毎月きちんきちんと給料がもらえ、また貯金用の口座にお金を入れられる。そうよ、正しい選択だわ。戻って正解。失敗なんかじゃない（頭の中では〝失敗〟という言葉が鳴り響いていていたけれど）。

二週間経っても、昔の上司から連絡がなかった。そんなとき、別の誰かが雇われたと人づてに聞いたのだ。
すっかり混乱した頭の中で失望と怒りがむらむらと湧いてきたのは、採用を見送られたことではなく、何も知らされなかったことが理由だった。能力が認められなかっただけではない。いや、もっと悪い。私の存在など、誰も思い出さなかったのだ。

夜中に目覚めると、闇の中ではさらに大声でわめき、動悸を激しくさせ、私の心臓を鉤爪でぎゅっとつかむいやな考えを追い払うために、自分の手で建てたい家について想像した。ベッドに横たわったまま、各階のレイアウトを設計し、壁を立て、床のタイルや本棚、寝室の窓、キッチンのキャビネットやカウンター、食品庫《パントリー》をデザインし、戸口、光源、暖房について考える。メアリーと一緒に行った数えきれないほどの家で得た知識を利用する。頭の中で、自分が携わった仕事を好き嫌いで仕分けする。構造から始め、骨組みを見、床を縦横に走る根太《ねだ》を見る。それらを覆うのは合板、床下地、ハードウッドならサクラ材か、丸木作りなら幅広のオールドパイン材か。手に握る小槌の触感、板を一枚一枚並べていく作業を想像する。圧縮空気の力で釘を打つ高圧フロアネイラーや、ゴム製の頭の小槌でゴムのボタンを打ったときのドスンという衝撃を思い描く。釘が木材にめり込む音も動作も小気味いい。床張りは人に満足感を与える。未完成で汚らしい、内側が丸見えになったコンクリートや床下地が、波のように折り重なる木目や節の美しいなめらかな木材で覆われたとたん、部屋が変身するからだ。時間とともに木材の色は深まっていく。引っかき傷やへこみができ、そうして生活がそこに刻まれ、使い古されていく。

夜、頭の中で壁や窓の位置を決め、最初は2×4材で囲み、ハンマーと釘で固定する。窓は幅広の壁全体を占め、窓上部の太いまぐさが壁の重みを支える。枠作りのあと、壁材、養生、モルタル塗り、塗装と続く。キッチンのドアを取り付ける場所を考え、頭の中で幅木用の木材を切断し、釘穴をパテで埋める。暖炉を想像し、煉瓦職人を雇う必要があるなと考える。以前私たちが巨大な書棚を作った家にあったように、二階の浴室に天窓を作ろう。動線が自然かを確認するために、部屋から部屋へと移動するところを想像した。部屋は戸口や壁で機能的に分割したい。キッチンがダイニングルームにはみだし、ダイニングルームがリビングにはみだすのは好みじゃない。家の裏にブラジリアンウォルナットでポーチを作り、糖蜜に似たシナモン色が味のある灰色に変化していくのをこの目で見たい。海岸の家々の屋根板みたいに。

夜遅く、そんなふうにあれこれ空想していると、脳みそが落ち着いていく。

作家のジョーン・ディディオンは、エッセー「オン・ゴーイング・ホーム」で、子供の頃に暮らした家に帰ったときのことを書いている。「あちらを見てもこちらを見ても、そう、食器棚の中でさえ、自分の過去と出会う。おかげで神経が参って頭がぼんやりし、目的もなく部屋から部屋へと巡った。過去と正面から向き合うことに決め、引き出しの中身を全部ベッドの上に広げる。一七歳の夏に着た水着。『ネイション』誌からのお断りの手紙。一九五四年に父が建設するのをやめたショッピングセンターの土地の航空写真」

私の母は、離婚後メイン州の海岸地域中部の小さな町でアパートメントを借りた。アルバムは母が全部持っていってしまった。だから母のアパートメントを訪ねると、母が寝てからそれをめくった。古い引き出しの中身を全部広げたディディオンのように。

父はマサチューセッツ州の南海岸の町に家を借りた。持ち物はすべて倉庫に預けてしまった。家具つきの家だったからだ。他人のスプーンを使っても、しばらくするとわが家のように感じられたのだろう。私には無理だ。

わが家と感じられる場所があるとすれば、それは祖母の家だった。そこには私の人生のあらゆる場面がしまい込まれている。いや、私のだけでなく、家族すべての人生があった。母、一緒にいた頃の両親、兄と弟、数は少ないけれどいとこたち、おじやおば。どんどん拡張した家族がその一ヵ所にまとめられている。訪問するといつも、部屋から部屋へと渡り歩いた。引き出しという引き出しを開け、記憶やつながりを呼び覚ましてくれる宝探しをした。机の棚の奥に置かれたフレーム入りの写真には、母とその四人のきょうだい、それぞれの配偶者が写っている。みなおのおのの生活を始めたばかりで、子供たちはまだいない。クリスマスのために祖母のもとに集まり、ごちそうのお皿もまだテーブルから片づけられていない。写真の中央にいる祖母はいまよりほっそりしていて背も高く、厳しい表情だ。もしいま同じような写真を撮ったら、五人の配偶者のうち四人の姿はないだろう。ひとりは亡くなり、三人は離婚した。血はある種のクランプのような役割を果たす。それは家族をひとつにくっつけて、距離を消す――たとえどんなにもっと距離が欲しいと思っても。閉所恐怖症にも似た圧迫感――近すぎて苦しい――を与え、空腹感という本能的な締めつけや、絞り取るような欠乏感を強制的に共有させる。血によって私たちは縛りつけられ、危機に直面したときには、結局一緒に乗り越えさせられる。

その長い冬休みの三月に、祖母の家に行った。祖母はもうそこには住んでいない。体は丈夫だが、頭がぼんやりしてきたので、いまはマサチューセッツ州ベドフォードにある介護付きの施設で暮らしている。でも家は現在も一族が管理していた。私はアパートメントの壁をすっかり見飽きて、閉じ込められているような苦痛を感じ、万力にも似たその閉塞感は日に日に強くなっていった。〝脱出〟という言葉が頭に浮かんだ。南国へのバケーションという意味合いではなく、刑務所からの脱獄に近い感じだった。しばらくは、ひと呼吸入れたり、気分転換したり、楽しんだりする資格はないと自分を戒めていたのだ。でも、もう無理だった。数日でもいいからそこを離れなければならないとわかっていた。だから大好きな祖母の家に逃げることにした。

祖母の家の屋根裏の床板は幅が広い。イエローパイン材で、厚みは一インチ（約二・五センチ）で長さは八フィート（約二・四メートル）と一〇フィート（約三メートル）、幅は二フィート（約六一センチ）近く。子供の頃、夏はよくそこで寝ていた。梁から埃まみれの蜘蛛の巣が垂れ下がり、夜中に聞こえるきしみや、足を踏み出すたびに床板がため息をついたり金切り声をあげたりする音は幽霊じみていた。悪さはしなくても、幽霊は幽霊だ。屋根の天窓に続く階段があり、跳ね上げ戸を持ち上げると空が見える。一〇代の頃、夜にそこで何時間も過ごしたものだった。屋根裏部屋は木と埃の匂いがした。古くて乾燥していて、でもまだ現役だという生気がひしひしと肌に感じられる。私のアパートメントの壁とは違う種類の圧迫だ。

壁やとんがり屋根に並ぶ板を見ていると、〝こんなふうにはもうできない〟という言い回しが頭に浮かぶ。こんなに幅の広い板を切り出すには、それだけの太さの樹木が必要だが、古木はいまではほとんど切り倒されてしまい、新たに植樹されたものでは太さが足りない。年輪は毎年ひとつずつしか増えないのだ。（毎年誕生日になると自分にも何か印がつくとしたら、と想像してほしい。目尻や衰えていく肉体に寄る皺とは違って、実際に体に刻まれ、数えたり記録したりできるものでなければならない。）

額縁には、大昔にこの世を去った、名前も知らない人々の古い写真がはいっている。古びたキルトの山、留め金の錆びたスーツケース、キャスター付きベッド、階下から運び込まれた壊れた椅子。大雨のときがいちばん楽しい。すぐ頭上にある屋根に雨が叩きつけ、小さな翼でパタパタと叩いているような、間断のない雨の歌声がずっと聞こえるからだ。

風が吹きつけると、家は大声を出す。家のうなりやむせび、ささやきの調子で、どちらの方向から風が吹いているのかわかるまでになった。

屋根裏部屋の隅、箱や古いスーツケースが積まれて埃をかぶっているところに、厚さ一インチもない、三・五フィート（約一メートル）ほどの板の断片が立てかけてあった。幅は一六インチ（約四〇センチ）あり、樹齢一五〇年の大木から切り出したものだ。片面に引っかき傷があり、数えると全部で六ヵ所。何かの印のようだ。家を出るとき、私はそれを持ち出した。

板を抱えて街を歩いていると、何度か声をかけられた。

「サーフィンにでも行くのかい？」ある男性はからかった。

「おや、退屈《ボード》した娘さんが板《ボード》を持ってるぞ」と駄洒落を投げかけてきた男もいた。

「その板の材質は何だね？」口髭をはやした老紳士が尋ねてきた。

「マツ材だよ」私が答えるまえに、老紳士の同行者が言った。男は鉤鼻で、禿げ頭に白髪を渡しており、雨合羽を着込んでいる。私は、板に引っかかれた印の意味を知っていますか、と尋ねてみた。

「ああ」男は言い、別の場所に移動させた古い家が数多くあり、ばらばらにした資材にこうして印をつけて、大工がそれをまた組み立てるときに、どの木材がどこの部品かわかるようにしたのだと説明した。

私は板を自宅に持ち帰り、何時間もかけて埃や汚れをこすり取った。風が塵をさらったとたん、ふわっと屋根裏部屋の匂いがした。その匂いに鼻孔を焼かれるうちに、ざらざらした感触が軽くなり、隠れていたなめらかさが姿を現し、木目の輪や波形模様が見えはじめる。一世紀以上も前の原始的なのこぎりの雑な切り口の下にあった黒っぽい節の色がさらに濃くなり、木の目玉のようだ。紙やすりが表面の層をいくつも削り取るにつれ、砂浜の波の跡のようなうねりが表面に持ち上がるように見える。磨きに磨き、板は埃まみれの暗い赤茶色から、もっと淡い、生き生きしたサーモンピンクに変化した。紙やすりの目をしだいに細かいものに変えて何時間も作業を続けたあと、板を撫でると、それはまるでベルベットか、赤ん坊の肌、ほっぺたのような肌触りになった。この変化にはいつも驚かされる。ほんの少し手をかければ、木はこんなに柔らかな触感になるのだ。その奇跡に、私はわくわくする。でもどんなに変化しても、本質は変わらない。それからポリウレタンと桐油、亜麻仁油を合わせたもので仕上げをした。アップルサイダーや酢に似た鼻につんとくる匂いがし、松脂の刺激的な焦げ臭さがまじる。それを昔着ていたピンクのタンクトップの柔らかい端切れにつけてこする。つやだし剤はまるで瓶から垂らした蜂蜜のようで、こすると木材に染み込んでいく。色がまた変化する。上から磁石で引き寄せられたかのように赤茶色がふたたび現れ、淡色が豊かな秋色に変わる。大きな節は黒くなって瞳がちの目と化し、波形や輪は、木のベースの色を背景に燃えあがる炎のごとく暗くて濃いオレンジ色になった。私はそれに鉄製のヘアピンレッグを取り付けた。祖母の家の屋根裏部屋から持ってきた板の切れ端が、いまではテーブルとして活躍している。引っかき傷の印は裏側にひっそりと隠れ、たとえばらばらになっても、たいていのものはふたたび元どおりになると耳打ちしてくれる。

四月初旬、私は電話を手に、メアリーに連絡しようとあらためて決心した。きっぱりと言うのだ。もし近々に仕事がないようなら、ほかの仕事を探さなければならない、と。彼女の電話番号を探す手がもたついた。気の進まない電話だった。ごめん、ないんだ、仕事が、ひとりで頑張って——そんな答えは聞きたくなかった。彼女の名前をじっと見る。勇気を振り絞り、テーブルのことを話そうかと思う。電話をするいい口実になりそうだった。私は彼女の番号を押した。

「元気でやってる?」メアリーが挨拶ぬきで言った。

「うん、なんとか。ずいぶんご無沙汰して——」

「連絡しようと思ってたところなんだ。月曜日からサウスエンドで始める仕事がある。ちょっと変わった仕事かもしれない。八時半からだけど、来られる?」

もちろん、と私は告げた。八時半でまったく問題ないわ。

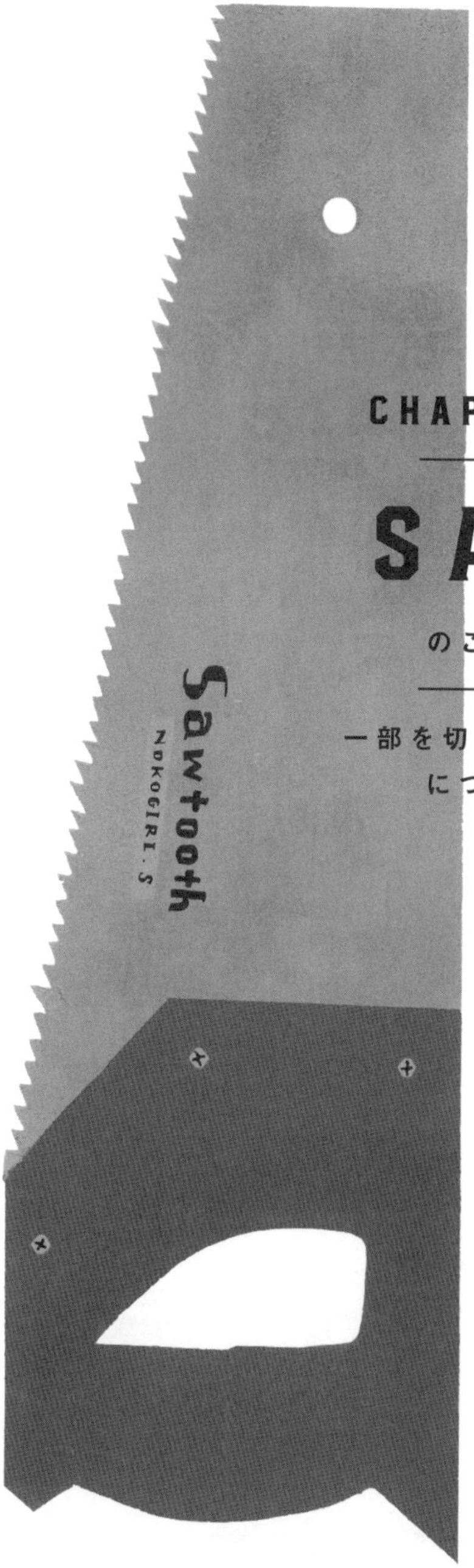

CHAPTER 5

SAW

のこぎり

一部を切り取ること
について

その月曜日の朝、ボストンのサウスエンドの並木道に建つ、煉瓦造りの瀟洒なテラスハウスに到着した。近くには高級レストランやギャラリーがいくつもあるが、そのテラスハウス自体は、にぎやかなトレモント通りやボストン芸術センター、センター付属の円形パノラマ劇場やアートスタジオ、ボストン・バレエ、オイスター・バー、ボヘミアン風を演出する地下酒場、高価な雑貨屋などから数ブロック離れた場所にある。正面玄関は鍵がかかっていたけれど、鍵をまだ渡されていなかった。

メアリーはブザーを押した。応答がない。もう一度鳴らす。「まずいな」彼女は言った。私たちが顔を合わせるのはほぼ六ヵ月ぶりだったから、おたがいなんとなく気まずかった。メアリーが携帯電話を取り出して、依頼主の女性に電話をかけた。応答なし。「正面階段に来ています。中に入れていただきたいのですが。よろしくお願いします」彼女は留守番電話にそう吹き込んだ。

私たちはもう数分間、ポーチに立っていた。春のぬくもりをかすかに感じさせる、ひんやりした朝だった。長く続くマサチューセッツの冬もようやく立ち去った。芽吹きはまだだったけれど、まもなくだろう。空気の柔らかさが、もうすぐ花が咲くよとささやいている。今度は私がブザーを押した。二階でブーッという音が鳴り響いているのが聞こえる。やっと階段を下りてくる足音がして、ドアが開いた。そこに立っている女性は、髪はくしゃくしゃ、目の下は腫れ、パジャマのズボンはずり下がり、ずれ落ちたTシャツから肩が見えていた。「やあ、ニディ」メアリーが言った。「起こしてごめん」

ニディは何も言わずに踵を返し、階段をのぼりはじめた。私たちはそれに続く。彼女は自分のアパートメントにはいると、廊下を右に曲がった。「あたし、まだ眠ってるから」そう言うと、寝室のドアを閉めた。

そのテラスハウスの一室を修理するのに私たちを雇ったのはメアリーの知り合いの不動産業者で、キャビネットと手すりを直し、斜めに傾いた造り付けの棚をまっすぐにし、塗りかけのペンキを完成させ（「躁状態だったんじゃないかな」メアリーは派手な紫色に塗られた部分をさして言った）、浴室を改装して新たに化粧台を取り付けるという力仕事も含まれる。端的に言えば、市場に出す前の化粧直しだ。確かに化粧直しが必要だった。そして、復帰後の初仕事としてはうってつけだった。簡単な修理や作業が並ぶ仕事リストをひとつひとつ終わらせるだけでいい。それほど難しくない仕事をこなしながら、メアリーとの関係を再構築できるという寸法だ。

「先週のうちに見てほしかったね」メアリーがささやいた。「そこらじゅうゴミだらけで、動くに動けなかった」共同作業の親密さを感じていた。何ヵ月も離れていたとはいえ、あの仲間意識を取り戻すには、物を引きずったり下ろしたりしながら「ねえちょっと聞いてよ」のひと言だけで充分だった。メアリーはさらに情報を耳打ちした。ニディはプロの片付け業者と作業し、多少ははかどったものの、それでもその場所を整理するのは難業だったようだ。ここにランプ、そこには籠、ゴミ箱は山積み、《こわれもの!》のシールが貼られた箱があれば、《めったに着ない下着》と書かれた箱もある。ヘアスプレー缶、ヘッドバンド、サングラスでいっぱいの籠、不安定な角度に立てかけられた鏡、それも大型の多面鏡で、鏡像が伸びてびっくりハウスにいるような気分になる。よく晴れた明るい朝なのに、家の中は夜になる直前のように薄暗い。ブラインドが下ろされ、その上に黒っぽい分厚いタオルがかけられていた。めくってみると、窓ガラスに古いレコードジャケットがテープで貼ってあった。R.E.M.の初期のアルバムで、マイケル・スタイプが眼鏡をかけ、ウェービーな髪もまだたっぷりある。空気が淀み、何週間も換気していないような感じがした。

「こういうの、ゴミ屋敷っていうのかね」ふたりでバケツ型道具入れやペンキの垂れよけの布、塗料のガロン缶をふたつ持って階段を上がっていると、メアリーが言った。そんなふうに不安に思うのは、テレビなんかで見るゴミ屋敷は、割れた瀬戸物や布切れ、古い人形などの山の下で猫の死骸が腐っていたりするからだろう。ここはそういうぞっとする感じはないけれど、引っ越し間近の混乱というだけでは説明がつかないのは確かだ。「また煙草を吸いはじめちゃってさ」昼頃に部屋から出てきたニディが言った。いまだにパジャマ姿だったが、髪の毛はもう嵐みたいではなくなっていた。「引っ越しのせいだよ。一〇年前にやめてたのに」ペンシルベニアの母の家のそばに移るという。「ここに一三年も住んだんだ。羽を伸ばすのもこれで終わり」練習した台詞のように聞こえた。自分にそう言い聞かせようとしているのか、あるいはほかの誰かに言われたのか。

しばらく離れていたせいで、私は道具の使い方が下手になっていた。電動のこぎりやバケツ型道具入れを二階に運ぶときも、動悸がし、息が切れた。それでもなじみの場所に帰ってきたという気がした。久しぶりに作る料理みたいな感じ。包丁の感触や塩を入れるタイミングは覚えているけれど、一瞬躊躇し、これでいいんだっけ？　これが次？　と自信が持てない。バケツの中を引っかきまわしてねじ回しを探したり、2×4材を切断して部屋をマツ材のすがすがしい匂いでいっぱいにしたりするうちに、大丈夫、全部覚えてる、と自信がよみがえってくる。知らず知らず顔に笑みが浮かぶ。それに手にしっかり棘も刺した。

寝室にある壊れかけた本棚をメアリーからまかされた。その本棚の前面に、何を捨てて何を残すか、基準を箇条書きにしたリストが貼ってあった。

《今現在使っているか？　品質がいいか、正確か、信頼できるか？

去年着たか？

いま自分が持っている少なくとも三着の服と合わせられるか？

この手のものをすでに何個か持っているのでは？　いちばんいいものを選んで、数を限定しよう。

唯一無二の特別な品物？

自分自身を表現しているもの？　それを身につけていると居心地がいい？

それを身につけると、なんだか自分がすてきになったような気がする？》

ニディが留め金の壊れたネックレスを、古い浴室用小物入れを、古着屋で買ったボタンの取れたカーディガンを手に取りながら、このリストを読む姿を想像した。手元に置く、あるいは放り出す。宝物、あるいはゴミ。残すか、捨てるか。

写真家のロバート・フランクの本『ムービング・アウト』の中の写真が頭に浮かんだ。大部分がぼけているモノクロの写真で、前景に雪の積もった岩が見えている。その両脇に電信柱が一本ずつ立っている。地平線をぼやけた電線が横切る。ほかの部分がハーフトーンのグレーなのに対し、岩に積もった雪の白がシャープに輝いて、形が際立っている。景色というより抽象的なイメージで、心象風景らしい。暗鬱な雰囲気で、冬が永遠に続きそうな、何もすることがない二月の日曜日という感じだ。プリントの上に筆か指先で書かれたような、「HOLD STILL Keep going（じっとこらえろ、動きつづけろ）」という言葉が躍っている。それはまるで血文字のようだ。

「日光が神経に障るんだ」ニディが言った。

メアリーは穏やかに言った。「ペンキを塗るのに、タオルとタペストリーをはずさなきゃならないんですよ」

「あたしは朝が苦手でね。もうおわかりだと思うけど」ニディは笑った。少々神経質だけれど人当たりがよく、好ましい女性だった。部屋をきれいにしてくれてありがとうと私たちに礼を言った。そして、廊下がベージュなのはちょっとなあ、と塗装の色について意見を言った。「しばらくはここにいなきゃならないから」

「彼女、ここはもう自分の家じゃないと思いはじめてるみたいだね」玄関前の階段に座ってランチを食べながらメアリーが言った。

いつものふたりのリズムはまだ見つからないものの、少しずつ回復しつつあった。夜中に昔なじみの家を手探りで移動している、そんな感じ。どこにソファーがあるか、そこにあるテーブルの角にどうしたらぶつからずにすむか、なんとなくわかるのだが、しくじりそうな気もして、激突しないように片手を前に出してそろそろと進んでいる。

「蜘蛛の巣を払おう」メアリーは言った。「あんたのやわになった筋肉を元通りにしないと」

キッチンでは、冷蔵庫の横のカウンターがべたべたした黒い油汚れで覆われていた。ガスコンロの上の平鍋にネズミの糞が点々とし、カウンターの奥の隅には山になっていた。キャビネットは栓のあいた飲みかけの缶入りソーダでいっぱいだ。オーブンの横にある小さな引き出しの蓋がはずれ、取っ手がぶら下がっている。修理するために引き出しを開けたとき、一五から二〇個の処方薬のオレンジ色の瓶があり、中身が減っていないものもあれば、ほとんど空のものもあった。メアリーは梯子にのぼり、冷蔵庫上部の吊りキャビネットの斜めになった扉を直そうとしていた。私は彼女を見上げた。

「わかってる。見ないほうがいい」

見ないようにはしたけれど、本当は見たかった。この女性がどんな病気を患っているのか、ヒントが欲しかった。こんなにたくさんの薬で何を治そうとしているのだろう？

私はといえば、引き出しを直した。レールにのせれば、それはすんなりと閉じ、蓋も元に戻し、取っ手のねじも固く締めた。

赤の他人の家で堂々と過ごすことができるのは、大工の仕事のいちばん面白いところのひとつで、長時間自分の部屋に閉じこもっていたあとでは、とりわけありがたく思えた。人がどんなシリアルを食べているのか、どんなふうにコーヒーを淹れているのか、どんな絵を壁に飾っているのか、どんな本を本棚に並べているのか。本棚にはとくに興味を引かれた。メアリーが煙草を吸いに外に出ているときは必ず、そして部屋の戸口を作ることになっているときはときどき、住人の本棚をのぞかせてもらう。それに、机の上に出ているものものぞく。電話番号の書かれたポストイット、いまより若く見える夫婦の写真、新聞の訃報欄の切り抜き。「のぞき見はやめなよ」メアリーによく注意される。猫はいる？　子供は？　ベッドは整えてある？　自分ならここに住んでみたい？　こんな暮らしがしてみたい？

人の家の窓をのぞくのは誰もが持っている衝動なのだろうか？　他人の生活のひとこまを垣間見るのは、ささやかな楽しみだ。ガスにかけた湯気のたつ鍋の前に立つ人、マットレスにシーツをかぶせ、隅を引っぱる人、歯を磨く人、セーターを脱ぐ人。大工をしていると他人の生活をのぞくことができる。それも、灯りの漏れる窓越しにちらりとではなく、正面玄関から堂々と中にはいり、部屋に足を踏み入れて間近で観察できるのだ。

ニディの家のドア枠からキッチンまでの寸法を測っていたとき、派手なピンクのポストイットにこう書いてあった。「どうしてそんなに人の批判ばかりするの？」

ひるがえって、それ自体が批判だった。手厳しい指摘だ。あなたに批判する資格がある？自分を何様だと思っているの？　それで私も不安になりはじめた。こちらが彼女の私的空間にはいって彼女について知るようになったのと同じように、彼女のほうも私たちを観察しているのだ。人の批判ばかりするのはやめようとわざわざメモを書いて自分を戒めているということは、その習慣がまだ抜けていないということだ。自分やメアリーがいかに彼女のそばにいるかということをあらためて意識する。他人の家で仕事をし、その私的空間にはいり込むと、そこに奇妙な親密さが生まれるのだ。

ニディは、私が冷蔵庫に貼ってある写真を見ているのに気づいた。生垣のそばのテラスの手すりに腰かけている、目の明るい、豊かな髪の美しい女性だ。女性は笑ってはいなかったが幸せそうに見え、光の加減からすると夕方に近い時間帯の写真らしい。

「それ、母さんよ。美人でしょう?」

「ええ、ほんとに」

「全然年を取らないの。父さんも若く見えるわ。毎日八マイル（約一三キロ）走ってる。あたしはその遺伝子を引き継いだわけ。あたし、いくつに見える?」

三〇代後半ではないかと推測したが、目の下のたるみや口角が下がっているのは引き出しの薬の副作用で、本来より老けて見えるのかもしれないと思い、少し差し引いて答えた。

「三三歳?」

「ハハハ」ニディは笑った。「言ったでしょ、両親の遺伝子を引き継いだって。四四よ」彼女は嬉しそうだった。同じゲームを大勢の人としてきたらしい。

寝室につながる廊下の壁には、クレヨンで書いた八インチ（約二〇センチ）もの大きさの字で、「ホノルルはここより六時間早い!!」とある。そういえば、姉か妹がハワイに住んでいると言っていた。朝早すぎる時間にいつも電話をしてしまうのだろうか?

火曜日にはその上からペンキを塗った。

そこでの仕事を終えて一週間ほどして、巨大なサングラスをかけ、大きな黒い犬を散歩させているニディを通りで見かけたような気がした。あの家の中以外で彼女を見るのはなんだか妙で、気軽に声をかける気になれなかった。思わずうつむいて、通りの反対側に渡った。向こうも私を見たのかどうかわからない。実際に彼女だったのかどうかもわからない。

こうして新しいシーズンが怒涛のごとく始まった。その年の夏の終わりに、私たちはキッチンの全面改装の仕事を依頼された。ケンブリッジのマンション三階にあるその部屋のすてきなキッチンは、手を入れないところがどこにもないくらいだった。床もキャビネットもカウンタートップも器具も刷新。戸口は別の場所へ。食品庫《パントリー》を新たに作る。ガス台と流しを部屋の別の側に移動させ、それはつまり配管も変えるということだった。かなりの大仕事だから、メアリーの興奮がこちらにも伝染した。

マンションのオーナーはアリスとベティナという五〇代前半のふたりの女性だった。ドイツのシュバルツバルトのどこかの出身らしいベティナは、骨太のゲルマン人らしい大柄な女性で、かすかにドイツ語訛りがある。いつも顎を引いてしゃべるので、背が高いのに下から見上げられているような気がする。寛大でおおらかな印象があり、そのおかげで圧倒的な存在感がソフトになって、教鞭を執る大学でも好都合なのではないだろうか。アリスは背が低くて小太りで、胸が大きいのにブラをしていないので、金貨のはいった革袋がふたつぶら下がっているように見える。当初から掃除の行き届いていたキッチンはアリスのものだ。彼女が設計し、プロ仕様のオーブンで肉をグリルし、大理石のカウンターで繊細なペストリーの生地を丸める。また、彼女は在宅で仕事をしているので、工事をしている間もよく見かけた。

街には熱気が居座り、まだどんどん暑くなりそうだった。ボストンの七月は夏の炎熱とむっとする臭気にあふれている。むしむししているせいで、人とハグしたり、服の記事を読んだりするだけで拷問だった。私は、気温が目に見えないじっとりと湿った棒と化して宙でぎゅうぎゅうと押しくらまんじゅうし、こちらが動くにつれて肌に押しつけられる様を想像した。だらだらと汗をかき、暑さでぼうっとしていた。

アリスとベティナのマンションでの仕事の初日、私たちはバンから荷物を下ろし、三階まで運んだ。新しい仕事を始める興奮と楽天的な気分に包まれ、無意識に速足になり、荷物も軽く感じた。

「アリスが注文したタイルを見てみなよ」メアリーは言った。彼女は指をこすり合わせて、高価だということを表現した。「それはみごとだから。いつも言っていることだけど、キッチンを新たに設計するなら、人に自慢できるものをひとつは入れるべきだ。キャビネットでも、タイルでも、アイランドカウンターでも何でもいいから」

タイル貼りは私がメアリーと初めてやった仕事だし、大工仕事の中でもいちばん好きな作業のひとつだ。タイルの種類が多いのがまず楽しい。タイルはタイプごとに個性があり、適する場所がある。小さなコイン形の白いタイルは小型の浴室の床にぴったりだ。天井が高い広々とした玄関ホールには、ハイヒールがコツコツと音を響かせるような大きめのタイルパネルがいいだろう。キッチンカウンターにラピスブルーのタイルが貼ってあると、部屋にやさしさが生まれる。つやつやとなめらかなもの、マットで土そのもののざらざらした感じを生かしたもの、波形やうっすらと畝があるものなど、さわり心地もいろいろだ。もちろん色も千差万別で、たとえば夕暮れのようなテラコッタ色、海岸の石に似たグレー、明るく清潔な暮らしを約束する純白などなど。

道具を階上に運び込むと、室内を確認した。解体作業はすでにすんでいて、室内はがらんとしている。器具類やキャビネットは取りはずされ、床は全部剥がされている。唯一冷蔵庫だけが残っていて、作業を始めるまえに移動させなければならないだろう。メアリーが手っ取り早く工程について説明し、どこに何を置くべきか話した。冷蔵庫は右手の壁際へ。流しはその左側に。オーブンは、部屋中央部のアイランドカウンター越しに、冷蔵庫の正面に位置し、いま私たちがいる場所の向かいの壁のふたつの窓に挟まれる形に置かれる。その両側に短いキャビネットの列が並ぶ。オープン形式の棚は左の壁へ、大理石のカウンタートップは左の窓の下、パントリーは裏のテラスに続くドアの横。メアリーが話すのをうなずきながら聞き、すべてを必死に頭に入れた。がらんとした部屋からフル装備された状態を思い浮かべるには、訓練と想像力が必要だ。この空っぽの部屋がまたキッチンになるなんて、ほぼ不可能に思える。

「まず邪魔な冷蔵庫を動かそう」メアリーが言った。

しっかりとつかむために冷蔵庫のドアに手を伸ばした私は、うっかりそのドアを開けてしまった。いきなり強烈な臭いが漏れだし、私たちはふたりとも後ずさりした。悪くなった牛乳の饐《す》えた臭いに、きつい腐臭が加わっている。電気そのものが腐ったかのような、黴のはえたプラスチックの臭いだ。棚や引き出しじゅうが黴やべとべとしたものに覆われ、黒っぽいふわふわした毛羽が躍っている。アリスとベティナは改装の混乱を避けるため数週間ドイツに行くことにし、出かけるときに冷蔵庫の電源を切っていった。ところがヨーグルトの容器二個とエメンタール・チーズのかたまりをひとつ入れたまま忘れていき、数日前にふたりが出発してから気温が三〇度近くまで上昇した。メアリーが引き出しを開けると、いまでは何か見当もつかない、おそらくは野菜がどろどろに溶けたものを見つけた。

だから、冷蔵庫をさっさと移動させて新規の戸口の枠作りに取りかかるかわりに、一時間かけて冷蔵庫を隅々まで掃除した。「引き出しを浴槽に持っていって」とメアリーが言った。私は水と緑色のスポンジと洗剤でプラスチックの黴を洗い落とし、仕事の滞りについて考えた。自分は大工だと人に話すと、相手は間違いなくくるくると丸まった木材の削りくずやわが家で過ごすクリスマスを連想するパイン材の匂い、静かに瞑想しながら作る木工細工を想像するはずだ。ところがいま私はこうして他人の浴槽で冷蔵庫の野菜庫から黴をこすり落としている。仕事のスタート地点では、大工の訓練や専門性とはほとんど関係ない、思いがけない作業をしなければならないことがけっこうある。

ほかの分野でもこういうことはあるのでは？　他人の生活を想像するとき、私たちはその最もエキサイティングな部分を、ドラマチックで華やかな光景を思い描くものだ。交通事故で切断された患者の脚を接合する救急外科医。手首にパレットを置いて肖像画の仕上げをし、そのモデルとベッドに潜り込む画家。一日の収穫を終えてがたごとと車に揺られて帰宅し、新鮮なニンジンやタマネギのはいった泥だらけの袋をテーブルにどすんと置く農家。でももちろん、私たちの大部分は、夕食に何を作ろうかと考えたり、ペーパータオルを忘れずに買おうと自分に言い聞かせたりして、平凡に暮らしている。ドラマみたいな場面を空想するのは、そういう暮らしだって可能なのだと信じたいからなのだろう。仕事でやりがいや充足感を得たり、欲望で体をほてらせたり、夜遅くまでおしゃべりして、小声で真実の告白をするようなこともきっとできる、と。他人の理想的な仕事ぶりを空想するとき、自分の仕事にもそういう瞬間があってほしいという欲求がそこに現れている。あなた、大工なのね。物作りってすごく面白そう！　そのとおり。でもいつもそうとはかぎらない。

　その現場で仕事を始めて三日目に、ようやく床に取りかかる準備ができた。じつはその前の晩にメアリーから電話をもらっていた。「悪いけど、明日はあちこち駆けずりまわってすませなきゃならない用事が山ほどあるんだ。九時から一〇時のあいだにタイルが配達されることになってる。階段の下に置いていくと思う。もしよければそのとき立ち会って、上に運んでおいてくれないかな。あんたも仕事はそれで終わりにしていい。木曜日に現場でまた会おう」

　タイルを数箱階上に運んで、仕事は終わり？　最高。

　私はアリスとベティナの家の玄関ポーチに座り、タイル業者が来るのを待った。一〇時数分前、トラックに乗って現れた男はメロンみたいに肩の筋肉が盛り上がり、額から汗が滴っていた。

「暑いよな、今日は」男は言い、階段前の踊り場に一度に二箱ずつタイルを下ろし始めた。

「誰か手伝いはいるのかい、お嬢さん？　それともあんたひとりで全部運ぶのか？」

「私だけよ」

「この建物、エレベーターはあるのか？」

「ないわ」

「今日はやめといたほうがいいぞ。暑すぎる」男はトラックに戻り、よいしょと掛け声をかけて次の箱を下ろした。

エレベーターなんて、誰が使うのよ?

階段の下にはタイル二五箱とセメント六〇ポンド(約二七キログラム)入りの袋がふたつ積まれ、これから砦作りでもするかのようだった。タイルについては、確かにメアリーの言うとおりだった。五×五インチ四方の正方形で、なめらかな石のようなグレーの色だがふたつと同じ表情はなく、とても美しい。こぶや小さな穴があるものもあれば、薄い灰色の筋がはいっているものもある。箱に詰め込まれていてさえ、日曜の朝にガス台の前でスクランブルエッグを作る自分の足に触れるぬくもりが、あるいは夜寝るまえに水を一杯飲むために爪先立ちでその上を歩く冷たさが想像できる。私は山積みになった箱を見た。よし。何回も行き来することになるだろうけれど、さっきのタイル業者みたいに一度に二箱ずつ運べるだろう。

ひと箱持ち上げてみる。嘘っ! 私は箱を下ろした。そして声をあげて笑った。ふた箱一度になんて持てっこない。こんなに重いなんて。箱はパン一斤分ぐらいの大きさなのに、三五ポンド(約一六キロ)ぐらいある。水を四ガロン(約一五リットル)以上持つようなものだ。三階までには三〇段の階段がある。その日の朝一〇時には、すでにじりじりと二九度を超えていた。

ロバの歩みで移動することにした。一度にひと箱、一歩一歩確実に階段を上がり、帰りは次のひと箱のために猛スピードで下りる。まるで催眠術にでもかかったかのように、何も考えず、ただ上がったり下がったりする肉体になっていた。必要なのは筋肉と忍耐力と作業をなんとしても終わらせるという意志のみ。黴だらけの引き出しを洗う仕事と同じく、必要だけれど退屈で、想像力を必要としない。

階段下の箱の山がしだいに減り、最上部の山が増えていった。残り一〇箱、四箱、一箱、そのとき、セメント二袋を最後に残したのはまずかったと気づいた。結局その日私は八一〇段の階段をのぼり、九九五ポンド、およそ半トンを担ぎ上げた。仕事を終えたときの満足感は、締め切り間際に書いていた書評や人物紹介に最後のピリオドを打ったときのそれとはまったく違う。

書き物を終えたときの気持ちは安堵感に加え、疲労感や気忙しさ、消耗、空虚さだ。締め切りの後は目がちくちくし、そういうときに私に会えば笑顔が引き攣り、心ここにあらずだと気づくはずだ。書き物の世界に没頭すればするほど現実世界からの乖離を強く感じ、次から次へと言葉がほとばしってほかに何も見えなくなるほど筆が乗った稀有な瞬間のあとはとくに、現実に戻るのに苦労した。一本原稿を書き終えるとたちまち輝きは失せ、粗ばかり見えた。

メアリーとの仕事は違う。ふたりで作ったものを振り返ると、どれを取っても満足感と誇らしさが湧いてくる。たとえ出来が悪かったとしても、だ。家にグランドピアノがある、裕福な精神科医宅の本棚。いままで作った中で、間違いなく最高の本棚だった。地下室を寝室にするために張った竹製の床。色はバンドエイドみたいだったけれど、あれ以上みごとな竹の床はほかにないと思う。サマービルのテラスの階段。何度でものぼりおりしたいくらい、まさに理想的な階段だった。

タイルの箱を持ち上げ、運びながら、私はいやでも汗をかき、息を切らし、筋肉が緊張した。最後の箱と最後のセメントの袋をキッチンのドアの横に置いたときには、体がふっと軽くなったような気がした。自分のすべてが以前より正直で役に立ち、使いこなされたように思える。別の世界に復帰する苦労はそこにはない。私はずっとそこにいたのだから。

シャツを脱ぎ、浴室の流しで汗を絞る。

私はメアリーに電話し、「終わったよ」と報告した。

「わお！　汗びっしょりでしょう？　たっぷり水を飲んで、午後はどこかに泳ぎに行くといい。明日朝早くにまた会おう」

私はスキップしながら階段を下り、ドアに鍵をかけた。その日仕事を終えたとき、いつもより視界が広くなったような気がした。家に向かって歩きながら空気がむしむしするのを感じた。人々の額にも汗が浮かび、シャツが背中や胸に張りついている。木々の葉も緑がみずみずしく、これだけ暑いから木陰を作ってやらないと、と意識しているのか、どこか善意に満ちているように見えた。通りの向こう側の人に笑みを投げかけると、向こうも微笑み返してきた。すべてうまくいっているし、これからもうまくいきそうだった。小さないざこざや悩みもあるけれど、それはもっと大きくて強力な命のつながりの潮流に呑み込まれて消えてしまう。人と人とのあいだを隔てる壁、木の葉や空を見る目をさえぎる壁、生きている実感から私たちを切り離す壁は、崩れ落ちる。

あの箱はくそったれなほど重かったけれど、無事運び終えて私は嬉しかった。

でもその頃、私はただの運び屋をすでに卒業し、メアリーの仕事を手伝ったり、仕事の仕方を見て覚えたりするだけでなく、特定の部分をひとりで担当するようになっていた。

メアリーは私に、パントリーの中に取り付けるシンプルな戸棚を、カバ材の合板でいくつか作るように言った。パントリーは、キッチンから裏のポーチへ移動する途中にある小空間のような役割を果たす。メアリーと私は、厚さ四分の三インチの8×4合板をテーブルソーで縦びきにした（縦びきとは、木目に沿った方向で切ること）。それから箱の天板と側板をマイターソーで切り、木工用ボンドとネイルガンでそれらをくっつけた。釘を打つたびに、火打石を打ったときのような匂いが漂った。そのあとそれを大きな砂箱の高い壁のように地面に立て、箱の裏に四分の一インチの合板を取り付けて、ぐらぐらしないようにした。その背板が周囲の板を固定するのだ。アイスキャンディーの箱の前面と裏部分を切り取ったとき、側面部分の角に手を当てて上下に動かしたらどうなるか想像してみてほしい。キャビネットの箱でも同じことが起きる。背板が箱を安定させるのだ。

見栄えのよくない合板の切り口は覆う必要がある。この合板は、各薄板の繊維の方向が交互になるように貼りつけられているため、曲がったり、膨張したり、縮んだり、裂けたりしにくく、自然の木より強いうえ、値段もはるかに安い。アリスはタイルにお金を注ぎ込み、パントリーについては節約した。戸棚の両脇の板など誰も目を留めないので、使う資材は合板で充分というわけだ。

合板の切り口に縁をつけるため、寸法を測り、印をつけ、箱には1×3インチの枠用ポプラ材、棚板には1×2材を切って使った。クリーム色のポプラ材には緑色の木目があり、ときには冬の夕焼けの最後の筋雲のように紫色の筋がはいっていることもある。ハードウッドとしては値段がそう高くないし、物がぶつかってもへこみにくく、パントリーのような使用頻度の高い場所にうってつけだ。ハードウッドかソフトウッドかは、その樹木の繁殖方法と関係している。ではここで、高校一年生のときの生物学の亡霊を呼び出そう。種子が覆われて隠れているいわゆる被子植物（概して落葉樹）はハードウッドで、たとえばマホガニー、ウォルナット、オーク、チーク、トネリコなどがそうだ。マツ、トウヒ、シダー、セコイアなどの針葉樹はソフトウッドで、どれも裸子植物である。裸子植物の種子はむきだしで、風で飛散する。ソフトウッドは成長が速く、一般にハードウッドより安価だ。ハードウッドの木材はたいてい密度が高い（夏によく裏庭で飛ばす、複葉機模型の材料となるバルサ材は例外）。

各箱のために棚を六つ作り、外側の切り口に縁をつけた。つまり箱を四つ、背板をふたつ、棚板を二四枚、縁を五八個作ったことになる。全体では、この戸棚には一一〇個の部材が必要だった。それから研磨機《サンダー》をかけ、下地塗り、そして塗料を塗った。何枚もの合板と幅木用ポプラ材から、いかにも使い勝手がよさそうな頑丈な戸棚が四つできあがった。

「ねえメアリー」私はポーチから呼んだ。「確認して」私は戸棚の横でにこにこしながら立っていた。メアリーが現れ、にっこりすると、私とハイファイブをした。私たちはめったに触れ合ったりハグしたりしないので、こうしてするハイファイブはぎこちなく、でも本当に嬉しいからこそ出る動作だった。私は赤面した。あまりなじみのない純粋な気持ちだったからだ。いや、まったくなじみがないわけではなく、ずっと忘れていた、子供の頃に感じた誇らしい気持ちに似ていた。

もちろんそれだけではない。見てすごいでしょと、ただはしゃいでいるわけではなく、本物の充足感を味わっていた。一日が終わるまでに、私は頑丈な大型戸棚を四つ完成させた。メアリーも私も汗びっしょりになって、そこで一緒に立っていた。太陽は見るからに重そうな様子で西に傾き、これから沈むまえに大きくふくらんだように見える。そして、やるべきことをやったという達成感で胸がいっぱいだった。さっきまで何もなかったところに、いまは戸棚がある。この棚はいずれ実際に使われるだろう。シリアルの箱や豆の缶詰、ケーキの焼き型やペーパータオル、オートミール、シロップや香辛料の瓶が並ぶはずだ。遅い午後の蒸し暑さの中、裏のテラスで休憩しながらにこにこしているメアリーに、あの戸棚は上出来だと思うと私は告げた。メアリーは笑って言った。「二倍幅の棺おけみたいだよね」

数日後、熱波がピークを迎え、配管工たちは汗だくだった。ベンという名の、肩幅の広いスキンヘッドの年かさのほうが、仰向けに横たわり、太い腕をキッチンの流しの下に伸ばしている。頭皮には汗の粒が光っていた。目をつぶってパイプやボルトを手探りしている。目を閉じていたほうが、感触がわかりやすいのだろう。キスをするときに目を閉じるのはだからかな、と思う。起き上がったとき、背中の汗でスレート色のタイルが黒ずんでいたが、その汗の染みは、海岸の日なたにある岩のように、すぐに乾いてしまった。

ジェームズという若い方の配管工は地下にいて、ジージーと音が漏れる無線機で水道について何かわめいている。メアリーはキッチンの天井裏で腹ばいになり、プロ仕様のオーブンの換気フードから上方に続き、真っ暗な天井裏の狭いスペースを一〇・五フィート（約三メートル）にわたって外壁まで続くエアダクトの位置を調整している。ガス台から立ちのぼってくる煙や蒸発したべたべたした油を吸い込む換気扇のスイッチを入れると、ジェット機が離陸するときみたいなゴーッという大きな音が響いた。メアリーはせっせと動きまわって、金属と取り組んでいる。配管工たちがしゃべるのをやめ、ドリルの音もやみ、ハンマーを叩く音も響いていないときは、メアリーの鼻歌が聞こえてくる。

その日は豚談義で始まった。

「農場はどんな様子なの？」メアリーがジェームズに尋ねた。

「三〇〇ポンド（約一三六キログラム）以上ある豚が二匹もいるんだ。そこまで大きくなると、食ってもうまくないいんだよ」彼はその豚たちを屠畜場に連れていき、一ポンド（約四五〇グラム）袋入りのソーセージにして返してもらうと話した。「一ポンド袋いくつ分になるか、あんたには想像がつかないと思うよ。そこらじゅうの冷凍庫がそれでもういっぱいさ」セントバーナード犬を除いて、家畜には名前をつけないという。以前、牛に〝牧草地《メドウ》〟と名づけたことがあり、メドウ・バーガーは確かにおいしかったのだが、「ちょっとばかり悲しくなっちまってね」とジェームズは言った。

「野生の豚を飼ってなかったっけ？」

「イノシシのことか？　ああ、やつらは厄介だった」襲いかかってくるので、あるとき2×4材で殴るはめになったのだという。光景がありありと目に浮かんだ。この大柄の配管工が目と腹をむきだし、針金みたいな体毛に覆われた、怒り狂った目の獣を角材で殴っている姿が。この男自身も目になんとなく狂気を感じる。何かにいらだっているような、悲哀すら感じる目。でも、豚の話を聞いているのは楽しかった。

「いまもまだ田舎に引っ越したいと思ってるのかい?」ジェームズがメアリーに尋ねた。

「国道二号線〔アメリカ合衆国の北端を東西に走る国道〕の北側のどこかに農場を買おうって、エミリーを説得しようとしてるんだけどね」

「実行に移すべきだ」

「それか、アラスカに」

私たちはその日の作業のために道具の準備をしようとしていた。まだ午前九時だというのに、もう暑さが宿敵に思えた。

「今日は文句日和だ」その朝メアリーは屋根裏のハッチを開けながら言った。メアリーのお決まりのひと言であり、その日の正確な天気予報でもある。

私は裏階段の吹き抜けにいて、背中はすでに汗で濡れていた。メアリーから簡単な仕事を言いつかっていた——階段から天井につながる配管を覆うチェイスを作ってほしい。

「チェイスって?」私は尋ねた。

「基本的には、配管を隠す筒みたいなものだ。細長い三面の箱」私はまだわからずにぼんやりと彼女を見返した。「配管隠しだよ」私たちは裏階段に立ち、配管を眺めていた。全部で四本あり、太いものや細いもの、内一本はふわふわしたビニールカバーで覆われている。家の内臓がのぞいてしまっているので、チェイスで隠すのだ。「垂直方向の配管を隠すものをチェイスと呼ぶ。天井に沿って伸びる配管やダクトを隠すのはソフィットだ」メアリーは説明した。「まずパイプのまわりを防火のために充填処理して」それはつまり、パイプが貫通する天井や床の穴の部分に毒々しいオレンジ色の泡を吹きつけるということだ。それはスプレー缶にはいっていて、泡が焼いたマシュマロのようにふくらみ、そのまま固まる。ほかの階で火事が起きたときに、延焼を遅らせる効果があるのだ。

「了解」

私は寸法を測り、木材を切断し、三つの部材をボンドとネイルガンで接合した。メアリーの言うとおりだった。細長い三面の箱だ。その日の私の作業はずいぶんと楽で、天井裏で這いつくばっているメアリーと比べたら天と地の差がある。できあがったパイプ隠しをボートのオールみたいに右肩に担ぐと、ドア枠やキャビネットにぶつからないように注意しながらキッチンを抜け、暗い裏階段の吹き抜けに下りた。

私はそれを壁に立てかけた。天井裏の入口がちょうど頭上にあり、メアリーが移動した拍子に断熱材のかけらがひらひらと落ちてきた。一部が私の腕に落ち、唇にも舞い下りた。私は慌てて吐き出した。

「ただの新聞紙だよ」メアリーが上から言ってよこした。

私は信じなかった。新聞紙の切れ端、ネズミの尿、ネズミの巣のかけら、アスベストの残りかす、とにかくあらゆる癌の原因物質が一緒くたになったものを想像した。そんな毒物が唇にくっつくなんてとんでもないし、汗ばんだ腕から払い落とそうとはしたものの、かえって毛穴に擦り込んでしまったのではないかと心配になった。いつもこの手の不安に襲われる。セメントをこねたり、やすりをかけたり、体が汚れたりしたとき。とりわけ壁を壊すときには、その中身やそれが及ぼしかねない危害から大急ぎで逃げた。

「マイナスドライバーを取ってくれる?」上からメアリーの声がした。私はさながら外科医の彼女に仕える看護師役だ。梯子をのぼっておそるおそる穴に体を入れる。まるでトースターに顔を突っ込んだかのように、天井裏の熱気が押し寄せてきた。メアリーは自宅の地下作業場から持ってきたアウトドア用ランタンの光のもとで作業をしていた。埃や断熱材が彼女の腕や首や顔を覆っている。私はドライバーを手渡した。メアリーは自分の体のこととなるといっさい怖がらない。

「この夏いちばん暑い日にこの仕事ができて嬉しいよ」彼女は言った。

「ふたり分のスペースがなくて残念」

「嘘ばっかり」

「マスクいらない?」どうせ断られるとわかっていたけれど、いちおう尋ねる。

「マスクなんかしたら息ができないよ」

私が下におりたとき、ダクトの金属を曲げて別の場所に接合する作業が始まり、ブーンと音が鳴った。配管工のベンは流しの下で格闘を続けていた。ワークブーツを履いた足を床から持ち上げ、弾みをつけようとしている。ジェームズはレンチでパイプを叩いており、地下室から鐘のような澄んだ音が響く。

　私は階段下に立ち、パイプ隠しを立てて、あちこちのパイプにあてがってみた。両側にちょうどよくスペースがあるのでうまくはまりそうだ。ところが壁にぴったり押しつけようとするとつっかえた。階段から天井まで、壁とチェイスのあいだに三インチ（約七・五センチ）の隙間がある。階段下の踊り場から天井までの距離を測り間違えたのか？　チェイスの脇を巻尺で測る。一一〇インチ（約二七九センチ）よりちょびっと《スコッシュ》短い。次に天井までの高さを測った。一一〇インチぴったり。はまるはずなのに。チェイスにもたれて体重をかけてみる。動かない。今度は蹴ってみる。びくともしない。

　ベンとジェームズは無線でやりとりを続けている。

「見つかったか？」

「見つかった」

「そっちのボイラーの脇か？」

「ああ、そこだ」

「すべて問題なし？」

「地下にいるとペニスからも汗が滴り落ちるってことを別にすれば、だよな？　ああ、すべて問題なしだ」

測るのは二度、切るのは一度。大工に伝わるこのことわざは、計画や正確性の大切さ、初期段階で慌てたり気が散っていたりすると何かを無駄にする——時間やお金や資材——ということを伝えている。「二度切ったけど、まだ短い」というのは、メアリーの昔の棟梁がよく口にしたという冗談で、聞いたときには私も笑った。人生は2×4材より柔軟性がある。二度測ってだめなら、六〇〇〇回測ればいい。私はかがんで階段下の踊り場を眺め、チェイスがひっかかっている場所を見つけた。二枚の床板のつなぎ目がほんのわずかとはいえふくらんでいて、そのでっぱりでうまくはまらなかったのだ。蹴っても、全力でがたがたやっても、全体重をかけて押しても、チェイスはでっぱりで引っかかったままだった。これまでの経験で、計測は必ずしも絶対ではなく、的確な場所をごんと一発殴れば数インチの差は帳消しになるとわかっていた。数字が大切なのは確かだが、木材が曲がったり動いたりするのも事実なのだ。材質や場所によっては柔軟性が見込める。

でもここにはなかった。顎から汗が滴り落ちた。チェイスの下部分を削らなければならない。それはつまり、これをまた引っぱり出して肩に担ぎ、道具類の置いてあるテラスまで運ぶということだ。

ドスン、バタン。ドア枠にコツン。

「電動サンダーを使いなよ」上から声がした。

裏のテラスはセントラルスクエアのご近所さんの家々の裏口を見渡せる。セントラルスクエアはケンブリッジの中心地だから、それなりにろくでなし連中がいたり、ヤク中の集まりがあったり、教会の戸口に小便の臭いがこびりついていたりする。都会的な要素もあるため、ヨガスタジオやヨーグルト屋さんが目立つケンブリッジのほかの部分と比べて少しはとんがっていて、予想外のことが起きたりする。そのテラスからは、デイリリーやアジサイが揺れる小さな裏庭が見える。隣の家の老人は、毎朝テラスで新聞を読みながら背の高いグラスでオレンジジュースを飲む。私が手を振ると、彼はこちらにグラスを掲げてみせた。短パン姿でシャツも着ておらず、褐色の肌に白い胸毛が目立っている。通りの向こう側の三階には若者たちが大勢住んでいる。テラスの手すりには自転車が立てかけてある。彼らはよく天井に色つきのライトを吊るし、牛乳パックを灰皿がわりにしていた。午後になると、タンクトップ姿の女の子がそこで煙草を吸っていたものだった。夕方五時頃に仕事を終えて片付けていると、その若者たちが外に出てきて、ビール瓶のキャップをプシュッと開け、私まで喉が鳴った。下方の中庭にはオレンジ色の猫がうろうろしている。

チェイスのでっぱりにぶつかる部分をサンダーで磨き、さらにほかの部分も、削りすぎないように用心しながら研磨した。ふたりで仕事をしはじめてまもない頃、一緒に浴槽の中に立ってタイルを貼りながらメアリーが言った言葉が、いまも頭から離れない。「あたしは肉のことを考えるときと同じように木のことを考えるんだ。木材はつい切りすぎてしまうものだし、肉もつい焼きすぎてしまうものだ。肉はまずレアで焼け。木も長めに切っておけ」

だから電動のこぎりに近づくとき、いつも〝肉はまずレアで焼け〟という合言葉が頭の中で響く。私の足があるところ以外の床板が細かいおがくずですっかり覆われ、私はサンダーの電源を切った。縁を指先で撫で、やすりをかけたばかりの木材のビロードのような肌触りにあらためて驚き、嬉しくなる。ついかがみ込んで頬ずりしたくなる。幼い頃、毛皮のコートを着ている女性がいると、よく近づいていって頬ずりしたものだが、それと同じ気持ちだ。木材のこういう変身ぶりには、これからもずっと飽きないだろう。

私はチェイスをまた肩に担ぐと、キッチンに戻った。

「楽しんでるかい？」配管工のベンにからかわれた。

チェイスを所定の場所に立てたが、またつっかえた。拒絶されたことに腹を立てながら、無言で眺める。地下室から金属を切る耳をつんざくような音が響き、ふいにやんだ。ベンの無線機がキッチンでジージー鳴っている。いま私が現場からぷいっと立ち去ったらどうなるだろう？　天井裏から下りてきたとき、私がいないと気づいたら、メアリーはどうする？

私はチェイスを足で軽く蹴った。腰を曲げ、片手でチェイスのいちばん下を、もう片手でできるだけ上部を押さえ、まるでアメリカンフットボールのぎこちないディフェンダーみたいな格好をして、もう一度蹴った。それから全力で床の小さなでっぱりの奥にチェイスを押し込もうとする。「もうっ！」

メアリーがごそごそと穴から顔を出した。「一度はずして」声が降ってきた。

私は腰に手を当てて立ち、考えた。もっと簡単にできるはずなのに。三枚の板で配管を隠すだけの簡単な作業なのに。ガスや水を家じゅうにきちんと行き渡らせるというベンとジェームズの仕事も、薄暗い中で腹ばいになっているメアリーの仕事も、困難で重要な作業だ。それに引き換え私のチェイスはただのぼろ隠しだし、何度もやり直しては時間の無駄遣いだ。

メアリーが天井裏から下りてきて、裏のテラスまで一緒についてきた。そして服についていた埃や断熱材を払い、顔を拭った。まるで炭鉱から出てきた人みたいだった。目の周りが真っ黒で、口の隅にもすすが溜まり、首の皺が黒ずんでいる。前かがみになり、白髪交じりの硬そうなショートヘアに両手を突っ込むとばさばさと払った。頭から砂煙があがった。「息を止めて」私はすかさず助言した。メアリーは体を起こして煙草を巻きはじめた。

私がチェイスの底部分をサンダーに押つけるのを、メアリーは煙草を吸いながら見ていた。それからでっぱりの上をするりと越えられるように、左隅も削った。さっきと同じようにまた肩に担ぐと、先端が壁などにぶつからないようメアリーが後部を支えてくれた。

チェイスを所定の位置にあてがって少し持ち上げ、壁のほうにスライドさせるあいだ、メアリーは階段のいちばん上に立っていた。今度こそ、それは上から下まで壁にぴたりとくっついた。配管は見えなくなった。隠れていないときは、パイプの色といい太さといい、どうしても目についたし、そこをいったい何が流れているのか、水かガスか、それとも汚物かと勘ぐりたくなった。でもいまやその木製の柱で完全に隠れたおかげで壁と一体化し、アリスやベティナがセーターやテニスラケットを取りに地下に下りるときも、少しも気にならないだろう。

「よかった」メアリーが言った。「三度目の正直だね」

私は終わってほっとした。「もっと楽にすむはずだったのに」

「パイプの防火充填処理は忘れてないよね？」

私は目をつぶった。細いノズルのついた小さなスプレー缶は、私から二フィート（約六〇センチ）ほど離れた階段の上にちょこんとのっていた。朝からずっと同じ場所にあったのだ。頬に血がのぼり、心臓が俄然存在感を主張しはじめた。その鼓動は、ここから走って逃げろと主張している。あまりにも暑かったし、作業のくり返しで私の忍耐力という名の蝋燭の芯はすでに燃え尽きてしまっていた。

「くそっ」私は床に吐き捨てた。

まったく忘れていた。それを最初にやってとメアリーに言われていたにもかかわらず。理由はふたつ、それもすごくくだらない理由だ。ひとつは、木工のほうが楽しいから、そちらをやりたくて仕方がなかったこと。もうひとつは、梯子をわざわざ階段吹き抜けに運んで上に手を伸ばし、天井とパイプの隙間に防火充填剤をスプレーする気になかなかなれなかったこと。先に木材の準備をして、そのあとチェイスを取り付けるまえに防火処理をすればいいと思っていた。自分の子供っぽい怠け心のせいで、いまはチェイスをむしり取り、階段下に投げつけたい気分だった。壁を蹴り、木材を割ってしまいたい。いますぐ防火充填処理をしないとだめか、と尋ねたかった。自分が大馬鹿者になった気がした。早く一日を終わらせたかった。

私の質問に、メアリーは大笑いした。まあ、今日は暑いし、天井裏にも階段吹き抜けにももううんざりだし、全身埃と汗まみれだし、仕事もうまくいかなかったしね。それでも、完全に失敗したわけじゃない。

「数日は待ってもいいよ」メアリーは言った。

彼女の言うとおりだった。暑いし、汗だくだし、無性に腹が立っていたけれど、少なくとも私はネズミの糞の中を転げまわったり、気温が四十度を大きく超える場所で新聞の破片を肺に吸い込んだりしてはいない。

そこがメアリーのいちばんすばらしいところだった。失敗しても部下をけっして叱らないのだ。むしろ失敗をさせて（それも山ほど）教訓を与える。彼女の忍耐力が羨ましい。ねじ山がつぶれたねじや、壁からどうやっても剥がれない腰板を目の前にしたときに、あの冷静さと辛抱強さを召喚したいとしょっちゅう思う。彼女の忍耐力の蝋燭の芯は、無生物の非協力的で反抗的な態度に対してはとりわけ長く、何時間でも燃えつづける。数日は失敗を続けてもよし、そのあいだに修復する方法を考えようじゃないか、というのがメアリーの取り組み方なのだ。

私たちがふたたびキッチンに姿を見せると、配管工たちは爆笑した。メアリーは汚れきっているし、私はTシャツまで汗びっしょりで、しかめっ面をしていた。

「最高の天気だもんな」ベンが茶化した。ふたりはワークパンツにいかついレースアップブーツ、胸ポケットに会社のロゴマークが刺繍された長袖のボタンダウンというこざっぱりした格好だった。でもどちらのシャツも湿っていた。一段階先に進むごとに何かしら問題が起きたとベンは説明した。ふたりは明日もまた来るという。

「いくらになるの？」メアリーが尋ねた。

ベンは眉をひそめ、およその数値だという意味で手を上下させた。「二二だ」

配管工の仕事についてはよく知らないけれど、値が張るということは知っている。この古い三人家族用の部屋の配管を変更するという大仕事だったと考えれば、二二〇〇ドルぐらいもらっても当然だろう。「悪くないね」私は言った。

メアリーは私を見て、静かに言った。「単位は百ドルじゃなくて千ドルだよ」

私は目を剥き、ベンが私にウィンクした。

メアリーは話題を変え、キッチンの天井裏は地獄だったと冗談まじりに話した。男たちは、アリスはどうして扇風機を用意してくれないんだと訴った。私は顔に落ちる汗を拭い、ふくらはぎのおがくずを払い落とそうとした。それは砂みたいに肌にへばりついた。いたずらっ子みたいな目をした太鼓腹のジェームズが、私の肩をぽんと叩いた。

「デスクワークよりははるかにましだろう?」彼は言った。


そのとおり。でも、叫びたくなる日だってたくさんある。種類ごとに音色が違う電動のこぎりを真似るみたいに。

マイターソー、別名チョップソーの悲鳴は最も甲高い。それは、パニックになって叫ぶ、耳をつんざくような音だ。回転する刃が下りてきて木材に潜り込むと、ぐにゃっとしたオレンジ色の耳栓をたとえ耳にねじ込んでいても、あの切羽詰まった金切り声で耳が痛くなる。私たちが使うありとあらゆるのこぎりの中で、マイターソーはいちばん危険だ。刃のプラスチックカバーが壊れてしまっていて、柔らかい手を性悪そうな回転刃から守ってくれるものがないせいもあるけれど、いちばんよく使う、いちばん使いやすい電のこで、だからこそうっかりミスをしがちな道具だということもある。一瞬でも集中力が欠ければ、指が床に落ち、おがくずに血が染み込む。ハンドルに手を置き、刃を回転させるスイッチをひねるとき、このことをいつも思い出すようにしている。

テーブルソーはもっと低くて安定した声で叫ぶ。長いものを切ったり、8×4フィートの合板のような板の幅を詰めたりするのに使う電動のこぎりで、木材をそれに送ると、夏の暑いさなか、野原を歩いているときにたくさんの虫たちがまわりでブーンと唸るのに似た音がする。マイターソーほど恐ろしげではなく、落ち着いている。四本足の台で床にしっかりと固定されているおかげで不安感が少ないのだろう。でも、クランクを回して刃をテーブルの上に持ち上げるたび、拷問道具を思い出す。囚人は近くで猿ぐつわをされて縛られ、手足をばたつかせながら、刃が持ち上がるのを目の当たりにするのだ。のこぎりの前に立ち、木材をテーブルの奥に押していると、もっと恐ろしいイメージが頭に浮かぶ。刃が台からはずれて溝から飛び出し、回りながらこちらに向かってきて、私の内臓やら背骨やらを切り刻んで背中から抜けると、車輪のように草地を転がっていき、地面にいた芋虫を真っ二つにして、残った頭とお尻がぴくぴく動いている図。

テーブルソーは、表面がカーブしている部材の切り出しにも重宝する。たとえば壁と天井や床の境目に取りつけるクラウンモールディング（廻り縁）のようなものでも、同じカーブを何度でも再現できるので、角で部材の湾曲同士がぴったり合わさるように切り出せる。テーブルソーの丸い刃をテーブルから少しだけ出し、その上に木材を斜め方向にスライドさせると、表面にカーブができる。片手のこぶしをもう一方の手で包むような具合だ。刃をそのままにして同じ角度で別の木材をスライドさせれば、そこに同じカーブができるわけだ。刃に向かって木材を小さくゆっくりと前後に動かすと、それまで硬い一枚板だった木材が複雑に切り分けられ、宙を滑空する翼のように薄い部材だってできる。とにかくゆっくりと丁寧に作業する。

とはいえ、道具をいつもうまく扱えるわけではない。刃が食い込んで縁が欠けてしまい、スムーズなカーブができずじまいになるとか。床に目を落としたときに、木工パテで埋めて隠してある部分がそれだ。でも、すべてが順調に進むこともある。動きはゆっくりかつスムーズで正確、視線は刃に向かっていく木材に固定され、カーブのラインや回るブレード、舞い上がるおがくず以外は何も見えなくなり、やがてそれも意識から遠ざかっていく。ちょうど、何度も同じ言葉をくり返していると意味が消えてしまうように。あまりにたくさんの木材を切断しているとラインがぼやけ、スムーズな切り口に刻み目ができてしまうことがある。でも、失敗した箇所を切り取って一からやり直せるように、数インチ余裕を持たせるようにしているから大丈夫。肉はまずレアで焼け。

小さな細い刃が上下する手持ち式のジグソーは、曲線切り用の電動のこぎりだ。走りながらしゃべろうとしている人みたいな断続的な音がする。私が連想するのはミシンで、刃が上下しながら木を切っていく様子は、生地を縫い合わせていく針と似ている。レシプロソーは、先端に刃がついたマシンガンという感じ。刃が木材に触れたとき、しっかり持っていないと跳ね上がって激しく振動する。刃をフルスピードで動かすには、持ち手にかなりの力をこめ、木材に強く押しつけてから引き金を引く必要がある。跳ね上がったり蹴ったりする荒馬みたいで私はあまり好きではないけれど、メアリーは上手に制御できる。アリスの巨大オーブンの換気フードにダクトを取り付けるとき、長い金属製ダクトを私が両手と膝で押さて、メアリーがレシプロソーで切断した。全身が震動し、あとで指がひりひりした。その奇妙な電流は肘にも届いた。エネルギーが刃から機械本体へ、さらに私の筋肉や骨にも伝わり、静かに感電しているような感じがした。それが気持ち悪くて、つい手を離してしまいたくなった。

仕事上、危険な要素は電動のこぎりだけではない。メアリーは、大理石のカウンタートップを設置するまえに、その上にある窓のひとつを修理しなければならなかった。「ちょっと、やめてよ」キッチンに足を踏み入れたとき、私は思わず口走った。メアリーがそこにいた。下半身だけしか見えなかったけれど、とにかくメアリーはメアリーだ。彼女は作りかけのカウンタートップの上に腹ばいになり、上半身を三階の窓の外に投げ出して、脚だけキッチンのほうに突き出していた。厚く塗ったコーキング剤を力まかせに剥がし、窓枠の一部を外壁からバールでぐいっと持ち上げた。太腿を壁に引っかけるようにして地面に頭を向け、体を斜めに乗り出している。

「何かできることはない？」

メアリーは勢いをつけて室内に戻り、カウンタートップの上に立った。「手伝ってもらえるとありがたい。ここに来て、あたしのベルトをつかんでおいて」

「メアリー、冗談でしょ？」

「大丈夫だって」

高所恐怖症ではないけれど、その窓――窓ガラスはすでにはずされ、壁にあいた四角い穴でしかないので、窓とも言えないのだが――に近づき、三階から地上の煉瓦の道と金属製のフェンスを見下ろすと、頭がくらくらし、胃がぎゅっと縮こまった。よく見ると壁はとても薄く、地上の世界と私たちを隔てるものはあまりに頼りない。

「しっかりつかんで」メアリーが言った。「体を乗り出して、上の隅をはずさなきゃならないから」彼女はバールで自分が作業する場所をコンコンと叩いて私に見せた。

私は床に立ち、スニーカーをタイルにしっかり張りつけてから、メアリーのベルトの後ろ部分を両手でつかんだ。

「準備はいい？」

「OK」

「しっかり持ってよ」

「うわ！」

メアリーのベルトは黒く、カーキ色のカーゴパンツに通され、大きなポケットがいくつか垂れている。ポケットのひとつには煙草のポーチとたぶん赤いプラスチックのライターがはいっている。別のポケットには万能ナイフとばらのねじがいくつか。ベルトの外側はなめらかで光沢があり、内側は湿気を吸収しやすいようフェルト地になっているので柔らかい。七月の午後のその時点では、太陽はすでに西の空に移動し、地上の金属のフェンスと煉瓦の小路は陰になっている。ベルトのバックルは銀色だが、いまの私には見えない。カウンターにのって窓から身を乗り出しているメアリーのベルト後部を、両手でつかんでいるからだ。自分のベルトのバックルは、先週ふたりで設置したサクラ材のキャビネットに体を押しつけているせいで、おへその下の柔らかい皮膚に食い込んでいる。私は手の中の革のベルトにメアリーの体重を感じていた。両腕を目いっぱい伸ばしている格好は、まるで飛行中のスーパーマンだ。とはいえ、宙に浮かんでいる自分の姿なんて、いまは絶対に想像したくなかった。

メアリーのズボンと背中のあいだには拳ふたつ分の隙間があき、彼女が外壁のほうに身をひねると、両脚以外何も見えなくなった。コーキング剤の一部が剥がれたとたん、反動で彼女の体ががくんと下がり、私は一瞬心臓が縮こまった。だんだん腕が痛くなってきた。肌の下で無数の豆電球がちかちかと点灯したみたいに、メアリーの重さで腕がしだいに熱くなり、それが広がっていく。ズボンが脱げてメアリーだけ落ちちゃったら？　ベルトの革が裂けたら？　私の頭が爆発して、うっかり手を放してしまったら？

「そっちは大丈夫？」

「なんとか」私はかろうじて答えた。「でもお願いだから急いで」

私のせいでメアリーが死んじゃう。エミリーに何て言おう？　あなたのパートナーを窓から落としてしまいました。ごめんなさい。

私は後傾して体重を後ろにかけ、ゆっくり呼吸して集中した。私の手からメアリーが滑り落ちたらどうなるか、全身の細胞で感じることができた。私はその拍子に後ろにすっ飛んで尻餅をつき、メアリーは地面に落ちて、肉と骨が煉瓦の道にぶつかる、肉屋のゴミ袋みたいな背筋の寒くなる音が響く。メアリーが悲鳴をあげるとは思えなかった。きっと無言で落ちていくだろう。私は跳ね起きて窓辺に駆け寄り、地面に叩きつけられたメアリーを目撃する。

「何しているの？」

背後でアリスの声がして、私は肩越しに振り返った。

「窓を」私はかすれ声で言った。踏んばっているせいで、顔が紅潮しているのがわかる。「私があなたを支えましょうか？」彼女が私のベルトをつかもうと、手を伸ばして近づいてきた。でも私は首を横に振った。「こんな恐ろしい光景、初めて見たわ」アリスは両手を上げ、怖気を震ったような表情をして後ずさりした。「見てられない」

「あともう少し」メアリーは植木に水でもやっているか、あるいは棚の埃を払っているかのような軽い口ぶりで言ってよこした。

「あなたを落としたくない」でももうそんなには持ちこたえられない。

ようやくメアリーが窓から室内に戻った。「エミリーが知ったら殺されるな」カウンターに腰かけて、ずり落ちたズボンのウエストを直しながらにっこりする。

私は両手が震え、こわばってしまった指を曲げ伸ばしした。

「昔は高いところだってもっとへっちゃらだったのに」メアリーが言った。「あんたぐらいの年の頃は、支えなんてなくてもぶら下がれたはずだよ」

アリスが戻ってきて、腰に手をあてがって戸口に立った。「うちに来たのは大工じゃなくてスタントウーマンだったみたいね」ソフトな印象のあるベティナと違って、アリスは腹を立てたフクロウが羽根をふくらませるようにふんぞり返っている。もろににらみつけられると、本当は五フィート二インチ（約一五七センチ）しかないのにはるかに大柄に見える。

「はっきり言わせてちょうだい。私は新しいキッチンが欲しいのであって、窓からの落下死体が欲しいわけじゃないの」

メアリーは笑った。

「私が冗談を言ってると思ってるのね？」とアリス。

「これぐらい何でもないよ」メアリーは言った。

私はアリスに首を振り、何でもないことはないです、でも私がこの仕事をする同じチームとして、彼女を支えますと訴えた。

「こんなに強力な安全ベルトをお持ちで、あなた運がいいわね」とアリスが言った。私はふざけて腕を曲げ、力こぶを出してみせた。

「でも、二度とあんなことやりたくないわ」私はメアリーに告げた。

「わかった、わかった。窓からぶら下がる冒険は二度とやらない」彼女が窓から下を見下ろす。「この程度のところから落ちても死にはしないさ」

「ここから落ちて生き延びるには、かなり立派な翼が必要よ」アリスが言った。


有名な神話の中で、ダイダロスとそのかわいそうな息子イカロスは翼を持っていた。ダイダロスは腕のいい職人で、発明家でもあり、羽根と蝋で翼を作った。息子のイカロスにはこう警告した。低く飛びすぎると海の波しぶきを受けて羽が重くなり、高く飛びすぎると太陽の熱で蝋が溶けてしまう。どちらも落下することになるので気をつけろ。『三匹のくま』の女の子が食べるおかゆのように、熱すぎず冷めすぎず、中ぐらいが正しい道だ。父と子は崖から飛びたち、カモメのように飛んだ。ところがイカロスは飛ぶことに夢中になり、高く高く舞い上がった。そして父の警告どおり、太陽の熱で蝋が溶けて翼がもげ、イカロスは海に落下して溺れてしまった。

イカロスとダイダロスの飛行の逸話には、そこまで有名ではない前段があり、そこにも墜落する若者が登場する。ダイダロスは甥のペルディックスを弟子にとり、すぐに天才だと見抜いた。大プリニウスは『博物誌』でダイダロスを巧みな大工としているが、じつはペルディックスこそがのこぎりの発明者なのだ。オウィディウスは著書の中でこう記している。ある日ふたりが浜辺に行くと、ペルディックスが砂浜で白いぎざぎざした魚の骨を見つけた。拾ったものの尖った先端で指先を刺してしまった彼は、カモメにでもくれてやろうと思って捨て、骨は砂の中に埋もれた。しかしペルディックスは生まれながらに豊かな想像力に恵まれていた。その日工房に帰ると、骨の形を鉄板に写し取った。彼はそこに魚の骨より鋭く強い歯を刻み、こうしてのこぎりができあがったのである。ダイダロスが蝋の翼を作るときに、それは欠かせない道具となった。

ダイダロスは甥の才能を妬み、自分以上の実力を発揮するのに耐えられなかった。自分こそが師匠で指導者なのだ。ダイダロスは甥をアクロポリスの丘から突き落とした。ペルディックスを舞い上がらせる蝋の翼はまだなく（もちろん、ベルトをつかんでいてくれる人もいなかった）、無残に落下した。

しかしペルディックスは死を免れた。工芸や才覚を好む女神アテナもその才能を見抜いており、彼を途中で抱きとめると、ウズラに変身させた。ウズラはいつもうずくまり、巣を作るのも低木や藪で、低空しか飛ばない。オウィディウスによれば、「その鳥は大昔に空から落ちたことを覚えていたため、高所を恐れ、できるだけ低い場所に留まろうとするのである」

ここで地上に戻ろう。アリスの新しいキッチン上部のキャビネットを取り付けるのに、二日間かかった。麦藁色のカエデ材を使ったオーダーメイドのしゃれたキャビネットだ。飾り気のないシェーカースタイルだが、扉や引き出しの取っ手はつやつやしたシルバーの棒状金具で、とてもモダンだった。キャビネットの取り付けなど簡単だろうと高をくくっていた。きちんと並べてねじで壁に留めればいいだけだ、と。確かにそういうシンプルな作業なのだが、けっして簡単ではない。

キャビネット取り付けにおけるメアリーの基準には妥協がない。ヨルゲンセンの木製クランプ、水準器、ドリル、当て木がキャビネット取り付けのお供となる道具たちだ。

当て木は楔形の薄くて小さな木片で、長さ九インチ（約二三センチ）、幅一・五インチ（約四センチ）ほどだ。私なら素手でぽきんと折れる。でも、歪んだ壁や床にキャビネットを取り付けるにはなくてはならない道具なのだ。一般にシダー材で、ペンキの試し塗り用の木片に似ている。この当て木をキャビネットの下や背後に差し込んで、まっすぐにしたり、水平にしたりするのである。

メアリーが各キャビネットをその隣のものと平行かつ同じ高さにしようと監督するあいだ、私がキャビネットの位置を動かす係となる。

「上げて」メアリーが言う。

私はキャビネットを押し上げる。

「もうちょびっと《スコッシュ》」

もう一度肩と手ですっと持ち上げる。

「もうほんのちょっと」

もう一度。「上げすぎ、上げすぎ。下げて」

そうやってやり取りが続き、ここぞというところでメアリーがクランプできつく固定して、あらためて水準器で確認するが、たいていは指先を頼りにした。ふたつのキャビネットのあいだのつなぎ目を指先で撫でて、ずれていないか感触で確かめるのだ。ふたつのキャビネットがひとつのように見え、感じられたら、それで完成。そうして初めて、キャビネットを壁の裏の間柱と隣のキャビネットにねじ留めする。

そこまで細かく調整することに、私はだんだんいらいらしてきた。なにしろ時間ばかりかかる。「見た目はまったく問題ないよ。そこがずれてることに気づく人なんて絶対にいないと思う」

「あたしは気づく」メアリーが言った。「いつかあんたも気づくよ。一度気づいたら、どうしても無視できないんだ。ごめんね」

そんな作業の最中にメアリーのポケットで携帯電話が鳴った。腕を休めることができて、私はほっとした。

「久しぶり。ほんとにもう四年にもなる?」メアリーが通話口で言った。どうして相手の男が自分に電話をかけてきたのかわからないというように、私に向かって肩をすくめてみせた。理由はすぐにはっきりした。

「健康上の問題って、どんな?」彼女が尋ねた。「ああ、ケビン」彼女の表情が変わり、声が小さくなった。「ああ、それは残念だね」彼女は少しだけ笑い、自分の娘についての質問に答えた。「もうティーンエイジャーだよ、信じられる? それらしくふるまいはじめてさ。先を考えると恐ろしいよ」また笑い声。「それもひとつの方法だね。うん、確かに」

もうしばらく会話をしたあと、メアリーは電話を切り、無言で裏のポーチに煙草を吸いに行った。私はその場に立ち尽くし、タイルに目を落とした。目地に落ちているおがくずを掃かなければならない。大理石のカウンタートップは触れると冷たそうに見えた。白くなめらかで、黒や灰色の筋が神経細胞のように広がっている。窓辺の大理石の上に置かれたミキサーの金属製のボウルに日光が反射している。

「お別れの電話だったんだと思う」キッチンに戻ってきたメアリーが言った。昔の棟梁のもとで何年か一緒に大工として働いていた、かなり年配の男だという。いまはピッツバーグに住んでいるが、全身に癌が転移しているらしい。

「残念だよ」メアリーは言った。

棺桶が四〇〇〇ドルもするんだ、と聞かされたという。だが、大工には大工仲間がいる。

「友達が、合板や2×4材で作ってやるよと言ってくれたんだ。それならせいぜい二〇〇ドルさ」

アリスのキッチンでの仕事が始まって数週間が経ち、その空間は日に日に部屋としての秩序を取り戻していった。ほかのもっと短期の仕事でも気づいていたことだが、とくにこの場所で顕著に感じたことがある。作業を続けていると、やがてそこが自分の場所だと思えるようになるのだ。現場にはいり、道具を設置し、何にしろ依頼された仕事を始めると、その場所を所有したような気分になる。ジョン・チーバーは短編「泳ぐひと」の中で、恋人の所有物が自分のものになる感じをこんなふうに表現している。「彼は、自信以外のなにものでもない気持ちを胸に、彼女の家のプールを囲む塀の門から中に足を踏み入れた。ある意味、それは自分のプールだと思えた。恋人として、とりわけ不義の恋人として、聖なる結婚生活を営む相手には秘密で、勝手に彼女をわがものにしている身としては」

キッチンをプールに、その家の所有権を聖なる結婚生活に、まだまだ未熟な大工を不義の恋人に置き換えると、ここに指摘されている所有資格の意識こそ、まさに私たちが作業している場所に対して覚える感覚だ。自信以外のなにものでもない気持ちとともに、キッチンは私たちのキッチンに、玄関ホールは私たちの玄関ホールに、テラスは私たちのテラスになる。作業が続くあいだは、オーナーはある意味その場所から排除される。

アリスのキッチンの改装では、電動のこぎりは裏のポーチに置かれ、梯子はダイニングルームに立てかけられ、廊下の床には埃や汚れがつかないように養生シートが貼られていた。そして、サンドイッチやら蒸し団子やらを作るためアリスがキッチンにはいってくると、私は心の中で思ったものだった。さっさと出ていって、おばさん。ここはいまは私たちの場所よ。

アリスがその場所をようやく取り返しはじめたのは、私たちが改装工事を始めて一ヵ月少々経った頃だった。パイプ類の配置が終わり、配管工たちは別の現場に移ってしまった。私たちはイタリアから取り寄せた美しいグレーのタイルをすでに床に敷きつめ終えた。壁付けと床置きのキャビネットも、それぞれ問題がないかメアリーが確認した。パントリーが作られ、中の棚に引き戸が取り付けられた。

ある朝現場に行くと、パントリーの棚に缶詰が並べられていた。翌日には、左の壁の棚が料理本でいっぱいになっていた。引き出しのひとつにはナイフやフォークが、別のひとつにはへら類、おろし金、長い銀の焼き串がはいっていた。ガス台にやかんが、カウンターに籠にはいったリンゴが到着した。部屋はふたたびその役割を果たしはじめていた。ゴールは目の前だった。

最終段階のひとつは、パントリーから裏のポーチに続くドアという怪物の取り付けだった。

「このドアは厄介だよ」メアリーが警告した。ドアの取り付けは本当に難しい。正確さが求められ、さもないと蝶番がずれて開け閉めができなかったり、ラッチがカチリと締まらなかったりする。そして、脇柱にこすれる、スムーズに開かない、開けるのに力がいる、勢いをつけないと閉められない、などの不具合が生じる。

私は外のポーチに出て、その大きな緑色のドアの下部にしゃがんだ。一方、メアリーはパントリーに陣取る。おたがいの姿は見えず、声が聞こえるだけだった。そのときは、ドアの蝶番がついているほうの右隅を、もう少しだけ上げないと枠に収まらず、私はなんとか持ち上げて押し込もうとしていた。向こう側にいるメアリーは、当て木を持って待機していた。持ち上がったところでその当て木をドアの下に差し入れ、正しい位置に固定して、そのあいだに蝶番を枠にねじ留めするのだ。でもなかなかドアを動かせなかった。持ち上げる目標寸法は一六分の三インチ。心の中で悪態をつきながら踏んばるものの、どうしても動かせない。

顔を真っ赤にして全力をこめるけれど、ドアはうんともすんとも言わない。これを動かすなんて、私には無理、と思った。

体勢を変え、大きく息を吸い込み、もう一度挑戦する。だめだった。

我慢の限界が来た。

ストレスが爆発してやけになった。最後の力を振り絞り、怒りをこめて馬鹿力を出す。

力が一気に注がれたその瞬間、ドアが持ち上がった。ついにやった！　奇跡だ！

そのときドアの向こう側から大声が聞こえた。「くそ、くそ、くそ！」

急に大きく動かしてしまったものだから、メアリーの親指を思いきり挟んでしまったのだ。

彼女が体のどこかに何かをぶつける場面には何度もお目にかかった。いつもは一度ののしって、平気平気と軽く受け流す。怪我をして出血したとしても、もっと亜鉛メッキ釘がいるね程度のただの事実報告として、何気なく口にする。ある朝、仕事中に悲鳴をあげたことはないのかと尋ねたことがある。彼女は、そんなこと訊かなければよかったと後悔したくなるような目でこちらをじろりと見たあと、「ない」とにべもなく答えた。

いまメアリーは悲鳴をあげているわけではないけれど、大声で悪態をついている。「くそっ」とまた言った。やがて静かになり、煙草を巻きはじめた。

私は謝罪し、顔を両手で覆った。メアリーは親指を見て、手を振ったり息を吹きかけたりしている。

「みごとにやられたよ」私はまた謝った。「たぶん取れちゃうだろうね」親指の爪のことだ。でもメアリーは肩をすくめた。「またはえてくるさ」

彼女がショックから回復したところで、私たちはまたドアと格闘を始めた。向こう側から彼女が言った。「さあ、今度は丁寧《フィネス》に頼むよ。少しだけ持ち上げて、ゆっ、く、り、と」

私が持ち上げ、メアリーが引いて、ついにやり遂げた。蝶番はスムーズに動き、ドアはきちんと敷居の上にのって、心地のいいシュッという音とともに閉じた。

二日後、メアリーにハンマーを渡されたとき、親指が真っ黒になっているのに気づいた。まるで爪の下にインクを注射されたみたいだった。

「うわあ、メアリー、大変。本当にごめんね」

「かなり痛いけど、これなら剥がれないと思う」

大工仕事では、問題は必ずしも馬鹿力で解決できるわけではない、できるとしてもごくわずかだと私が思い知ったのは、かなり経ってからのことだった。窓枠から飾り枠が取れない、キャビネットが平行に並ばない、とにかく何かが詰まったり、引っかかったり、糊やコーキング剤がべったりくっついていて剥がれなかったり、ずれが直らなかったり、何にしろ思いどおりにいかないと、私は脳みそより筋肉につい訴えたくなった。力と意志でやっつけようとする傾向があったのだ。我慢の貯蔵量が少なくて、すぐに空っぽになった。行く手を阻まれるとたちまち頭に血がのぼり、考えなしに体が反応してしまう。

そうしてたくさんの物を壊した。ドリルビット、窓やドアの飾り枠、ガラス。壁や床にへこみや穴を作り、一度などうっかり手を滑らせて手のひらに怪我をし、いまも痕が残っている。

「フィネス」メアリーはたびたび言った。やさしく、ゆっくりと、力まかせに破いたり引っぱったりしないように、ということだ。頭を使い、こっちに行きたいと素材がささやく声によく耳を澄まして。物理学の法則に身をまかせ、道具と忍耐力に仕事をさせること。
「大事なのは、上手になだめすかすこと」メアリーが言った。「どこを押せばいいか見極めることだよ」

　仕事の最終段階にはいると、荷物を運んで車に積み入れる作業が増えてくる。残り仕事《パンチリスト》をやっつけて私たちが退散し、いままでとは違う新しい場所でオーナーが暮らしはじめるまえに、清掃作業をする。私たちは現場を一度、二度、三度と歩きまわって、タイルのあいだにゴミが落ちていないか確認し、照明のスイッチのまわりに薄く塗料を塗って汚れを隠し、階段にできた小さな穴を埋めて周囲と同じ色を塗る。アリスのキッチンでの作業最終日、私たちはパンチリストを再確認して、飾り枠に最後の釘をいくつか打ち、パントリーに作ったスペースに大きな箱型冷凍庫を設置した。それから埃を払い、掃き、掃除機をかけ、モップがけをした。すべて完了だ。私は一日じゅう、どこもかしこもすてき、とずっと言いつづけていた。キャビネットのドアをひとつひとつ叩いてみる。パントリーのドアの白いすべすべしたドアノブを布で拭う。引き出しを開けてみる（「のぞき見はやめなよ」とメアリーが言った）。私はすっかり興奮し、誇らしくてならなかった。それはメアリーも同じだ。私と違って、すごいすごいと言いまわるようなことはなかったけれど、にこにこしていた。ふたりは、そこがまだがらんとしていた最初の日に立った同じ部屋の隅に立ち、しげしげと眺めた。メアリーは私の肩を軽く叩き、「よくやったね」と言った。

このキッチンはかなりの仕事量だった。時間をかけ、汗もかいたし苦労もした。でももう見納めなのだ。これは私たちのものであって、私たちのものではない。あとはパントリーから裏のポーチに出るドアに網戸をつけるだけだ。それはサマードレスのように軽くて薄かった。ドア枠にすっと音もなく当たって閉まるように、私たちはそれを取り付けた。完璧だ。

ところがアリスが背後から現れて、「だめ、だめ」と言った。「もっとバタンって音をさせてほしい。それを聞くと夏を思い出すから」

私たちはバネを調整し、それからパントリーのほうに立って網戸が閉じるのを見守った。それがバタンと夏の音を響かせたとき、私たちは思わず目をぱちくりさせたのだった。

CHAPTER 6

LEVEL

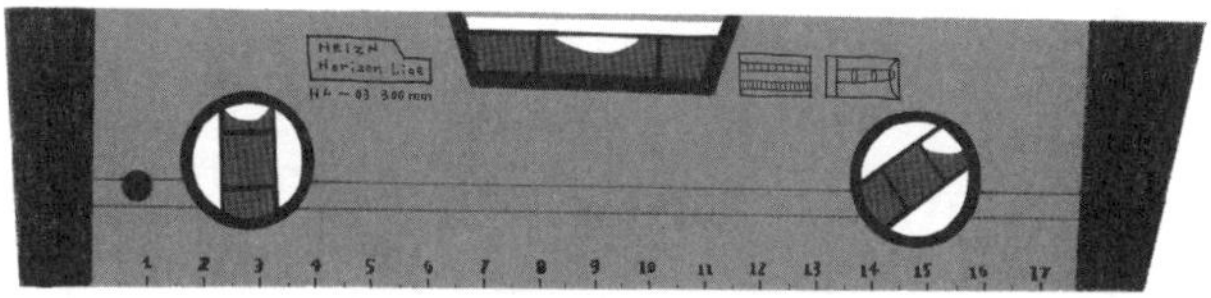

水準器

調整し、固定し、また調整する

アリスのキッチンのあと、小塔のある古いビクトリア様式の屋敷の三階で、壁を撤去してヒッコリー材の床にする五週間の工事に取りかかった。ヒッコリー材はとても硬く、マイターソーの刃にずいぶんと歯向かったし、切ると油が酸化したような饐えた匂いがした。ヒッコリーで肉を燻製にしたときのあの甘い匂いではなく、鼻につんとくる胃酸のような匂い。何か薬品処理がおこなわれているせいだろう（板のはいっていた箱にはどれにも、「カリフォルニア州では癌原因物質として知られている化学物質を含む」と書かれていた）。それから、ケンブリッジのハーバード・スクエアの少し外側にある家のキッチンの工事にも携わった。そこを所有する夫婦は、これまで仕事を依頼された全クライアントの中でも一、二を争う感じのよい人たちだった。カウンターに「どうぞお食べください」というメモを添えたレモンクッキーを置いておいてくれただけでなく、バーモント州にある地所で採れたラズベリーやブラックベリーで作ったお手製のジャムをくれたり、私たちが昼食を食べていると仲間にはいってきたりもした。奥さんが株分けしてくれた多肉植物が、いまもわが家のリビングの窓辺ですくすく育っている。ふたりの親切さだけでなく、夫婦が分かち合う愛情に、私は心打たれた。五〇代後半と六〇代前半のふたりは、おたがい面白がりながら文句を言い合い、我慢強くたがいを認め、愛情によって結ばれていることが傍からはっきりわかった。「あたしたちを養子にしてほしいよ」メアリーはふたりに言った。

有名なポール・リビアの騎行〔アメリカ独立戦争時、ポール・リビアは伝令として英軍の進攻を愛国者たちに伝えてまわった〕のルートの途中にある、ケンブリッジに隣接する歴史地区アーリントンでは、急ぎでテラスを作った。かかったのは四日間。

その頃には、私はメアリーとのチームの中で、折衝役を務めるようになっていた。メアリーは、人付き合いから逃げるためにアラスカに行きたいと話す割には、大工仕事について人にぺらぺらと説明するのだが、専門用語を誰もが理解できるわけではないということをときどき忘れてしまう。メアリーが依頼主に作業の概要を説明するようなとき、相手があやふやにうなずくのを見ると、初心者である私が理解している範囲内で、専門用語や言い方を通訳するのである。

たとえばメアリーがこんなふうに言う。「間柱を補強して、壁に接ぎを当てます。泥はひと晩で乾くので、明日、箱の枠組みに取りかかります」

それがこうなる。「ですから、ここに見えるものを補強するために2×4材を打ちつけ、それからこの壁の穴をふさぎます。〝泥〟というのは壁用の下地調整パテ《ジョイントコンパウンド》のことなんですが？」ここには、〝ジョイントコンパウンドはご存じですよね？　メアリーがそれを泥と呼ぶのは彼女なりのしゃれなんです〟というニュアンスを匂わせる。「……それが乾くまでには約一日かかります。翌日、本棚の箱を作ります。外側の枠部分のことです」私はジェスチャーで長方形を表現する。

メアリーに感謝されることもあった。

「私なら理解できなかったかも、と思ったことを説明してるだけよ」と私は答えるけれど、じつは何もかもがそう思えた。一方で、メアリーの言っていることを全部理解できていた依頼主たちは、私の余計な説明に腹を立てたはずだ。〝梁が何かぐらいわかってるよ！〟

この数週間（それはすぐに積もり積もって数ヵ月になるのだけれど）で私の筋肉も元に戻った。鏡の前で腕を曲げてみて、またメリハリがついたのを確認して嬉しくなった。そしてメアリーとのコンビのリズムも戻ってきた。

キッチンや小塔のある屋敷の三階、玄関ポーチ、シダー材で内張りされたクローゼットで過ごした夏は去り、まもなく秋が訪れた。するとメアリーから、自宅の改修を手伝ってもらえないかと頼まれた。

彼女の家の〈工事中〉は永遠に終わりそうになかった。裏にある狭い螺旋階段の背景の壁紙は色褪せ、破れている。漆喰壁は穴だらけで、かさぶたを引っかいた痕のようだ。漆喰くずが足の下でバリバリと崩れる。浴室のドアまわりの飾り枠は取りはずされている。

浴槽は古い刷毛や猫のトイレ砂でめちゃくちゃ、床のオーク材はぼろぼろ、壁の穴からはとげとげした下地の金網《ラス》が飛び出している。リビングでは、二年前にあの野生的な解体業者とふたりの息子が煙突を撤去した場所が、合板で適当にふさがれているありさまだ。その煙突を撤去したときに、煉瓦くずや煤がキッチンにはいってこないようにビニールシートを貼りつけた青いペインターテープが天井にいまだにくっついている。

家はどこもかしこもやりかけで、仕事場でメアリーが見せる細やかさとは対照的だった。自宅の改修が中途半端なのは、仕事がまた舞い込みだし、それに合わせて時間がなくなったからだ。キッチンの壁ひとつにしか幅木が取り付けられていない状態が数週間続き、それが数ヵ月になり、あっというまに一年が経って、幅木があるべき場所に何もないことがいまや忘れ去られ、日常の中に埋没してしまったように見える。あるいは、キッチンに足を踏み入れるたび、スープをことことと煮るたび、皿を洗うたび、メアリーは幅木があるべき場所にちらりと目をやって、そこもやらなきゃ、と自分に言い聞かせているのか。

メアリーは、古いダークウッド張りで、屋根窓のある、とんがり天井の三階の部屋に取りかかろうとしていた。そこを自分のオフィスにするつもりだったのだ。薄暗くて埃っぽく、狭苦しいうえ、木っ端や大きなゴミ箱、巻いた断熱材などが床に散乱している。狭い部屋が電動のこぎりやバケツ型道具入れのおかげでいっそう狭くなり、私たちはしょっちゅうぶつかった。

天井は、鋭角なとんがり屋根に沿って傾斜していた。一八八六年に建てられた家で、使われている板は幅の広いダークウッドだ。私たちはニーウォールに幅木を取りつけた。ニーウォールとは垂木を支えるために用いられる屋根裏の側壁で、たいてい膝《ニー》ぐらいの高さなのでその名がついた。それから部屋の最上部に照明用のケーブルを引き、継ぎ目にできた隙間に明るいピンク色の断熱材を埋め込んだ。

「そこはまだだ」私が別の真っ暗な隙間に断熱材を突っ込もうとすると、メアリーが言った。「そこに天窓をあける」

垂木に垂直に交わる木材（古くなって割れやすくなった1×3材）をレシプロソーで切断し、古釘を抜いた。2×10材を切り、それを幅広の垂木に合わせて縦引きにして、簡単な枠組みを作る。メアリーが木材や屋根を切り、開口部を作った。最初はごく小さい窓があき、そこに空が現れ、影がさっと払われたかのように床に光が落ちて、冷気が水のごとく流れ込んできた。メアリーがそこから屋根の上によじのぼると、外側からさらに開口部を広げ、屋根瓦のかけらが樋に転がり落ちていった。さらに光が差し込み、部屋ががらりと変化した。出窓の窓枠を虫が食っていたあのロシア人の家で襲われた感覚がよみがえってきた。あのときより日が短くなっているのに、もしここを閉じるのが間に合わなかったら？　あるいは雨が降ってきたら？　でもそんな疑問はすぐに消えた。いままでだって私たちはちゃんとやってきた。一度にひとつずつ、着実に。だからまたやり遂げられる。

メアリーは屋根瓦を取りはずしはじめた。瓦を壊さないように注意しながらぐいっと持ち上げ、頭の部分がふつうの釘より大きい屋根釘をはずしていく。私が窓材そのものを持ち上げ、屋根の上でひざまずいているメアリーに穴から渡す。窓の中心が合うように、ふたりで穴の中で上下左右に動かし、位置が決まると、メアリーが数本の釘で留めた。雲ひとつないくらいよく晴れた、寒い一一月の日で、メアリーは手にふうふうと息を吹きかけ、軍手の内側が暖かくなるように手を叩いた。防水のためのフラッシングを取り付けると、屋根をふたたび葺く、時間のかかる工程にはいった。

「屋根葺き職人にはなりたくないよ」メアリーが大声で言ってよこした。

彼女が寒空の下、屋根の上で作業をする一方、私はもうひとつの窓とつながるアーチ状のスペースに、下地のラス張りをしていた。彼女は屋根に向かって下へとハンマーを振り下ろし、私は天井に向かって上へとハンマーを振り上げている。上へ下へとおたがいに叩き合い、ふたりして変更を加え、あるいは元に戻し、部屋をあるべき姿にしようとしている。メアリーが寒さで顔を真っ青にして、窓から室内に戻ってきた。

「外は全部完了？」

「全部完了」

仕事を始めたときはメアリーの背中にあり、部屋をその光で照らしていた太陽が、いまは家の反対側に移動し、沈みつつある。空の色もやわらぎ、巻き煙草のような細くねじれた紫色の筋雲がはるか上空にいくつか並んでいる。

「半インチ（約一・三センチ）ずれてる」とメアリーが言った。私は口をつぐみ、それはつまり、窓をはずして一からやり直すということだろうかと思った。きっと、釘で留めるまえにほんの少し滑ったんだと彼女は説明した。「水準器を使えばよかった。悪いけど、一緒に下に行って見てもらえないかな」私は気が進まなかった。

「雨漏りする？」

「まさか」メアリーが言った。「それは絶対にないと思う。ただ、歪んで見えやしないか心配なだけだよ」

メアリーは薪ストーブの前で立ち止まり、手を暖めてから、私と一緒に二階のポーチに出た。屋根を見上げ、新しい窓を見る。ふたりともほっとした。半インチ歪んでいるようには見えない。あれなら大丈夫。

また階上に戻り、肩を寄せ合って新しい窓の前に立ち、外を見た。近くの家々の裏口のポーチや屋根裏部屋の窓に灯りがともりはじめ、暗くなりつつある空を背景にそのオレンジがかった金色の光がいかにも温かそうに見える。三マイル半（約五・六キロ）ほど離れたところにあるボストンのビル群に目を向ける。ここからは見えないチャールズ川とそこにかかるいくつもの橋のはるか上にそそりたつ、摩天楼の輪郭が紫色に霞んでいる。さらに目を上げると、さっきまではなかったはぐれ雲が空高くに浮かんでいる。

窓の外に見える背の高いカエデの木にはまだ赤い葉がしがみついているけれど、近いうちにこの世界に別れを告げて地面に落ち、空に向かってそびえる木の骨格だけが残る。昔から、その骨組みが姿を現す一一月が好きだった。

いつものように大工仕事の成果と物を変身させる力に驚き、大騒ぎした——すごい、見て、信じられない！　部屋はまだ改修途中だし、壁の中身やラスや木材があらわになったままだし、あちこち埃だらけで、空中には断熱材の針のような細かいかけらが舞っている。でもいつかは完成する。数週間後か数ヵ月後かわからないけれど、ゆっくりとできあがっていく。いまだってさっきまでとは別物だ。暗く狭苦しかったところが、明るく居心地のいい、座ってじっくり考え事ができそうな場所へ。そのあいだも、太陽は東から西へと空に弧を描き、木の葉が散って季節を終わらせ、樹木はまたひとつ年輪を重ねるのだ。

メアリーはうなずいた。「これでいろいろと変わる」

カエデの葉が落ち、急に寒くなり、季節は冬になろうとしていた。仕事の閑散期にはいると、天窓作りのあと、メアリーは三階のオフィスの改装はひとまず棚上げにして、階下の浴室に取りかかることにした。浴槽にペンキの刷毛が投げ込まれ、壁が崩れ落ちたあの浴室だ。

私はメアリーの家に寄って、年末の休暇にはいるまえに最後の給与小切手をもらった。

彼女の案内で浴室に行き、改修計画を聞いた。

「手伝いが必要になったら、連絡して」私は言った。

「お給料が払えるかどうか。配管工事にどれくらいかかるかわからないから、びくびくしてるんだ」

私たちはハグをしてからクリスマスの挨拶を交わした。私たちがコンビを再結成するのは数ヵ月後だとわかっていた。でも、もう閑散期は怖くない。次のシーズンは必ず来る。

その頃、父とそのガールフレンドが、マサチューセッツ州南東部の感潮河川近くにある森に、共同で家を購入した。父はとうとう、六年間ほったらかしにされていた私物を倉庫から引きあげた。父の新しい家を訪問したとき、幼い頃から見慣れていた品々が黒い箱からやっと解放されるのを目撃した。多くの箱は開封されずにそのまま地下倉庫にしまい込まれた。その大部分には《本》というラベルが貼ってあった。

父が引っ越したばかりの頃、そこを訪ねた何度目かのとき、兄弟、父、私、それぞれの恋人たちで暖炉を囲み、座っていた。窓の外では鳥の餌台がずいぶんとにぎやかだった。ずんぐりしたナゲキバト。機敏なショウジョウコウカンチョウは、真夏の鮮やかな羽の色と比べると赤みがくすんで見える。ゴジュウカラ、アメリカコガラが数羽、キツツキ。餌を食べたり羽ばたいたり、長い木の棒の上に置かれた餌台をつついているものもいれば、地面で種をつまんでいるものもいるし、枝から下がった小さな籠の中のスエットと呼ばれる雪のように白い牛の脂をついばんでいるものもいる。父が、どの鳥が何か一羽一羽教えてくれた。別の鳥がやってきて近くの枝で様子を眺めていると、父はその小鳥が、木の棒、地面、スエットのうちどの餌場に向かうか予想し、それがいつも必ず当たった。タカが近くにいるときもすぐにわかると父は話した。鳥たちが急に動きを止め、一散に飛んでいってしまうからだ。

鳥の観察が終わると、私たちは家の中に目を戻し、火を眺めた。外は暗くなり、餌台のほうの窓に灯りや石造りの暖炉、私たちの顔が映り込んでいた。しばらくおしゃべりしたり笑い合ったりしていたが、全員が寝室に引きあげはじめた。父も立ち上がり、私に目を向けると、暖炉の両側を手で指し示した。

「本棚を置く」広々とした何もない壁に向かって言う。光景がすぐに頭に浮かんだ。

「名案ね」私は言った。

「ぜひおまえに作ってもらいたい」

私は眉をひそめた。暖炉のそばでおしゃべりして笑った夕べのくつろいだ気分が、急に不安の嵐にかき乱された。私が本棚を？　ひとりで？　すでに何年もメアリーのもとで仕事をしてきたというのに、ひとりで本棚を作れるかどうかわからないなんて、とても言えなかった。考えただけで怖いと認めたくもなかった。だから嘘をついた。メアリーとの仕事のスケジュールがはっきりしないと父に告げたのだ。「時間があるかどうか」

その晩ベッドにはいってからも、本棚のことを考えていた。父の依頼は突然すぎて、うろたえてしまった。私にできる？　やり方はわかっているはずよね？　私は頭の中で、メアリーから教わった手順を、彼女と一緒に何度も手がけてきたやり方をおさらいした。想像上の本棚を組み立てる。まず底板から始め、外側の箱に移り、棚板、縁の処理と進む。窓の飾り枠と高さを合わせたほうが、部屋に統一感が出ていいだろう。壁にコンセントがあるとすれば、背板に穴をあける必要がある。どれもやったことがあるし、メアリーがやるのを見たことがある。

「本棚のこと、また連絡をくれ」帰り際、父が言った。「本がはいっているあのダンボール、そろそろ開けたいんだ」

ケンブリッジに帰ってからも、本棚のことばかり考えていた。計画がさらに現実的な、実現可能なものになっていく。たぶん床は水平ではなさそうなので、修正する方法を考えなければならないだろう。窓のまわりの飾り枠にも手を加えたほうがいい。頭の中では、何をすべきかもうわかっていた。

でも、仕事に取りかかる準備はできたかと父から電話をもらうと、また躊躇した。計画は固まっていたけれど、実際に道具を手にしてそれを木材に伝えられるだろうか？　メアリーという指揮官がいないいま、結局何も身についていなかったと思い知らされるだけでは？　考えただけでぞっとした。自分の毎日は偽物だったという事実と向き合う苦痛。ひとつひとつの役割は果たせる。でも、ひとりで作業ができるかと言えば、それは別問題だ。

こういう気持ちは身に覚えがある。新聞社で働きはじめ、記事を書くようになったとき、時間より早く目が覚めたものだった。どうやったらいい？ 締め切りに間に合わなかったら？ 言いたいことを言葉にできなかったら？ 失敗に対する明快で強烈な恐怖だ。わかっていることを表現できないと思い知ること。それによって自分は偽物だと気づくこと。

大工として感じる疑問も、ジャーナリストのときに感じた疑問と同じだ。どうやったらいい？ もしうまくいかなかったら？ きちんと直立させられなかったら？ 頭の中ではわかっていることを形にできなかったら？ 疑念ばかりが湧いて、何も手をつけられなかった。始めてしまったら、そこに失敗の可能性が生まれるのだ。

作家のガブリエル・ガルシア・マルケスは、以前『パリス・レビュー』誌でこんなふうに言っていた。「結局のところ、文学は大工仕事そのものだ……どちらも重労働であり……どちらも現実と向き合う。文学の素材は木材と同じくらい硬くて扱いにくい」

確かに、文筆業も大工仕事も忍耐力と鍛錬が必要だし、どちらもしかるべくよりよいものを作ろうとする仕事である。どちらの場合も何度も失敗をくり返し、うまくいくまで挑戦しつづける。どちらにおいても、わからないときには、ばらばらに分解するのが理解する最善の方法だということが多い。どちらにおいても、小さな部品は何かもっと大きなものにくっつけたりつなげたりして完全な形にしていく。どちらも、何もなかったところから何かを作りだす仕事だ。

でも、私が大工仕事の何に強く惹きつけられたかといって、それは言葉から遠く離れていたからだ。木棚を作ることで活性化する私の脳の領域は、文章をこしらえるときに使う領域とは違う。何よりほっとするのは、ぴたりとくる言葉を探す心配をしなくていいこと、これがベストな表現かしらと何度も何度も考えなくていいことだった。大工仕事で考えるべき問題は、結局のところ同じだ――これでうまく機能するのか？　これで必要な働きをしてくれるのか？　これで正しいのか、充分な強さがあるのか？　でも、答えは頭の中の別の部屋からやってくる。言葉の部屋から出て、空間や数字や道具や資材を扱う未知の世界に足を踏み入れるのは、とても楽しい。角度にしても数字にしても基本的な考え方にしても、大工仕事に必要な要素の大部分は、私にはあまりなじみがなかった。でも、巻尺や電動のこぎり、鉛筆、板がそこにある。どれも現実に存在し、具体的で理解可能なものであり、それぞれに特定の目的がある。

ガルシア・マルケスは先程の文の数行先で、自分自身は大工仕事の経験はないと認めている。もし一度でもやったことがあれば、一枚の板は言葉とは別物だとわかっただろう。壁は現実だ。壁と床のあいだの隙間を隠す腰板も現実だ。大工仕事では、執筆業にはない、完成したという実感が持てる。言葉には実体がなく、いくらでも変えられる。でも大工仕事では、計測し、切断し、おがくずを肺に吸い込み、最後にハンマーで数回叩けば一枚の板が特定の場所にしっかりとはまる。抽象とは正反対。計測、再び計測、印をつける。切る。釘を打つ。

作家のマイケル・ポーランは、コネチカットの自宅の裏庭に書斎を建てながら、「言葉の網目からどれだけたくさんの現実がこぼれ落ちているか」思い知らされたという。本棚を作るとき、言葉はあまり役に立たなくなる。ここぞというときには、何というか、頭の中が空っぽになる。言葉や感情の沼から脱け出し、道具や木材に意識を集中する、どこか瞑想にも通じる到達点では、言葉は消え失せる。言葉がいらなくなる、この解放感。本棚は現実で、こうしてやすりをかけているいま、それは確かにそこにある。執筆とは、脳みその中をいじくりまわすことだ。何かを作りあげているのは事実だろう――世界を、人物を、感情を、出来事を――でもそれは魔術に近い。文章の上にワイングラスを置くことはできない。たとえその文章がどんなに完璧でも。

メアリーに教わったことの大部分は言葉では表せない。書くことに関する古典的な格言が大工仕事にも当てはまる――「語るな、示せ」。クラウンモールディングの取り付け方を説明するのは難しい。人がやっているのを見て覚え、自分でやってみるのがいちばんだ。それも何度も何度も。メアリーから聞かされた格言――「肉はまずレアで焼け」、「丁寧に《フィネス》」、「ゆっくりと」、「道具より賢くなること」――はどれも彼女が仕事をしながら知ったこと、問題を解決するために自分の体を動かし道具を使って身につけたことだ。壁の作り方や床のタイル貼りの方法について何冊も本を読み、整理たんすや本棚を作るにはこうするべきという人の話を何時間も聞くことはできる。事実を細大漏らすまいと目の細かい網が編まれ、できるかぎり的確な言葉が使われるだろう。でも、自分の手にハンマーを握り、二枚の板がぴったりとくっつくことを実感し、釘付けし、少し後ずさりして出来上がりを眺め、また近づいて上にのってみたり蹴ったり何かをのせてみたりして初めて、どうやったらそれができるかがわかるのだ。世界じゅうの言葉を集めても本棚はできない。人がやるのを観察し、自分でやり、失敗し、何度も挑戦したすえに、やっと完成するのである。

父が求める本棚のスケッチをし、書き加えたり差し引いたりをくり返したのち、私はメアリーに電話をして、料金は払うので、道具をいくつか貸してもらえないかと頼んだ。

「ひとり立ちしようとしてるんだな」メアリーがにっこり笑ったのがわかる。「いいことだ」

「まだうんと言ったわけじゃないわ」

「受けなよ！　あんたならできる。ただし、思った以上に時間がかかるってことだけは覚悟したほうがいい」

「四日でできると思ってたんだけど」

「もっとかかるね。たとえば八日とか」

「うぇっ」

「ドリルをほんの少しだけ使うときのタイミング、忘れないでよ?」

その夜、本棚の夢を見た。私は砂浜に立てた梯子にのぼって本箱を作っている。本棚の正面は海で、しだいに潮が満ちはじめ、波が下方の棚を洗い、すでに並べてあった本を濡らしてページをふやかせ、数冊を海に引きずり込む。私は本棚をどんどん高くしていき、どんな大波が来ても届かないようにしようとする。振り返ると、波間に浮いている本にカモメがダイブし、つつくのが見えた。梯子が砂の上で滑りつづける。急に恐怖に駆られる。水の中でハンマーが振るえるものだろうか?

朝を迎えたとき、私は父に電話して、仕事を引き受けると告げた。

その冬初めて急に気温が下がって三日目だった。身の引き締まるような乾燥した冷気で、骨も枝も何もかもがいまにもぽきんと折れそうだ。木材を積み込んで走る高速道路は、寒さで色が褪めたみたいに見える。空の青も淡い。

到着したのは午後遅くで、砂利道の私道に車を進めた。道の両側にはひょろっと背の高い木が迫るように並んでいる。細い幹が薄緑色の苔で覆われている。家は丸太小屋のような雰囲気があった。薪ストーブに毛織のブランケット、とんがり屋根。周囲の空気には、腐葉土の甘い匂いにうっすらと潮の香りがまじっている。街から来たせいか、あたりの静けさにいやでも気づく。聞こえるのは鳥たちのおしゃべりや、梢や枯葉のささやきだけ。

街特有のざわめきや車の低い騒音、雑踏や街灯の明るさ、近所のテレビの雑音など何もない。ここでは夜になると、暗闇と静寂が家をキルトのように包み込む。

私は裏口のポーチの狭い縁に木材を下ろした。ポーチの向こうには三フィート（約九〇センチ）ほどの高さの草叢と苔むした森が見え、その奥のどこかには川もあるらしい。板の山と飾り枠の束に目を落とす。これを組み立てて、ちゃんと使える家具が作れるとはとても思えなかった。日が翳りはじめていて、私は森を眺めながら、板や飾り枠をそれぞれどう切断するか、どう釘付けするか想像した。呼吸をするたび、白い息がふわっと顔を覆った。

暗くなるのはまもなくだったけれど、それまでのあいだに、棚板を置くためのペグを差し込む穴を側板にあけることにした。ドリルを手に木材をしばらく見つめ、大きく深呼吸する。この最初にあける穴こそ、最初の失敗になるおそれがある。そうやって見つめて、頭の中に完璧な完成図を思い描く。木材に道具をあてがったそのとき、目の前に待っているのは失敗かもしれないのだ。大丈夫、あなたならできる、と自分に言い聞かせる。ドリルの引き金を絞り、ドリルビットが木材に埋まった。湿地の静けさをつんざく音はほとんど暴力に近い。それから次々に穴をあけていった。川からカモの啼き声が聞こえてくる。板二枚分の穴をあけ終え、仕事の半分が終わったところで、雪が降りだした。ポーチのランプが森に光を投げかける。板に身をかがめながらもし息を止めたら、紙のごとくひらひらと舞う雪のささやきが聞こえたかもしれない。

ペグ穴を全部あけ終える頃には、両手がかじかんで痛いほどだった。板をまとめ、木挽き台を脇に片付け、ドリルをケースにしまう。私は内心ぶるっと震えた。棚ができるまではここにずっといなければならない。頭の中で本棚の作り方を何度も何度もおさらいしたけれど、そうしていないときは、間違いなく父から浴びせられることになる批判ばかり想像した。完璧主義者の父は、まずいところを見つけるとすぐに指摘する。父がカーキのズボンと革靴、重ね着したシャツというおなじみの出で立ちで私の仕事ぶりを確認しに現れ、舌打ちする姿がありありと目に浮かぶ。こんなやり方で進める気か？　私を雇ったのは父さんよ、と念を押さなければならないだろう。

体を温めるためにリビングの中を歩きまわっていると、父が現れて座りなさいと言った。その重々しい口調を耳にしたとたん、いやな話を聞きたくなくて、自分のまわりに壁を作る。私は腰を下ろし、指をさするふりをしながら膝に目を落としていた。

「ボスはおまえだ」父は言った。「もし私が馬鹿なことをしはじめたら、おまえには向こう脛を蹴飛ばす権利がある」

私は噴き出した。父がこんなことを言うとは思ってもみなかった。

おまえが本棚作りを引き受けてくれたこと、改修中のこの新しい家におまえが足跡を残してくれることが嬉しいと父は言い、自尊心について語り、このことが自分にとってどれだけ大きな意義を持つか話した。腹を割って率直に話をする父を前にして、どんなに気まずかったか。私の家族はこんなふうに話をしてはこなかった。ふざけ合ったり、本の話をしたりするばかりで、愛情は表に出すものではなかった。語る父に、私はテレパシーを送った。お願い、やめて、やりすぎよ。嘘でしょ、その目に溜まっているのは涙？ 気恥ずかしくて、さっさとそこから逃げ出したかった。だからわざとふざけて、肩をすくめてごまかした。「どんなものができあがるかは見てのお楽しみ」とまわりに張り巡らせた壁の背後から言う。でもそこからでも、あの本棚が父の本の置き場となり、この新しい家や改修に大切な貢献をするのだと感じられた。父はアンソニー・パウエルの本の題名『本こそが部屋を装飾する』を引用するのが好きだった。

その晩の夕食は父がソーセージ、赤唐辛子、白インゲン豆を煮込んで作ったスープだった。私たちはアイランドキッチンに並んで座ってそれを食べた。寒空の下で長い時間立ちっぱなしだった私には、何よりのご馳走だった。父はボウルをお湯で温めてからスープをよそってくれた。

カウンターに置いてあった植物の種のカタログが懐かしくて、ぱらぱらめくっていると、父がそれに目を留めた。子供の頃、パンジーやメロンやズッキーニの色とりどりの写真を眺めたものだった。夏になると写真にあった以上の花々がわが家の裏庭をにぎやかに彩った。「南側の木を少し切って、庭を作ろうと思っている」父が言った。

食事をしながら、父はデコイの話をした。工房を再開するつもりだという。すでに道具類の荷解きは終えていた。地下室の作業台には、クランプ、ビュレット印の水準器、絵の具筆、彫りかけで、彩色もまだされていない水鳥、流木、やすり類、いまでも名前のわからない木製の柄のさまざまな道具が箱から出されて散らばり、いつでも使えるようになっている。これらの道具や木製の鳥を手にしたとき、父がどんなにわくわくしたか想像できる。可能性を感じ、また彫りはじめたいと思ったにちがいない。

「ちょっと待っててくれ」スープを飲み終わったとき、父が言い、地下室に下りた。下方でゴソゴソと音がした。「すごいものを見つけたんだ」父は階段をのぼりながら言った。戻ってきた父はボール紙の筒を脇に抱え、乾いた音をさせながら、中からごく薄いトレーシングペーパーを取り出した。紙は乾燥してぱりぱりになり、黄色く色褪せて、お茶の染みができている。広げると、実物大のアオサギの鉛筆によるみごとなスケッチが現れた。S字形の首や細長い脚の線が美しい。全長四フィート(約一二〇センチ)近くありそうだ。私にいつか実物大のアオサギを作ってやると約束したことなど、とうに忘れているとばかり思っていた。「たいしたものだろう?」父が言った。ものすごくすてき、と私は告げた。

「あとはこれを木材に写し取るだけだ。三次元にしたらどうなるか、想像をふくらませないと」

翌朝になっても寒さは続いた。午前中のうちに箱部分を作り、背板を取り付けた。それからひとつの箱について六枚ずつ棚板を切り出す。寸法を測り、印をつけ、切断。何度も何度もくり返し。そのあと1×2インチのポプラ材の飾り枠を各棚の前面に揃えて取り付け、合板の切断面を隠した。

父はいつもの日課をこなした。大きなマグカップでお茶を飲み、ボストンのとあるNPOのマーケティング戦略をパソコンで組み立てる。それから外の餌台にやってくる鳥たちを観察する。「キツツキだぞ」と別の部屋から声が聞こえてくる。「あれも雛だな」すると私は窓のほうに身を乗り出し、キツツキの赤い頭頂部と白黒の斑が散る羽を確認する。嘴で木の幹をつつくにぎやかな音が森にこだまする。

作業はやすりかけ、下塗り、ペンキ塗りに移り、それには何日もかかりそうだった。最終段階になってボーイフレンドのジョナが手伝いにきてくれた。そばに誰かがいるのは心強かった。退屈がまぎれるし、作業がスピードアップする。不安なのはこのあとの設置だった。そこで初めてミスが判明する場合もある。どうしていいかわからなくなって、何度かメアリーにメールをした。○○みたいなとき、どうなるの？　こうするべき、それとも……？　すると彼女はすぐに単純明快な回答を送ってきた。

床は干潮時の波のようにうねうねと歪んでいた。当て木と水準器を使って、書棚を置く部分を平らにしなければならない。水準器の気泡がラインのあいだに収まるまで、土台となる場所を上げたり下げたりするのだ。

中のチューブが黄色あるいはケミカルグリーンの液体に満たされ、そこに浮く気泡が行ったり来たりする水準器を、アルコール水準器という。チューブ内の液体はアルコールなのだ。水準器を使うのは、大工仕事の最後の確認作業のひとつだ。気泡がラインの中央に収まれば完璧。クランプし、ねじ留めし、もう一度確認。依然として水平か？ よし、完了だ。ドア枠にそれを置いて、上下に動かすと、すべて問題なければ気泡は中央で留まる。

自分の気分の浮き沈みを測り、人生の岐路で正しい選択をする指針になってくれるような心の水準器があればいいのに、とときどき思う。液体が静かに気泡を動かし、気分をほんのちょびっと《ジャスト・ア・スコッシュ》左へずらすとバランスがとれると教えてくれる道具があったら、どんなに助かるか。もちろんふだんの生活ではそんな具合にはいかない。ついさっきまで気分が落ち着いていたとしても、次の瞬間もそのままだという保証はない。私たちは気泡が中央に来るように祈って（場合によっては無意識に）みずから揺れ動いたり、逆にじっとしたりして調整する。

メアリーは六フィート（約一八三センチ）もある水準器を持っているが、たいていは二フィート（約六〇センチ）のものか、もっと小さな六インチ（約一五センチ）のビュレット印水準器を使う。水準器には、チューブが中央にひとつ、両側面にひとつずつ、計三つついている。中央のものは、たとえば床や棚など、水平方向の平行を読み取る。側面のものは、ドア枠や壁などの垂直度を測る。各チューブにはふたつの小さなラインが刻まれ、チューブ内の気泡はそのラインのあいだにちょうど収まる大きさとなっている。

それは無音の道具だ。気泡が二本のラインのあいだに収まればほっとするし、満足感が味わえる。一方で、使っていると、一時的に頭がどうかしそうになることもある。たとえば床に置くキャビネットの調整をするとき、正面隅に薄い当て木を差し入れて左右方向が平行になったとしても、前後方向のバランスが崩れたりする。さらに当て木を入れ、調整し、あちらを上げ、こちらを下げる。もう何が何だかわからない。執筆に夢中になりすぎて、急にプロットがどこかにいってしまい、頭が真っ白になるのと感じが似ている。同じことが水準器を使うときにも起きる。気泡は動いて止まるものの、こちらが伝えてほしいことを伝えてはくれない。当て木を入れる、はずす、また入れる。でも思いどおりに水平にならず、何か動かすたびに目標からどんどん遠のいていく。頭を冷やすためにその場から離れて別の仕事をし、しばらくしてまた戻ると、当て木をすべてはずして一からまたやり直す。

土台が水平になると、いよいよ本棚を設置し、きちんとその場所にはまるかどうか確認することになる。この瞬間が怖かった。計算ミスが発覚するかもしれない。暖炉の右側に置くひとつめの本棚はぴたりと納まった。こちらのほうが、縁が窓とぶつかることもなく、シンプルな構造だ。本棚の側板と照明のスイッチとの距離もちょうどいいし、暖炉の石造りのマントルピースとのあいだに隙間もない。もう一方の側の本棚を押し込む。電動ジグソーで作った穴の中央に、コンセントはするりと納まった。左側は、本棚を入れるためにはずした窓の飾り枠のところにうまくはまった。よし、継ぎ目が完璧だ！　私は目を見張った。すべてが最善の状態だと自分の目で確認するこの瞬間が、いつも格別だった。作業が全部完了し、道具をすべてしまい、掃除し、立ち去るまえのこの瞬間が。

私が腰に手を当て、少し下がって本棚を眺めていたとき、仕事をひと段落させた父が休憩がてらリビングに現れた。その顔に浮かんだ笑みは本物だった。「やあ、すごいじゃないか」父と私はハイファイブをした。父にも出来のよさがわかったのだ。

その日の午後遅く、本棚がきちんと仕上がり、きれいに納まった喜びでまだうきうきしながら、一日の仕事じまいとして道具を掃除し、塗料缶をしまっていると、父が暗い表情で部屋にはいってきた。弟からEメールが来て、恋人の父親の容態が急変して危篤状態だと知らせてきたという。弟と長年付き合うあいだに、彼女とはいい友達になっていた。よく笑う彼女がいるだけで、部屋の中がぱっと明るくなるのだ。彼女の父親と面識はないけれど、彼女同様ジャーナリストだという。父からその話を聞くと、ふたりとも黙り込んだ。その沈黙が、さまざまな感情をまぜ合わせるボウルのように思えた。当然ながら悲しみと、まだ信じられないという思いがあった。大事な人を失って周囲の世界が一変しつつある友人のことを考えるとつらかったけれど、ここにこうして父と一緒にいられる自分の幸運に感謝する気持ちも存在している。

父は書斎に戻っていき、私は道具を片付け終えて、散歩に出かけるためコートをはおった。書斎の前を通りかかると、机に座った父はこちらに背を向け、窓の外の鳥たちを眺めていた。ときどき、父のうわべの仮面が剥ぎ取られ、蓄積された怒りと心の傷と混乱の向こうに真実が垣間見える。そうして見えたのは、失いかけていた家族への愛情をあらためて大切にしようと不器用に手探りしている父の姿だった。だからこそ、鳥や魚や本に対する自分の情熱をみんなと分かち合いたいと願い、餌台のヒマワリの種を絶やさないように努めているのだろう。私は胸に迫ってきた愛しさに圧倒されていた。友人の父は死を間近にしている。一方私の父は、設置された本棚を見て、とても嬉しそうにしている。

「じゃあね、父さん」私はドアを開けながら大声で言った。私の声はほとんどかすれていた。


とうとう最後の飾り縁が取り付けられ、釘穴が埋められ、ペンキの塗りむらも修復され、本棚が完成した。私は箒で掃き掃除をし、床のペンキ汚れをこそげ取り、道具類を片付けた。丸めてあった絨毯を元に戻し、暖炉の前に大きな肘掛け椅子をふたたび置き、窓辺にランプを戻し、ゴミは脇のドアの外のゴミ箱に捨てた。私はそれからビールを手に、本棚正面の窓辺のベンチに腰を下ろした。

長い一日の疲れとビールを急いで飲みすぎたせいでぼうっとしながら、たったいま起きた変身について考えていた。土と種から節くれだった大木へ、それが製材所に運ばれて板へ、ひとつひとつの部材が組み立てられ、やすりでなめらかにされ、最後にこうして本棚という現実にそこにある物体へと変身した。ある物が、やがて別の何かになること。私はこの本棚のためにその命を分けてくれた樹木に、感謝の印に会釈した。父も魚を捕まえたとき、宗教とは関係のない感謝の祈りを捧げるが、それと似ている。魚が釣れたことに対してではなく、命を分けてくれた魚に対する感謝なのだ。そんな樹木への感謝の念が急にこみあげてきて、「ありがとう」とつい声に出して言った。私自身は、変化することになんとなく居心地の悪さを感じる。それはたいていの人がそうだろう。受け入れるのはそうたやすいことではない。どこかで、人生最後に訪れる変化にいやでも思いが及ぶからかもしれない。

父はガールフレンドと一緒にキッチンにいた。私はふたりを呼び寄せ、そこにジョナも加わった。四人で窓辺のベンチに座る。狭かったけれど、無理やり体をねじ込み、全員でお祝いの乾杯をし、おめでとうと言い合った。父は、最上部の飾り縁でできる影がいいと褒めた。父のガールフレンドは、本棚のいちばん上の縁が、暖炉の分厚い木製の炉棚と同じ高さなのがすばらしいと言った（メアリーが言うところの、嬉しい偶然というやつだ。これはまったく計算していなかった）。私は本棚と窓の飾り枠の継ぎ目が気に入っていた。

みんなでグラスをカチンとぶつけ、本棚を眺める。本棚もこちらに微笑み返したように見えた。

「本に、本棚に、創造性に、重労働に、そして家族に」父は言って、グラスを掲げた。

翌朝、私たちは車に荷物を積み込み、鳥たちに別れを告げた。弟のサムからメールが届いた。「父さんの家の本棚を作り終えたと聞いたよ。ぼくのために大きめのテーブルを作ってくれないかな？　誕生日プレゼントってことで」。私はぜひやりたいと返事をした。それから本棚の写真を撮り、メアリーに送った。

外に出ようとしたところで、水準器を大きな肘掛け椅子の下に置き忘れたことに気づいた。本棚にそれをあてがい、気泡が動くのを見守る。ラインのちょうど真ん中では留まらなかったものの、許容範囲だった。これなら本が棚から落ちることはない。私は手を振り、クラクションを鳴らして帰路についた。遠ざかりながら、今度ここに戻ったときにはあの本棚にぎっしりと本が並んでいるだろうな、と思う。また正面のベンチに座ってそれを眺めるのが楽しみだった。暖炉の両側にある本棚を。

ケンブリッジに戻るとメアリーに電話し、借りた道具をいつ返しに行ったらいいか尋ねた。

「裏口は鍵がかかってない」彼女は言った。「すぐおいでよ」

そこでサマービルまで車を走らせ、裏庭の門を開けた。ゴミの山には、すでに雪よけの防水シートがかけられている。以前片づけたはずなのにもう大きな山になっていて、自分たちがこんなに速くゴミの山を築いてしまったことに驚いた。もしまたこれだけのゴミを集めようと思ったら、家をどれほど壊さないといけないのだろう。以前はなかった壊れた浴槽のかけらがいくつかあるのに気づいた。大きいものも小さいものもあるが、鉤爪状の脚がまだくっついている部分があり、ビニールシートの重しとして使われている。

私は裏階段をのぼり、キッチンにはいった。

「ゴミ置き場にある浴槽、この家のもの?」

「ちょっと来てみて」

メアリーに続いて浴室に行く。「やっと最初のひびがはいるまでに、大型ハンマーで五〇回叩かなきゃならなかった。化け物みたいに硬かったよ」

「メアリー、すごいじゃない」改修作業の様子を見て、私は言った。まだ内臓がはみだしているような状態だけれど、完成間近であることは間違いなかった。古いオークの床を取り除き、壁を剥がし、流し、浴槽、トイレが取り払われていた。吹きつけられた断熱材のかけらがあたりに漂っている。見えているのは間柱に根太、配管。「これ見て」彼女が言い、中にはいって引き戸のポケットドア用の戸枠を示した。上には棚がついている。「たぶん、植物か何かを置くことになると思う。新しい浴槽はそこに置く」窓の下の隅を指さす。

「トイレはあそこ。シャワー用の枠組みを今日終えたところなんだ」

浴槽の重さを支えるため、それを置く場所の下に、補強として根太を加えはじめたところだという。床下の黒ずんだ古い木材に、新しい2×10材がいくつかしっかりと釘で固定されている。

「使うのはサブウェイタイル〔一九〇〇年代にニューヨークの地下鉄の駅で使われはじめた白い長方形のタイル〕？」

「いままで何軒の浴室にサブウェイタイルを貼ってきたか。もう勘弁してほしい」メアリーはクリーム色の4×4インチ四方の正方形のタイルを手に取った。「壁のタイルはこれに決めたんだ。よかったよ、あんたのおかげで床用タイルのことを思い出した。そっちはまだ迷ってるんだ」

メアリーに続いて廊下に出ると、彼女は12×12インチのタイルがはいったふたつの箱にかがみ込んだ。それぞれの箱から数枚ずつ取り出し、床に置く。「どっちがいいと思う？」

片方はのっぺりとした冷たいグレーで、無機質で冷ややかな感じがする。お風呂にはいるまえの素足をそこにのせる気にはなれない。もう一方は、初仕事で行った建築家の浴室で使われていたタイルに似た砂色のもので、白い筋や暗褐色の斑が散り、ひとつひとつ表情が違って、もう一方のタイルより温かみがある。

「絶対にこっち」

「だよね。あたしもそんな気がしてきた」

「エミリーも喜んでるんじゃない?」彼女はもう何年も前からこの新しい浴室を完成させてほしいと訴えていたのだ。

「エミリーにはまだ見せられないよ」どういう意味かはわかった。もしいまエミリーがここをのぞいても、混乱しているようにしか見えないだろう。切りっぱなしの木材が置かれ、壁もなければ床もなく、配管やラスがむきだしだ。どうやってまた部屋になるのか、想像もつかないだろう。私なら、工事中のこの段階でも、完成したらどんな様子になるか見える。頭の中ですばやく段階を踏み、ひとつひとつ工程を重ねて、浴室になるまで追える。

私は道具類を貸してもらったことについて、本棚作りで困るたびにすぐにメールで助言してくれたことについて、メアリーに感謝した。彼女は手を振った。「ああ、たいしたことじゃない」

「本当よ、メアリー。どうもありがとう」この感謝の言葉は、道具を貸してくれたことに対してだけではないとわかってくるといいのだけれど。

「あたしの代わりにボスになりたいと思うなら、いつでもどうぞ」

本棚作りの最中にジョナが手伝いに来てくれたときは、私が棟梁役となって、ネイルガンの使い方や窓から飾り枠をはずす方法、水準器の使い方を教えた。ジョナは覚えが早く、私たちは手際のいい名コンビとなり、ふたりがこんなふうに協力し合えるのだと知って嬉しい驚きだった。教える過程で、大工仕事がしっかりと身についていることにも気づかされた。でも自分がメアリーに指示を出すなんて、とても無理だと思った。

「タイル貼りで手伝いが必要だったら、いつでも連絡して」私は言った。

廊下に出たとき、エミリーと出くわした。

彼女は私のほうに身を乗り出すと、声を低めた。「あなたが本棚を作っているとき、アドバイスを求められると大喜びしてたのよ」

私は赤面した。

「嘘じゃないわ、本当よ。あなたから質問が来るたび、すごく嬉しそうだった」

喉がつかえ、目頭が熱くなりだしたのは自分でも驚きだった。涙が本当にあふれてはまずいので、喉のつかえをなんとか呑み込んでエミリーに感謝を伝え、私も助けてもらってとても嬉しかったし、メアリーがいなかったらとても最後までやりとおせなかったと伝えた。

エミリーはさらにこちらに身を寄せて言った。「今日、彼女の誕生日なの」

私は浴室に引き返し、ドアから顔をのぞかせた。メアリーは合板の縁に腰かけ、穴のあいた床の下に脚をぶらぶらさせていた。毛糸の帽子をかぶっている彼女は、小さな子供みたいに見える。

「誕生日おめでとう」私はささやいた。

彼女はこちらを見てにっこりし、首を振った。

「エミリーから聞いたんだな？」

私はうなずいた。

「早く出てって。さっさと仕事を終わらせて、ディナーに出かけるんだから」

笑みを交わしたあと、私は廊下に引っ込んだ。リビングの天井には青いペインターテープがまだ貼ってある。暖炉があった穴はいまも合板でふさがれたままだ。裏の階段を下りると、漆喰のくずが足の下でパキパキと音をたてた。外に出ると、ゴミの山が見えてなんだかほっとする。材木や金属、割れたタイル、断熱材の寄せ集め、ドアの蝶番、おがくず、土などが青いビニールシートに覆われ、メアリーの頑丈な浴槽のかけらが端を押えている。春になったらまたあの解体業者たちが現れて、巨大なトラックの荷台にそれを全部積み込むだろうけれど、上に積もっていた雪を袋詰めにするのでそのうち溶けだし、メアリーはその処理に困るだろう。そして彼らが産廃埋め立て処理場に向けて出発するとすぐに、またゴミの山が成長しはじめる。一度に袋ひとつ、板ひとつずつ。

仕事は変化する。私たちは他人の家にはいり、出ていく。部屋は、その基礎部分を残しながらも変化し、別の部屋になる。ばらばらだったタイルが床を作る。板が棚になる。木材が壁になる。空間も、家も、天気も、私たちも変わる。

自分らしい人生って何か、どうしたらわかるんだろう？　その答えは簡単には手にはいらない。でも、よく注意を払い、しかも運がよければ、あちこちに散らばっていたかけらがひとつにまとまりだすのが見えるだろう。かけらがパズルみたいにそれぞれの場所にぴたりとはまるのを指先で感じる。その瞬間、水準器の気泡がゆらりと動いて、あなたはいまバランスが取れていると教えてくれる。いまの自分に、自分が変化したものに、変化しつつあるものに、居心地のよさを感じている、と。

私はメアリーの家の前に立ち、建物の横手の二階の浴室の窓を見上げた。一瞬ののち、ちかちかと灯りがつき、古い骨組みに新しい骨を加えるハンマーの音が響きはじめる。ハンマーを握って床にしゃがみ込むメアリーの姿が目に浮かぶ。

車に乗り込んでも、ハンマーを振るう音が聞こえた。寒かったけれどウィンドーを下ろし、車を出しながら音を聞く。角の大きな煉瓦造りの教会の横の信号で車を停める。叩く音が夜気の中に響き、前方へ、後方へ、こだまする。もう三回、ガン、ガン、ガン。釘が木材に埋まる。信号が青になり、家のほうへ曲がる。もう一度ガンと響くのが聞こえたあと、それは市バスの轟きにかき消された。それでもハンマーの音は耳の奥で響いている。それは帰宅するまでずっと聞こえていた。

エピローグ

　ケンブリッジに春が来て、先週メアリーとのコンビ五年目が始まった。定年になった社会学教授宅の小さなオフィスに新たにオーク材の床を張る仕事だ。毎年そうだが、大工の仕事に戻ると嬉しくなる。数ヵ月かけてこの本を書いたあとだったから、自分のアパートメントと悩みその外に出て、オーク材の板を床に打ちつけ、マイターソーの重さを感じながらそれをメアリーのバンに運び入れ、バールの力にふたたびなじんでいくのが特別心地よかった。朝目覚めたとき、肩や膝の裏の筋肉の動きを感じた。お腹を空かせ、疲れて帰宅したとき、まだ明るさの残る夕闇の中、土から顔を出そうとしている色とりどりのクロッカスのつぼみを見ると、心が癒された。

　オフシーズンのあいだ、私は大小いくつかのテーブルを作った。ひとつ完成するごとに上達した（弟の誕生日プレゼントとしてこしらえた、第一作目の長テーブルのことを考えると、いささか恥ずかしくなる。テーブルの役目は果たしていたけれど、無骨だった）。ひとつできあがるたび、それまで知らなかったことを覚えた。でも、上達した達成感以上に、習得しなければならないことがまだまだたくさんあると思い知った。新たな挑戦の中で学ぶべき未知の事柄に向き合うと、いやでも残り時間を意識させられる。テーブルはなんとか立った。見栄えもまずまずだし、テーブルとしての役割もきちんと果たしている。でも、私には知らないことがまだ無数にあるのだ。

メアリーとこうして四年以上一緒に働いていても、大工仕事をいまだに新鮮に感じる。それはたぶん、学ぶことがまだたくさん残っているということ、そのものが理由のひとつではないだろうか。詩人ジョン・コトナーから、《道がわかると、見るのをやめる》という韓国のことわざを教えてもらった。これは迷子の話ではなく、時の経過や経験によって慣れが生じ感覚が鈍っても、意識して物事に集中しろという意味だと思う。未知のものに人は興奮をかきたてられる。見つづけること、問題を解決しようとすることこそが、大切なのだ。どれだけ覚えなければならないのかと怖気づくこともある。でも逆に発奮材料にもなるだろう。私はいま、失敗しては再挑戦し、よりよいものを作ろうとしつづける自分に満足している。

テーブルを作るたび、壁や床を作るたび、本棚を作り、棚に本をぎっしり並べるたび、どれもがいつかは壊れるのだとしみじみ思う。そのときまだ私たちが生きているにしろ、すでに死んでいるにしろ、壁や床や本棚はその用をなさなくなる。木は裂け、腐り、薪になるか、新モデルと交換されるか、ゴミ捨て場行きとなり、廃材やおがくずに姿を変える。

時とともに劣化し、使い古されてだめになってしまうのが、それらの、そして私たちの運命だ。だから、ときどき胸がいっぱいになるのだ。私は、やすりをかけてなめらかになったブラックウォルナットの板を撫で、脈動を感じ、銀河のように渦を巻く木目を見、この板となった樹木を、暗く温かな土中深くに張った根を、長い枝を、風に揺れては静止する羽根のような形の葉を想像する。それがいまは私の手の中にあり、釘を打たれ、糊付けされ、クランプで挟まれて、テーブルに変身する。〝それではない別の何かになる〟のだ。「かつてのそれはいまはもうそこにはない」とオウィディウスは書いた。「そして、それではなかったものになった。生まれ変わるにはたくさんの時間がかかる」。結局のところ、私たちはみな未完成なのだ。

メアリーと私は来週にはキッチンでの仕事に取りかかる。作業が目白押しで、かなりの重労働になりそうだ。「今週末、腕立て伏せをやっておいたほうがいい」金曜の午後、別れ際にメアリーに言われた。だから言われたとおりにした。

謝辞

この本の編集者であるマット・ウェイランドには、「君にはやるべき仕事が山ほどある」という言葉を「君ならできる」と聞こえさせる、驚きの能力がある。これほど辛抱強くて愉快で頭の切れる人と仕事ができたことに感謝したい。彼がいなかったら、こんなにすてきな本にはならなかっただろう。元気で好奇心旺盛で熱心なエージェント、ジリアン・マッケンジーは当初から私を誠実に導き、サポートしてくれた。彼女と二人三脚でこの本に取り組めたのはとても幸運だった。ナンシー・グリーンの鋭く繊細な文章編集力はとてもすばらしく、またこの本を出版するために努力と時間を惜しまず協力してくれたノートン社の方々に心から感謝する。そして、大工道具のすてきなイラストを描いてくれた、アーティストのジョー・マクベティにお礼を申しあげたい。両親には言葉にできないほど感謝している。母には、スカーフ、毛布、ミトン、防寒用袖口バンド、帽子、ネックウォーマー、つまりあらゆる防寒グッズを用意してくれたことについて。父には、求める水準の高さについて。とくに兄と弟にはありがとうと言いたい。ふたりとは、誰よりも大笑いできる仲だ。ウィルほど話し上手な人をほかに知らないし、信頼できる私の仲間サムには、この本を書くうえで誰よりも協力をお願いいし、読んで意見を聞かせてもらった。パメラ・マレーの寛大さと思いやり、あらゆる機会をとらえてお祝いしてくれる情熱に力をもらい、温かい気持ちになった。グディ＝グディにはいろいろなことを教えてもらった。ありがとう。ジェニー・ホワイトのやさしさと気遣い、激励の言葉と客観的な視点に感謝する。彼女ほどの聞き上手はいない。アリシア・シモーニに感謝を。彼女の深い洞察力と理解はこの本を書くうえで、いや、それ以外の面でも、とても役立った。ジョーとライラのフォンテラ夫妻と一緒に食事をしながら楽しい時間を過ごせて、とても幸運だった。私の出発点となったグラブ・ストリート社に、私の二〇代をすばらしいものにしてくれた『ボストン・フェニックス』紙に感謝を。リチャード・ベイカーとレオナ・コットレル、フィリップ・コナーズにもお礼を言いたい。もちろん、メアリーにも。そして誰より、恋人という言葉だけではとても言い表せない存在である、ジョナ・ジェームズ・フォンテラに。

訳者あとがき

大学卒業後、ボストンの新聞社に就職して憧れのジャーナリズムの道に足を踏み入れた著者ニナ・マクローリンは、活気ある編集部で揉まれながら充実した二〇代を過ごす。ところが三〇代が近づくにつれ、毎日机に座ってパソコンを眺め、言葉と格闘し、マウスをクリックするばかりの日々に疑問を感じはじめる。手で触れられる何かを作り出したい。抽象的なものではない、身のまわりに確かにある現実と向き合いたい。思いきって新聞社を辞めた著者は、ネットの掲示板サイトにあった「大工見習い：とくに女性の方、応募をお待ちしています」という求人広告に目を留める。

本書は、そうして大工のメアリーのもとで見習いとして奮闘した、著者の〝変身〟の物語である。私事ながら、私も翻訳の作業をするあいだは、やはりパソコンとにらめっこしつづけ、頭の中で言葉や文章をひねりまわし、つねにバーチャルな世界に身をおいていて、そういう状態が続くとなんだか自分が干からびていくような気がすることがある。すると人と会ったり、街や自然の中を歩いたり、ライブや芝居を観に行ったりして、五感をフル活用したくなる。だから、それだけでもまず著者に共感してしまったのだ。自分の手を使って、確固としてそこにある何かを作ること。その喜びが文章からひしひしと伝わってくる。

だが、これはジャーナリストから大工への、ただの華麗なる転身の奮闘記ではない。修行する過程で、著者は自分の来し方を振り返り、家族にまつわる記憶を掘り起こし、道具と対話し、その歴史をひもとき、人や自然と触れて思索する。読者は、そこここにちりばめられたある種哲学的な深みさえ持つ美しい文章に胸を打たれ、真摯に考えさせられるだろう。その背景には、著者の豊かな読書体験があるように思う。あちらこちらにある引用文から、著者がじつに幅広く本を読んでいることがわかるのだが、中でもアニー・ディラードやマイケル・ポーラン、レベッカ・ソルニットなど、自然や環境について論じている著者に親しみを感じているように見える。幼い頃からの自然体験、自然を愛する父の影響も大きいのだろう。

かといってけっして硬い内容ではなく、著者は失敗談や愚痴も正直に書く。そう、本書を面白くしているのは、そんな著者の赤裸々さかもしれない。のぞき趣味があること（「赤の他人の家で堂々と過ごすことができるのは、大工の仕事のいちばん面白いところのひとつ」）や、ちょっと神経質なくらい化学物質恐怖症な性格、自分のセクシャリティが危機を迎えていることに気づき、現場に現れる職人たちを相手に妙な空想をしてしまうこと。

女性の大工がわずか二・四パーセントしかいないという指摘からもわかるように、性差やセクシャリティも本書のテーマのひとつだろう。だが著者は、その事実を声高に糾弾するわけではない。ただ、自分やメンターのメアリーが真剣に作業をする姿をきっかけとして、女性の大工や職人という存在がもっと普通になればいいと静かに願っている。

現場ではみずからのセクシャリティを消し、男性に対しても性的な火花を散らさない代わりに、オフの時間にはむしろいままではしなかったメークをし、セクシーな肌着や服を身につけるようになったというのはなかなか興味深い。そうやっていつのまにかバランスを取っていた、というのだ。そして、気になる男性職人が現れて、大工になって初めて性的エネルギーのやりとりのようなものを感じたとき、「男性性を持つ女性」としてようやく「完全な自分になれた」と語る。一方で、レズビアンであるメアリーはセクシャリティに頓着がなく、自然体だ。彼女がＤＩＹ店でときどき「だんなさん《サー》」と呼ばれることにひとり憤慨する著者が、かわいらしくさえ見える。少年のようでもあり悟りを開いた禅僧のようでもあるメアリーがとても魅力的に描かれているのは、著者の目に本当にそう映っているからだろう。そんなふたりのでこぼこコンビぶりがまた楽しい。

人も物も、つねに変化する。本書が、私にとってそうだったように、読者の皆さんにとっても、いまの自分を見直すヒントになるかもしれない。

著者のニナ・マクローリンはマサチューセッツ州で生まれ、ペンシルベニア大学で英文学と古典学を学んだのち『ボストン・フェニックス』紙に八年間勤めた。その後、本書にあるようにジャーナリズムの世界を離れて大工の見習いとして修行を始め、二〇一五年にその体験談を記した処女作となる本書『Hammer Head（彼女が大工になった理由《わけ》）』を上梓。現在も大工と著述業を並行しておこなっている。今年の秋には第二作目となる『Wake, Siren（目覚めよ、セイレーン）』が刊行となる予定で、オウィディウスの『変身物語』を女性の視点から描き直すという意欲作らしい。やはり、「あるものが別の何かになること」が彼女の大きなテーマであるようだ。

　最後になりましたが、牧尾晴喜さんには、建築用語にあまり詳しくない訳者の訳文を丁寧に見直していただきました。心より感謝を申しあげます。また、本文中のJ・D・サリンジャー『ライ麦畑でつかまえて』からの引用は、白水社刊の野崎孝先生の訳を参考にさせていただきました。

　本書を訳出する機会を与えてくださった、エクスナレッジの関根千秋さんにもお礼を申しあげます。ありがとうございました。

二〇一九年二月　宮崎真紀

［著者紹介］

ニナ・マクローリン

NINA MACLAUGHLIN

米国マサチューセッツ州ケンブリッジ在住。ペンシルベニア大学で英文学と古典学を学んだのち、『ボストン・フェニックス』紙に記者として8年間勤めた。その後大工として修業を始め、現在は大工として働きつつ著述業も行っている。これまでに書評やエッセイを寄稿した新聞や雑誌、ウェブサイトには『ボストン・グローブ』紙、『ロサンゼルス・レビュー・オブ・ブックス』誌、『ブックスラット』などがある。
http://carpentrix.tumblr.com/

［訳者紹介］

宮崎真紀

MAKI MIYAZAKI

スペイン語圏文学・英米文学翻訳家。東京外国語大学外国語学部スペイン語学科卒。おもな訳書に、グスタボ・マラホビッチ『ブエノスアイレスに消えた』(早川書房)、ロサ・リーバス&ザビーネ・ホフマン『偽りの書簡』(東京創元社)、コンドリーザ・ライス『ライス回顧録 ホワイトハウス激動の2920日』(共訳、集英社)、ブライアン・スティーヴンソン『黒い司法 黒人死刑大国アメリカの冤罪と闘う』、メアリー・ビアード『SPQR ローマ帝国史』(亜紀書房)など。

彼女が大工になった理由《わけ》

2019年4月20日 初版第1刷発行

著　者 ニナ・マクローリン

訳　者 宮崎真紀

発行者 澤井聖一

発行所 株式会社エクスナレッジ
〒106-0032 東京都港区六本木7-2-26
http://www.xknowledge.co.jp/

問合先 編集 Tel:03-3403-5898 Fax:03-3403-0582
info@xknowledge.co.jp
販売 Tel:03-3403-1321 Fax:03-3403-1829